W0208661

Das Buch
Auf einem verwilderten Feld des Gutshofes Lichtenhagen wird ein Grab mit einem gut erhaltenen Körper entdeckt. Kurze Zeit später taucht eine unheimliche Gestalt auf. Es ist der Beginn einer Mordserie. Gemeinsam mit dem Gutsbesitzer Andrew Gibson nimmt Kommissar Martin Clausen aus Kiel die Ermittlungen auf.

Das Debüt des Autors Lars Herlinghaus führt auf ein fiktives Gutsgebäude in Schleswig-Holstein. Sein Roman taucht ein in die mysteriöse Welt eines Geheimbundes und erzählt vom Schicksal eines Gutsherren - über den Tod hinaus.

Der Autor

Lars Herlinghaus, geboren 1972 in Kiel, studierte Betriebswirtschaft und ist beruflich in diesem Bereich tätig. Seine privaten Interessen sind weniger analytisch. Seit seiner Jugend beschäftigt er sich mit der Geschichte Schleswig-Holsteins und urbanen Legenden. Einen kreativen Ausgleich zu seinem Beruf findet Lars Herlinghaus im Schreiben von Thrillern und Krimis, die einen starken Bezug zur Region und zu seinen persönlichen Interessen haben. Lars Herlinghaus ist verheiratet und lebt im Kreis Plön in der Nähe von Kiel.

dco

Lars Herlinghaus

Das Erbe des Wiedergängers

Bibliografische Information der Deutschen Nationalbibliothek:
Die Deutsche Nationalbibliothek verzeichnet diese Publikation in der Deutschen Nationalbibliografie; detaillierte bibliografische Daten sind im Internet über http://dnb.dnb.de abrufbar.

© 2023 dco-Verlag

Herstellung: BoD - Books on Demand, Norderstedt

Verlag: dco-Verlag, Püttlingen und Redaktionsbüro in Felde

Cover: Karina Dreyer

Lektorat: Angela Carls

ISBN: 978-3-910513-09-9

Wir bedanken uns bei der Familie von Bülow für die Erlaubnis, Fotos vom Gut Bossee zu machen.

Für Katrin

PROLOG

Dieser Oktoberabend war typisch nordisch nasskalt, wie man es in Schleswig-Holstein erwarten konnte. Der aufziehende Nebel stieg langsam aus dem Wald auf und kroch unaufhaltsam über die Felder und Wege. Gespenstisch verschleierte es die Zeremonie, die an diesem Abend von der Bruderschaft abgehalten wurde und vor fremden Augen verborgen bleiben sollte. Der Hof des alten Gutsgebäudes eignete sich dafür ideal. Er war weitab jeder größeren Stadt und nur selten verirrte sich ein Besucher hierher. Die acht Männer, die sich an diesem Abend hier zusammengefunden hatten, legten Wert darauf, nicht gestört zu werden. Der Ort, das Wetter und die Dunkelheit - alles das passte perfekt.

Je drei Personen standen sich auf dem ungepflasterten Hof des herrschaftlichen Hauses schweigend gegenüber. Die zum Gebet gefalteten Hände wurden von den breiten Ärmeln ihrer dunklen Umhänge verdeckt. Sie hatten ihre Häupter gesenkt, so dass durch die tief ins Gesicht gezogenen Kapuzen ihr Antlitz nicht zu erkennen war. So standen sie dort, schweigend, wie auf etwas oder jemanden wartend.

Nach einer Weile stimmten sie einen leisen, monotonen, gregorianischen Gesang an: Media vita in morte sumus - Mitten im Leben sind wir im Tod. Zu ihren Füßen stand eine Bahre auf dem lehmigen Boden, die von einem schlichten Leinenumhang bedeckt war. Unter dem Tuch zeichneten sich deutlich die Konturen eines menschlichen Körpers ab.

Langsam setzten sich die Männer in einem wiegenden Gleichschritt in Bewegung und traten an die Bahre heran. Dann hoben sie sie, ihrer seit Jahrhunderten festgelegten Choreografie folgend, auf ihre Schultern.

So verharrten sie wieder und warteten. Als hätte jemand die Zeit angehalten. Ihr Gesang war verstummt.

Wie auf ein unsichtbares Zeichen hin, setzte sich die unheimliche Gruppe im langsamen Gleichschritt in Bewegung. Eine ebenfalls in eine dunkle Kutte gehüllte Gestalt ging langsam voran und leuchtete mit einer brennenden Fackel den Weg aus. Schweigend überquerte der Leichenzug den Hof und erreichte die schmale Teerstraße, die vom Hof wegführte. Sie folgten dem Weg in ihrem langsamen Gleichschritt und stimmten dabei immer wieder die erste Strophe ihres Gesanges an. Der Sand knirschte unter ihren Schuhen, bis die Teerdecke abrupt endete und in einen ungepflasterten, unbefestigten Trampelpfad überging. Der Wald, den sie erreichten, sah ungewohnt bedrohlich aus. Schließlich bogen sie in einen Hohlweg ein, der in den Wald hineinführte. Die einsame Fackel verlor sich bald im Dunkel des Waldes. Eine weitere vermummte Person hatte sich mit einer brennenden Fackel der Prozession angeschlossen und folgte dem Leichenzug. Ein leiser Windhauch strich durch das Blätterdach und ließ die Flammen der Fackeln flackern, die dadurch immer wieder den stockfinsteren Waldweg nur spärlich ausleuchteten.

Das Gewicht des Toten drückte schwer auf den Schultern der Männer und das eine oder andere Mal musste ein Träger die Position der Holme auf seinen Schultern leicht verändern, um den aufkommenden Schmerz zu bekämpfen. Trotzdem zwangen sie sich, den Gleichschritt, so gut es ging, beizubehalten. Dabei war weniger das Gewicht, das sie trugen, das Problem. Die Fackeln flackerten im stärker werdenden Wind immer heftiger. Sie leuchteten den Waldboden nur schemenhaft aus und mächtige Baumwurzeln wurden zu kaum sichtbaren Stolperfallen. Aber niemand gab nur einen Laut von sich. Dieses Opfer, das sie brachten, waren sie dem Toten schuldig.

Als der Wald sich schließlich lichtete, erreichten sie ein von Gestrüpp verwildertes, hügeliges Feld. Undeutlich zeichnete sich ihr Ziel in der Finsternis ab. An der tiefsten Stelle, einer kleinen Senke, sollte die Zeremonie ihren Höhepunkt erreichen. Hier in der totalen Einsamkeit und in ungeweihter Erde sollte der Verstorbene seine letzte Ruhe finden. So hatte er es selbst bestimmt und so gab es auch das Ritual vor.

Sie hatten Mühe, ohne zu straucheln auf dem von Gräsern, jungen Bäumen und Brennnesseln zugewucherten Feld vorwärts zu kommen. Schließlich erreichten sie die Senke, wo vor langer Zeit ein kleiner Bach sein Flussbett gegraben hatte. Undeutlich war eine Grube zu erkennen, die säuberlich ausgehoben worden war. Die lockere Erde war daneben aufgeschüttet worden. Dies war die letzte Ruhestätte.

Trotz der Eile hatten sie sich Mühe mit der Arbeit gemacht. Die Seitenwände der Grube waren mit flachen, senkrecht gestellten Steinen gegen nachrutschende Erde abgestützt. Den Boden bildeten gestampfter Lehm und eine dünne Kiesschicht.

Langsam hoben sie die Bahre von ihren Schultern und legten sie im hohen Gras ab. Niemand sprach ein Wort, als sie den Toten von der Bahre hoben. Langsam legten sie den Körper in sein steinernes Grab. Sie richteten seine Kutte, falteten seine Hände zum letzten Gebet und traten gesenkten Hauptes vom Grab zurück. Der Mann, der der Gruppe mit der Fackel voran gegangen war, begleitete die Bestattung mit einem leisen, beschwörenden Gesang. Als er geendet hatte, kniete er sich zu dem Toten herunter und holte unter seiner Kutte einen silbernen, mit roten Halbedelsteinen und feinen spiralförmigen Ziselierungen prachtvoll verzierten Dolch hervor. Er schlug das den Kopf des Toten bedeckende Tuch zurück und berührte mit der im Fackelschein aufblitzenden Dolchspitze erst die Stirn und dann die Brust des Toten und zeichnete dabei jeweils ein Kreuz auf den Körper. Danach steckte er den Dolch wieder ein, umfasste mit der einen Hand die Hände des Toten und legte ihm die Beigaben auf das durch die künstlich herbeigeführte Mumifizierung lederartig gegerbte und eingefallene Gesicht. In den Mund und auf die Augen legte er je eine Goldmünze. Schließlich schob er der Leiche den Stein der Verwandlung in den Mund, so dass dieser sich nicht wieder schloss. Auch das gab das Ritual vor. Danach bedeckte er das Gesicht wieder mit dem Leichentuch. Als letzte Handlung zog er einen weiteren Dolch aus seinem Gewand. Ein Zeremoniendolch, der etwas kleiner und weniger verziert war als der vorige, jedoch komplett vergoldet. Behutsam schob er den Schaft zwischen die gefalteten Hände des Toten.

Neben der Gruft lagen im hohen Gras drei flache große Steinplatten. Der Obermeister erhob sich langsam und nickte unmerklich den Umstehenden zu. Jeweils vier Personen hoben daraufhin gemeinsam den ersten Stein an und bedeckten mit ihm die Gruft. So fuhren sie fort, bis alle Platten das Grab bedeckten. Das entstehende Gewölbe war damit zwar nicht hermetisch abgeschlossen, aber durch die Einbalsamierung würde der Körper die Zeit überdauern. Die Natur würde schließlich ihre Spuren verwischen und hier in der Einöde, dicht neben dem Waldrand, diesen Ort überwuchern.

Die flackernden Fackeln ließen die Schatten der Männer wild auf dem Feld umher tanzen, als sie zum letzten Mal ihre Köpfe senkten. So verharrten sie eine Weile am Grab, versunken im stillen Gebet. Schließlich verließ die erste Gestalt diesen unheimlichen Ort und ging mit langsamen, fast bedächtigen Schritten dorthin zurück, von wo ihre

Prozession gestartet war. In kurzem Abstand folgten die anderen, bis der letzte aus der Gruppe die Gruft locker mit Erde bedeckte und mit der Fackel in der Hand ebenfalls das Feld verließ. Sie hatten ihren Auftrag erfüllt.

Es wurde wieder still, einsam - und dunkel. Nur ein Waldkauz ließ in dieser Nacht seinen klagenden Totengesang hören. Nebel zog wieder auf, wurde dichter und umhüllte den Ort, der jetzt ein unheimliches Geheimnis barg, wie ein Leichentuch.

1

Er spürte, wie die Kälte langsam seine Beine empor kroch. Was hätte er jetzt darum gegeben, auf der Couch in einem warmen Wohnzimmer mit einem Glas Wein in der Hand den Abend ausklingen zu lassen. So döste er gedankenverloren in seiner Fahrerkabine und versuchte, die monotone Arbeit schnell zum Ende zu bringen.

Hannes Wenner hatte den Wunsch seines Vaters, den elterlichen Hof zu übernehmen, letztes Jahr abgelehnt. Die Aussicht darauf, die Verantwortung für ein ganzes Gehöft mit den achtzig Kühen und der daran hängenden Milchwirtschaft zu übernehmen, war für ihn gefühlt noch eine Nummer zu groß. Deshalb hatte er beschlossen, erst einmal seine Erfahrung als Lohnunternehmer zu sammeln. Den Hof konnte er auch später übernehmen.

Seine Ersparnisse waren jedoch überschaubar gewesen. Sehr überschaubar. Große Sprünge ließen sich damit nicht machen. Aber wenn er keinen eigenen Maschinenpark hätte vorweisen können, hätte er sich erst gar nicht um Aufträge zu bemühen brauchen. Also hatte er sich nach

Geldgebern umhören müssen. Einen kleinen Vorschuss hatte er von seinem Vater nicht bekommen. Er dachte zurück an die vielen abendlichen Diskussionen, aber er hatte ihn nicht überzeugen können. Seine Ideen hielt sein Vater für leichtsinnig und zu riskant. Dafür hatte er ihm die Unterstützung versagt.

So hatte er bei diversen Banken anfragen müssen, hörte dort aber fast immer die gleichen Gegenargumente: zu jung, zu unerfahren, zu viel Risiko und das ganze weitere Banken-Blabla. Erst die fünfte Bank hatte seiner Anfrage nach einem Kredit entsprochen. Dann hatte er seinen ganzen Mut zusammengenommen und Anfang des Jahres den großen gebrauchten Deutz-Fahr Agroton K 110 erworben. Ganze 150.000 Euro hatte der mächtige Traktor verschlungen. Er erinnerte sich an die Reue und die Ängste, die er nach dem Kauf hatte. Oft hatte er sich in schlaflosen Nächten die Frage gestellt, ob er jemals so viel Geld verdienen würde, um das alles zurückzuzahlen.

Es dauerte tatsächlich fast ein halbes Jahr, ehe er diesen Auftrag bekommen hatte. Er dachte an die Monate der Ungewissheit und die überschwängliche Freude zurück, als er seinen ersten, und zwar diesen Vertrag unterschrieb.

Ein heftiges Rütteln brachte ihn wieder in die Gegenwart zurück. Er wurde in seiner Fahrerkabine hin und her geschüttelt und musste die Maschine wieder zurück in die Spur bringen. Das Feld war in einem erbärmlichen Zustand. Die hüfthohen Büsche und die Grasinseln waren das eine. Das war kein großes Hindernis für den Mäher. Herausfordernder waren die jungen Bäume und Büsche, die vereinzelt auf dem Feld wuchsen und dem Traktor einiges an Motorleistung abverlangten. Immer wieder musste er behutsamer fahren, als sich der Mäher durch dichtes Buschwerk hindurchkämpfen musste. Am meisten hatte er jedoch mit den unvermittelt auftauchenden Löchern und Erdhaufen zu tun, die durch den Bewuchs verdeckt, unvermittelt vor ihm auftauchten. Er setzte sich aufrecht hin, um, wenn nötig, den Traktor schnell abzufangen.

Ein lauter, ohrenbetäubender Knall, gefolgt von einem rasselnden Geräusch, ließ ihn jäh hochschrecken. Die Warnleuchten im Cockpit leuchteten plötzlich grell auf und der schrille Heulton ließ Hannes Wenner abrupt in seiner Routine stoppen.

»Verdammt nochmal!«

Seitdem er den Auftrag angenommen hatte, hatte es nach seinem Empfinden nur Probleme gegeben. Die Aufgabe, das Feld jetzt im Oktober mit dem seitlich montierten Mähwerk für ein nachfolgendes Pflügen aufzubereiten, hatte gerade sehr gut in seine angespannte finanzielle Situation gepasst. Das Darlehen belastete ihn mehr als er sich selbst eingestehen wollte. Er war zwar nicht verheiratet und musste daher niemanden mitversorgen, aber am Ende des Monats standen in letzter Zeit immer häufiger negative Summen auf seinem Kontoauszug.

Jetzt starrte er entgeistert auf die Warnmeldungen, die penetrant auf dem Bildschirm des Bordcomputers blinkten: Blockade im Mähwerk - Sofort anhalten und Fremdkörper entfernen!

Die Sonne ging gerade unter, aber dieses Feld hatte er heute noch fertig pflügen wollen. Und jetzt das. Er schaltete den Motor aus, sprang aus der Fahrerkabine und ging im Licht der Scheinwerfer, die auf dem Dach montiert waren, zum vorderen Mähwerk. Er löste die Abdeckung und sah sofort die Ursache. Zwischen den Klingen hatte sich ein flacher Feldstein verkeilt und das Mähwerk komplett verbogen. Er bückte sich und schaltete seine kleine LED-Taschenlampe an, um sich den Schaden genauer anzusehen. Der Stein hatte sich komplett in den Klingen verkantet. Er zog mit aller Kraft, rüttelte und fluchte, aber der Stein, der eher wie eine kleine Platte aussah, hatte sich derart festgefressen, dass er sich nicht mehr rührte. »So'n Mist!«

Ihm war klar, dass er heute nicht weiterarbeiten konnte. Erst müsste der Kundendienst die beiden verbogenen Messer wechseln, wenn nicht sogar das ganze Mähwerk hinüber war.

Er schaute über das Feld. Es war offensichtlich seit Jahren nicht mehr bewirtschaftet worden und war deswegen stark verkrautet. Lag es am stark abschüssigen Gelände? Oder an der Senke in der Mitte des Feldes? Wenner war es letztendlich egal, warum dieses Flurstück der Verwahrlosung preisgegeben worden war. Er hatte den Auftrag von der Gutsverwaltung des Gutes Lichtenhagen bekommen und hatte zugesagt, das Feld bis morgen aufbereitet zu haben. Jetzt hing er hier fest. Schon wieder. Und er war noch nicht einmal zur Hälfte fertig. Schon vor einer Stunde hatte er sich festgefahren, aber jetzt war der Schaden um einiges größer.

Er nahm sein Handy aus der Brusttasche seiner Arbeitshose und wählte.

»Gutsverwaltung Lichtenhagen - mein Name ist Hansmann. Was kann ich für Sie tun?«

»Hier Wenner, hallo Frau Hansmann. Ist Herr Maschmann noch im Haus?«

Er merkte, wie sich bei der letzten Frage sein Magen verkrampfte. Der Gutsverwalter war nicht gerade bekannt dafür, bei Problemen gelassen zu reagieren.

»Da muss ich nachsehen, ich glaube, er hat schon Feierabend gemacht. Einen Augenblick bitte.«

Es knackte im Hörer und Wenner hörte die plärrende Computermelodie von »Für Elise«. Das hat Beethoven nicht verdient, dachte er, während er ungeduldig wartete.

»Mann, Wenner, was ist denn nun schon wieder los?! Hat man denn nicht mal im Feierabend Ruhe vor Ihnen?«

Typisch, dachte Wenner, kein ›Hallo‹ oder ›Guten Tag‹ und auch kein ›hoffentlich ist nicht Schlimmes passiert?‹.

»Tut mir sehr leid, Herr Maschmann, dass ich Sie jetzt noch stören muss. Aber ich habe einen Schaden am Mähwerk. So wie es aussieht, werde ich heute nicht mehr fertig. Und ich dachte mir, dass Sie das wissen sollten.«

»Na toll.«

Schweigen.

Wenner wurde unruhig. Lieber hätte er jetzt eine Standpauke über sich ergehen lassen, aber das Schweigen am anderen Ende der Leitung beunruhigte ihn wesentlich mehr. Der Gutsverwalter war sowieso dagegen gewesen, einen Grünschnabel zu engagieren. Aber als Neueinsteiger war er auf jeden Auftrag angewiesen. Maschmann war der Meinung gewesen, man sollte, wenn überhaupt, dann einen erfahrenen Lohnunternehmer beauftragen. Die Topografie des Feldes würde es in sich haben, dafür bräuchte man Erfahrung. Er hatte sich schließlich gegen den Gutsbesitzer nicht durchsetzen können und Wenner musste die schlechte Laune jetzt aushalten.

»Koppeln Sie das Mähwerk ab und kommen Sie zum Gut, das Weitere muss Herr Gibson entscheiden.«

Wenner war ziemlich fertig, der ganze Tag hatte ihn geschlaucht.

»Können wir das vielleicht auch morgen besprechen?«, fragte er vorsichtig nach. »Es ist schon dunkel und jetzt abzukoppeln ist recht kompliziert.«

»Das ist mir so was von egal!«, donnerte Maschmann in den Hörer. »Sie koppeln das Ding jetzt ab und kommen sofort zum Gut! Ich erwarte Sie in einer halben Stunde. Jetzt kann ich Ihretwegen meinen Feierabend verschieben. Also sehen Sie gefälligst zu, Kleiner!«

Es knackte im Hörer und Wenner starrte auf das Display des Handys. Er wusste ja, dass Maschmann nicht gut mit ihm konnte, aber das war schon dreist. Er musterte das

Mähwerk und den flachen Feldstein, der das ganze Dilemma ausgelöst hatte.

Er steckte das Handy in die Brusttasche seines Blaumanns zurück und stieg wieder in seinen Traktor. Er startete ihn und mit einem ruhigen Blubbern stieß der Motor eine schwarze Rauchwolke in die Luft, die sich nur noch schwach gegen den immer dunkleren Himmel abzeichnete. Auf dem Display erschienen wieder die bekannten Warnungen. Er ignorierte sie, ebenso wie den nervtötenden Piepton. Per Hydraulik hob er das Mähwerk an und fuhr an den Feldrand. Dort stellte er den Motor auf Leerlauf und entkoppelte zuerst das Getriebe vom Mähwerk. Dann stieg er aus und ging um das Fahrzeug herum. Wieder bückte er sich und ruckelte an den Messern des Mähwerks. Offenbar hatten das Telefonat und die Wut, die sich danach in ihm aufgebaut hatte, in ihm neue Kräfte entfacht. Mit einem lauten Schrei des Frustes und der Verzweiflung zog er mit aller Kraft am verkanteten Stein herum. Plötzlich löste er sich mit einem lauten, kratzenden Geräusch und polterte klatschend auf die Erde. Es war ein flacher, fast quadratischer Stein, eher eine flache Platte, ungefähr einen halben Meter lang und breit. Mit all seiner angestauten Wut hob er ihn an und wuchtete ihn in das hohe Gras am Feldrand.

Er koppelte das Mähwerk komplett ab. Die Scheinwerfer auf dem Dach des Traktors gaben zum Glück genügend Licht, so dass es weniger aufwendig war, als er erwartet hatte. Er würde es hier am Feldrand ablegen und morgen früh abholen. Hoffentlich würden die Mechaniker die beiden Messer schnell wechseln können.

Mit einem mulmigen Gefühl im Magen, was ihn jetzt auf dem Gut erwarten würde, startete er wieder sein Fahrzeug und fuhr auf den Wirtschaftsweg in Richtung des Gutes Lichtenhagen.

Die feinen Gravuren auf dem Stein, die im letzten Sonnenlicht kleine Schatten warfen, hatte er nicht bemerkt.

2

Mit energischen Laufschritten ging Gregor Maschmann den langen Flur im Wirtschaftsgebäude des Gutes Lichtenhagen entlang. Übertrieben weit schwang er dabei seine Arme hin und her. Seine stämmige Statur und seine gegerbte Haut ließen keinen Zweifel daran, dass er ein gestandener Landwirt war. Er hatte all seine Erfahrung hier auf diesem Gut erworben. Innerhalb der letzten dreißig Jahre hatte er es im Berufsleben vom Stallburschen bis zum stellvertretenden Gutsverwalter gebracht. Viele kamen mit seiner schroffen Art nicht klar, aber hier in Schleswig-Holstein war der Ton in der Landwirtschaft manchmal eben etwas rauer. Der alte Heinrich von Trancken, das war noch ein Gutsbesitzer nach alter Sitte gewesen, ganz nach seinem Geschmack. Der hatte seine Angestellten im Griff und erwartete strenge Disziplin. Dann wurde es auch schon mal laut, wenn die Aussaat der Wintergerste sich verzögerte oder die Wartung der Mähdrescher nicht wie erwartet ablief. Immerhin hatte man hier auf dem Gut nicht nur 500 Hektar landwirtschaftliche Nutzfläche zu bewirtschaften, sondern musste die Angestellten auch sonst in Beschäftigung halten. Nur so, da war sich Maschmann sicher, konnte man das Erbe und den Wohlstand des Gutes erhalten. Was wusste schon dieser Schnösel, der jetzt sein neuer Chef war? Für seinen Geschmack hatte Maschmann schon zu oft ihm gegenüber seinen Ärger herunterschlucken müssen.

Nach dem Tod von Heinrich von Trancken im letzten Jahr hatte dessen Schwiegersohn, Andrew Gibson, das Gut übernommen und die Sitten etwas gelockert. Mit den neuen Methoden, wie Work-Life-Balance und angenehmer Arbeitsatmosphäre, die er hier eingeführt hatte, konnte Maschmann überhaupt nichts anfangen. Wollte er auch gar nicht. Hier arbeiteten Männer - und keine Memmen. Er war vielmehr der Ansicht, dass man Landwirtschaft nur durch harte praktische Arbeit erlernen konnte und nicht durch ein Studium an einer Universität.

Gibson war es auch gewesen, der einen Teil der Maschinen abgeschafft hatte und stattdessen vermehrt mit Lohnunternehmern zusammenarbeitete. Auch das war nicht in Maschmanns Sinne. Immer wieder kamen neue Gesichter auf das Gut, die seiner Ansicht nach nie so zuverlässig und zur Not auch nicht so verschwiegen sein konnten, wie langjährige Mitarbeiter.

Und jetzt hatte man ihm auch noch diesen Hannes Wenner vor die Nase gesetzt. Wenner hatte sich mit seinen zweiunddreißig Jahren gerade selbständig gemacht und Gibson mit seiner Unvoreingenommenheit überzeugt, so dass er ihn mit der letzten Parzelle beauftragt hatte. Maschmann hatte hingegen für seinen alten Kollegen Manfred Krüger plädiert. Krüger war Teamleiter des Maschinenparks, Koordinator der Lohnunternehmer und die rechte Hand Maschmanns. Er war nach einem Unfall mit einem Tieflader zwar körperlich etwas eingeschränkt, hatte aber sein volles Vertrauen. Er war wie er fünfundfünfzig Jahre alt und arbeitete seit vielen Jahren mit ihm zusammen. Die Beauftragung von Wenner ging ihm gehörig gegen den Strich. Auch wegen dessen Unerfahrenheit, aber nicht nur deswegen.

Maschmann riss die Tür zum Sekretariat auf.

»Ist der Wenner schon da?!«

»Ich - äh - keine Ahnung, ich habe ihn noch nicht gesehen.«

Die Sekretärin des Gutes, Gaby Hansmann, schaute ihn erschrocken an. Sie war die gute Seele des Hauses und arbeitete schon einige Jahre auf dem Gut. Das hieß aber nicht, dass sie gut mit ihm auskam. Im Gegensatz zu ihm konnte sie gut mit den neuen Arbeitsmethoden hier auf dem Gut leben. Sie hatte für die neuen Kollegen immer ein offenes Ohr oder wenn nötig ein tröstendes Wort parat und das, obwohl sie mit ihren Mitte Dreißig noch zu den jüngeren hier in der Verwaltung zählte. Sie wusste, dass sie für Maschmann nur das blonde Dummchen vom Dienst war. Zuerst hatte sie das gekränkt. Sie legte sehr viel Wert auf ihr Äußeres und war sich durchaus bewusst, dass sie dem einen oder anderen Kollegen den Kopf verdrehen konnte. Maschmann und Manfred Krüger fanden es eher unpassend und ließen es sie ständig wissen, dass sie sie für eine klare Fehlbesetzung hielten. Mittlerweile war ihr das egal und sie konnte mit den diverse Machosprüchen, die sie zu hören bekam, einigermaßen umgehen.

»Wenn der hier auftaucht, soll der sich sofort bei mir im Büro melden. Der fährt sich auf dem einzigen Feld, das er beackern soll, seinen Bock zu Klump und nun kommt er nicht mal an den Laden. Es ist jetzt halb acht und ich habe keine Lust, länger als nötig hier herumzusitzen!«

»Er ist bestimmt schon auf dem Weg. Er ist doch eigentlich ein ganz zuverlässiger.«

»Ein blutiger Amateur ist er - nichts weiter! Rufen Sie Herrn Gibson an, ob er noch Zeit für ein klärendes Gespräch hat. Der soll sehen, wen er uns hier ins Nest gesetzt hat! Ich schmeiß' den Typen raus!«

Mit diesen Worten drehte Maschmann auf der Stelle um, verließ fluchend den Raum und knallte die Tür hinter sich zu.

»Halleluja - der Hannes wird drei Kreuze machen, wenn der Abend vorbei ist ...«, seufzte sie, als sie zum Telefonhörer griff.

3

Den ganzen Weg zurück zum Gut Lichtenhagen hatte sich Hannes Wenner den Kopf zerbrochen und versucht, seiner Nervosität Herr zu werden. Er wusste, was für ein Choleriker Gregor Maschmann sein konnte, wenn ihm etwas nicht in den Kram passte. Er brauchte diesen Auftrag dringend. Was sollte er machen, wenn Maschmann seinen Vertrag fristlos kündigte? Das traute er ihm ohne weiteres zu. Er war verzweifelt. Er suchte den Fehler bei sich selbst. Aber was konnte er denn dafür, dass er seine Arbeit nicht beenden konnte? Seiner Meinung nach gar nichts. Er war sich sicher, dass er weder die Senke noch den Stein hätte rechtzeitig sehen können, nicht bei diesem Gestrüpp. Außerdem war es sein Gerät, das jetzt defekt war. Die nicht geplante Reparatur musste er erst einmal stemmen. Er war sich sicher, dass er gar nicht erst anfragen brauchte, ob sich das Gut an den Kosten beteiligte. Wie er es auch drehte und wendete: Er sah nur Probleme auf sich zukommen. Schließlich bog er mit einem immer flaueren Gefühl im Magen von der geteerten Landstraße in den unbefestigten Feldweg ein, der an beiden Seiten alleeartig von hohen Pappeln gesäumt wurde. Am Ende des Weges konnte er das beleuchtete Gutshaus und die Wirtschaftsgebäude schon sehen. Er schaltete einen Gang herunter und verringerte die Geschwindigkeit, damit er nicht zu sehr durch die Schlaglöcher durchgeschüttelt wurde. Nach kurzer Fahrt bog er auf die Zufahrt zum Gutshof ein. Inzwischen war es stockfinster geworden, der erste Nebel stieg aus den Feldern auf und kroch langsam über die Wege. Der Oktober war in diesem Jahr ungewöhnlich feucht.

Er fuhr holpernd auf den Gutshof und parkte den Traktor links vor dem reetgedeckten Wirtschaftsgebäude, in dem die Büros des Gutes untergebracht waren. Es lag gegenüber dem beeindruckenden Gutshaus, dazwischen tat sich der große Wirtschaftshof auf. An den Seiten des Hofes standen weitere Gebäude aus Backstein, teilweise perfekt renovierte, reetgedeckte Scheunen, teilweise Zweckbauten der späten siebziger Jahre mit den typischen Wellblechwänden und Eternitdächern. In ihnen wurden die landwirtschaftlichen Maschinen abgestellt und gewartet.

Die Fenster der Büros waren noch hell erleuchtet, jetzt im Oktober herrschte noch Hochbetrieb. Er war bisher nur einmal hier gewesen, vor zwei Wochen, als er sich mit Andrew Gibson wegen der abschließenden Abstimmung zu seiner Tätigkeit hier getroffen hatte.

Er trat durch die moderne weiße Eingangstür, die so gar nicht zum Rest des Gebäudes passen wollte und ging mit einer immer größer werdenden Nervosität auf das Büro der Gutssekretärin zu, das am Ende des Flures lag. Zum Glück war man hier voll auf die Landwirtschaft eingestellt, der Fußboden war mit Linoleum ausgelegt. Wenner bemerkte, dass er wohl die gesamte Erde des Ackers im Profil seiner Arbeitsschuhe mitgebracht hatte und nun auf dem Flur verteilte. Arbeitsschuhe mit tiefem Profil hatten auch manchmal Nachteile.

Treten Sie ein, ohne zu klopfen - Das Schild an der Tür war mehr Aufforderung als Einladung.

Langsam drückte er die Klinke herunter, öffnete die Tür einen Spalt und lugte in das helle und ordentlich aufgeräumte Büro. Gaby Hansmann schaute vom Schreibtisch auf und ihm direkt in die Augen. Wenner meinte, eine leichte Mitleidsmiene in ihren Gesichtszügen erkennen zu können.

»Hallo Herr Wenner, ich freue mich, Sie zu sehen. Der Traktor hat Sie ja schön im Stich gelassen. Aber zum Glück ist nichts weiter passiert.«

»Abend Frau Hansmann, ich hoffe, Herr Maschmann sieht das ähnlich. Ich glaube, der ist ganz schön sauer.«

»Nehmen Sie es nicht persönlich. Er lebt nach der Arbeitsmethode ›Nicht gemeckert ist Lob genug‹. Wird schon. Gehen Sie am besten gleich zu ihm. Er ist in seinem Büro, zwei Zimmer weiter auf der linken Seite.«

Der Aufkleber auf der Tür von Maschmanns Büro »Tritt ein, bring Glück herein« klang für Wenner im Gegensatz zum Spruch auf der ersten Bürotür wie der blanke Hohn. »Zutritt auf eigene Gefahr« hätte seiner Ansicht nach besser gepasst. Er zögerte kurz, atmete tief aus und klopfte dreimal.

»Herein!«

Wenner zuckte zusammen, drückte die Türklinke herunter und betrat langsam das Zimmer. Maschmann saß hinter einem schlichten grauen Schreibtisch, unter dem ein ebenso schlichter Rollcontainer stand. Hinter ihm war ein grauer, raumhoher Aktenschrank, der vor Ordnern überquoll. Zusammen mit dem Schreibtisch bildete der Schrank eine nüchterne Kombination der ausgehenden achtziger Jahre. Das grelle Licht der einsamen Neonröhre an der Decke verlieh dem Raum zur Krönung die kalte Atmosphäre einer Leichenhalle.

Anhand der Unordnung auf dem Schreibtisch und der vertrockneten Yucca Palme in der hinteren Büroecke erkannte Wenner, dass Maschmann auch sonst offensichtlich nicht viel von Gemütlichkeit hielt.

»Ah, unser Furchenkünstler beehrt uns mit seiner Anwesenheit. Wurde auch Zeit. Setzen Sie sich.«

Er nahm auf einem billigen, grünen Plastikstuhl vor dem Schreibtisch Platz und hatte auf einmal ein Déjà-vu. Er kam sich gerade wie damals in der Schule vor, als er wegen eines Turnbeutels, den er der nervigen Jenny Peters geklaut und in der Jungstoilette versteckt hatte, zum Rektor zitiert wurde. Manche Gefühle ändern sich nie.

»Hören Sie, Herr Maschmann, es tut mir leid, aber das hätte …«

»Ach, wissen Sie, Wenner«, wurde er unterbrochen, »mir ist es eigentlich ziemlich egal, was wann warum mit ihrer Zugmaschine passiert ist. Fakt ist, dass Sie bis morgen nicht, wie vereinbart, fertig werden. Ich könnte mich jetzt aufregen, aber das habe ich mir abgewöhnt.«

Aufgrund der roten Flecken auf Maschmanns Hals erkannte Wenner, dass er log. Der Mann kochte vor Wut. Aber warum konnte sich der Mann derart in diese Situation rein steigern? So ein Schaden konnte immer passieren, vor allem auf einem Feld, das offensichtlich seit mehreren Jahren brach gelegen hatte. Normaler Weise werden diese Felder vorher nach größeren Steinen abgesucht, aber bei dem Gestrüpp und dem engen Zeitplan, den Maschmann ihm aufgedrückt hatte, war das unmöglich gewesen.

»Ich habe mit Herrn Gibson gesprochen. Er will Sie sehen. Tja, mein Freund, das war wohl ein kurzer und letzter Auftrag hier für Sie«, grinste ihn Maschmann arrogant an.

Wenner schluckte trocken. Sollte Andrew Gibson ihn wirklich rausschmeißen wollen? Er hatte den jungen Gutsbesitzer eigentlich als einen sehr sympathischen Zeitgenossen kennen gelernt.

Das Gutshaus von Lichtenhagen war ein stattliches, dreigeschossiges Herrenhaus. Die Backsteinfassade war weiß getüncht. Mit den symmetrisch angeordneten Sprossenfenstern mit hellbraunem Rahmen und dem Sandsteinportal mit großer Freitreppe davor, machte es einen sehr herrschaftlichen Eindruck. Hauptaugenmerk war aber der große Mittelrisalit, den ein Giebel mit sandsteinernem Wappen abschloss. Das Ganze wurde von einem mächtigen Walmdach abgeschlossen. Eigentlich war Wenner bei solchen alten Häusern immer sehr beeindruckt, aber gerade in diesem Moment war es ihm ziemlich egal. Was hätte er darum gegeben, wenn es jetzt schon eine Stunde später wäre, dann wäre bereits alles vorbei.

Gregor Maschmann ging mit ihm die Freitreppe hinauf und klingelte an der Tür. Ein Hund bellte.

Die Tür wurde geöffnet, ein junger und großer brauner Hund stürmte heraus und begrüßte beide schwanzwedelnd und winselnd.

»Fenja - zurück!« Augenblicklich drehte der Hund um und verschwand wieder im Haus.

Andrew Gibson stand in der Tür und reichte Wenner zur Begrüßung die Hand.

»Guten Abend Herr Wenner, guten Abend Herr Maschmann. Schön, Sie zu sehen. Bitte kommen Sie herein.«

Mit der Höflichkeit eines britischen Gentlemans und dem dazu passenden Akzent begrüßte er seine späten Besucher.

»Entschuldigung, aber ich habe noch meine Arbeitskleidung an und ich möchte nicht in ihrem Haus alles dreck…«

Katrin Gibson kam ebenfalls an die Tür: »Keine Sorge, wir sind ein landwirtschaftlicher Betrieb. Da können wir mit ein bisschen Dreck umgehen.«

Katrin und Andrew Gibson verströmten eine derart große Gelassenheit und Sympathie, dass Wenner innerlich aufatmete. Es keimte Hoffnung in ihm auf, dass er vielleicht doch nicht für einen Rausschmiss ins Gutshaus eingeladen wurde.

Andrew Gibson war zwar erst Anfang Dreißig, machte aber einen sehr souveränen und selbstbewussten Eindruck. Stilvoll gekleidet mit einem englischen Tweed

Jackett und mit seiner hellen Leinenhose wirkte er ein bisschen wie aus der Branche gefallen, nicht wie ein Landwirt, eher wie ein Jungunternehmer. Seine dunkelblonden, halblangen Haare waren zu einem akkuraten Scheitel gekämmt. Auf Wenner wirkte er eher wie der typische junge erfolgreiche Yuppie. Sein leicht brauner Teint unterstrich dieses Image noch. Katrin Gibson vervollständigte das Bild perfekt. Sie war eine höchst attraktive Frau mit sportlich-kurzen blonden Haaren, ebenso topmodisch mit einem beigen Kostüm gekleidet. Man merkte ihr den adeligen Stammbaum an, aber dennoch wirkte sie nicht unnahbar. Im Gegenteil. Sie war eine Frau ohne Allüren und reichte ihm ebenfalls die Hand. »Wir haben uns noch nicht kennengelernt. Ich freue mich, das jetzt nachholen zu können. Treten Sie ein, wir bleiben gleich im Vestibül.«

Wenner schaute sich in der Eingangshalle um. Sie reichte in der Höhe über zwei Etagen des Hauses, war reich mit Stuck verziert und die hohe Decke schmückte ein imposantes italienisches Fresko aus dem achtzehnten Jahrhundert. In einem Himmelsgewölbe tummelten sich darin eine Reihe von Gottheiten, Engelsfiguren und Fabelwesen. Den Höhepunkt bildete der Kronleuchter, der die ganze, in beigem Marmor gehaltene Halle erhellte und den roten Marmorkamin an der linken Seite des Raumes perfekt in Szene setzte. Vor dem Kamin standen eine lederne Couch, zwei dazu passende Sessel und ein tiefer runder Mahagonitisch. Wenner hatte nicht viel Ahnung davon, aber es durfte sich um antike Stücke handeln, wie mit Sicherheit die meisten Möbel in diesem Haus.

»Nehmen Sie gerne Platz.« Katrin Gibson deutete auf die Sessel und wandte sich um zum Gehen. »Einen Kaffee?« Sie schaute Wenner und Maschmann fragend an.

Sie gingen in Richtung des Kamins und vermieden dabei, den großen Gabbeh Teppich, der in der Mitte des Raumes lag, zu betreten.

»Für mich bitte schwarz, wie immer«, antwortete Maschmann kühl.

»Hätten Sie auch nur ein einfaches Glas Wasser für mich?« Wenners Hals war staubtrocken. Es lag weniger daran, dass er durstig war, sondern an seiner Nervosität, die sich in ihm bis zum Zerreißen steigerte. Das folgende Gespräch konnte sowohl in die eine, aber auch in die andere Richtung gehen. Und diese Ungewissheit brachte ihn zur Verzweiflung.

»Natürlich. Ich bin gleich wieder da.«

Während Katrin Gibson den Raum verließ, setzte sich Andrew Gibson auf das Sofa und wandte sich an Maschmann. »Sie hatten mich angerufen und um ein Gespräch mit Ihnen und Herrn Wenner gebeten. Es scheint sehr wichtig zu sein. Worum geht es denn?«

»Herr Gibson, wie Sie wissen«, Maschmann beugte sich in seinem Sessel vor und stützte die Ellenbogen auf die Oberschenkel, »bin ich sehr daran interessiert, dass dieses Gut ein erfolgreiches Unternehmen ist und bleibt. Dazu gehört auch ein gewisses Maß an Disziplin und Verlässlichkeit. Tugenden, die übrigens Ihrem Schwiegervater sehr wichtig waren.«

Maschmann ließ offensichtlich keine Gelegenheit aus, auch zwischen den Zeilen die Methoden seines neuen Chefs zu kritisieren.

»Ihre Wahl, Lohnunternehmer mit unseren Aufgaben zu betrauen, ist - wie soll ich sagen - manchmal eine nicht sehr glückliche Entscheidung.«

»Glauben Sie mir, Herr Maschmann, ich kenne die Methoden meines verstorbenen Schwiegervaters. Sehr gut sogar. Trotzdem muss ich sie nicht mögen. Ich bin der Ansicht, dass es mehrere Wege gibt, einen landwirtschaftlichen Betrieb zu führen. Kommen Sie bitte auf den Punkt.«

Wenner merkte, dass die beiden Männer keine Freunde waren und in diesem Leben wohl auch keine mehr werden würden. Gibson schaute seinem Gegenüber selbstsicher in die Augen. Er wusste, dass er Maschmann intellektuell überlegen war.

»Nun gut. Ihre Wahl, Herrn Wenner zu beauftragen, war ein Fehler. Das Feld hinten an der Wiederkehrsenke wird bis morgen nicht fertig. Herr Wenner hat sein Mähwerk beschädigt. Er ist offensichtlich noch zu unerfahren für uns.«

Wenner wollte gerade erwidern und sich rechtfertigen, aber Gibson hob in seine Richtung beschwichtigend die Hand. Er verfügte über eine ungewöhnlich hohe Auffassungsgabe. Er bemerkte schnell, dass Hannes Wenner voll auf Maschmanns Abschussliste stand und dieser ihm nicht gewachsen war.

»Das Feld auf der Parzelle A3 wird lediglich für eine Düngesaat vorbereitet. Erst ab nächstem Jahr soll es bewirtschaftet werden. Wir haben keinen Termindruck. Wo ist also das Problem?«

Maschmann stand wütend auf. »Genau das meine ich! Hier herrscht keine Disziplin mehr. Vertrag ist Vertrag! Das Feld hat morgen fertig zu sein! Außerdem kommt noch dazu, dass es Unsinn ist, dieses Feld wieder nutzen zu wollen! Es ist aufgrund seiner Beschaffenheit höchst unwirtschaftlich. Ihr Schwiegervater wusste das und Sie ignorieren das! Ich finde es unverschämt, dass Sie mich nicht in diese Pläne eingeweiht haben!«

Gibson wurde immer ruhiger, je ungehaltener Maschmann wurde. »Herr Maschmann, ich muss Sie bitten, sich in meinem Haus zu benehmen! Sie sind zwar unser langjährigster Mitarbeiter. Aber trotzdem können Sie sich hier nicht aufführen, wie ein wilder Derwisch! Das Feld wird gepflügt und damit haben wir Herrn Wenner beauftragt. Dabei bleibt es. Ein Unfall kann jederzeit passieren, das ist halt so. Bei dem Zustand des Feldes liegt es nicht in der Verantwortung des Herrn Wenner. Ich gedenke eher, es wäre nur angemessen, ihm den Schaden aufgrund fehlender Informationen zu ersetzen. Es sei denn, Sie haben ihn ausdrücklich auf die schlechte Beschaffenheit der Parzelle hingewiesen. Haben Sie?«

»Frechheit!« Maschmann sprang aus seinem Sessel auf und ging zur Tür. »Hier ist das letzte Wort noch nicht gesprochen! So lasse ich nicht mit mir umgehen!« Mit diesen Worten verließ er eilig und fluchend das Haus. Wenner erwartete, dass Maschmann die Tür laut krachend ins Schloss fallen lassen würde, aber das traute er sich dann doch nicht.

Katrin Gibson kam mit den Getränken wieder zurück. »Oh, ist Herr Maschmann schon gegangen?«

»Herr Maschmann wollte wohl nicht mehr mit uns plaudern.« Gibson grinste Wenner an. »Aber den Kaffee werden wir bestimmt auch so los.« Katrin Gibson stellte die Getränke auf den Tisch und setzte sich zu ihrem Mann.

»Es tut mir sehr leid, dass ich Ihnen solche Schwierigkeiten mache.«

»Unsinn!« Gibson machte in Richtung Wenner eine abwinkende Geste. »Da machen Sie sich mal keine Gedanken. Sie haben Gregor Maschmann jetzt ja auch kennen gelernt. Wie heißt es so schön? Er ist mit der Gesamtsituation unzufrieden. Als wir letztes Jahr hier die Nachfolge meines Schwiegervaters angetreten haben, hat er versucht, mir das Gutsleben zu erklären, um auf ein Beibehalten der alten Strukturen zu pochen. Darauf habe ich mich nicht eingelassen und nun ist er etwas, sagen wir mal, pikiert. Sie organisieren morgen die Reparatur des Mähwerks und erledigen den Auftrag. Die Reparaturkosten rechnen Sie uns bitte zusätzlich ab. Und dann sehen wir weiter.«

Wenner nahm einen großen Schluck Wasser. Ihm fiel gerade ein zentnerschwerer Stein von der Brust.

»Darf ich Sie etwas fragen?«

»Nur zu.« Gibson schaute Wenner erwartungsvoll an.

»Die Parzelle A3. Warum wurde die so lange Zeit nicht bewirtschaftet?«

Katrin Gibson übernahm das Wort: »Eine gute Frage. Ich bin hier auf dem Gut aufgewachsen. Ich kann mich nicht erinnern, dass sie je genutzt wurde. Mein Vater verbot damals, dass wir uns dort aufhalten. Verstanden habe ich es bis heute nicht. Sie haben selbst gesehen, dass das Gelände dort herausfordernd ist. Deswegen können wir es auch nicht verpachten. Aber wir schließen langfristige Verträge mit den Abnehmern unserer Produkte. Und so müssen wir natürlich auch alle unsere Flächen nutzen.«

Der Hund, ein junger Rhodesian Ridgeback, der die ganze Zeit ruhig vor dem Kamin gelegen hatte, hob plötzlich den Kopf und spitzte die Ohren. Dann fing er aufgeregt zu bellen an. Katrin Gibson schaute in die Richtung, die der Hund anbellte, riss vor Schreck die Augen auf und schrie.

»Da, am Fenster! Wer ist das?!«

Wenner nahm undeutlich ein Gesicht wahr, wie es am Fenster verschwand. Gibson lief zur Tür, riss sie auf und blickte sich auf dem Hof um. Er sah gerade noch, wie ein Mann in Richtung der Maschinenhalle lief. War das nicht Manfred Krüger, die rechte Hand von Gregor Maschmann? Der Hof war zwar durch diverse Laternen erleuchtet, dennoch war es zu dunkel. Die Person, die fortlief, war nur schemenhaft zu erkennen.

»Hoffentlich war es kein Einbrecher.«

»Das glaube ich nicht«, beruhigte Gibson seine Frau. »Bestimmt einer unserer Leute, der nachsehen wollte, ob wir noch wach sind.«

Aber er musste sich eingestehen, dass er selbst an seiner Aussage zweifelte. In letzter Zeit schlug der Hund nachts sehr häufig an.

4

Hannes Wenner war beruhigt und zufrieden, als er das Gutshaus verließ. Andrew Gibson war offensichtlich ein guter Mentor. Wenn er sich jetzt ein bisschen ranhalten würde, konnte er vielleicht doch mit weiteren Aufträgen auf dem Gut rechnen. Deswegen entschied er sich, auf dem Weg zu seiner angemieteten Maschinenhalle, wo er den Traktor abstellen konnte, an der Wiederkehrsenke vorbeizufahren und den Schaden am Mähwerk noch einmal im Scheinwerferlicht zu begutachten. So konnte er gleich morgen früh den Mechaniker instruieren. Vielleicht könnte er sich auch ein Mähwerk dort für die Dauer der Reparatur leihen.

Er erreichte die Parzelle und merkte, wie ihm in dieser Nacht der Nebel einen Strich durch die Rechnung machte. Wie ein weißes Laken legte sich der feine Dunst über das Feld. Die Senke, in der er sich sein Arbeitsgerät beschädigt hatte, füllte ein dichtes Nebelkissen aus. Der Vollmond verwandelte die Szene zu einer geheimnisvollen Schönheit.

Trotzdem entging ihm nicht, dass dort unten in der Senke eine ungewöhnliche Bewegung war.

Wollte dort jemand seine Arbeit sabotieren und ihm buchstäblich weitere Steine in den Weg legen? Maschmann hätte allen Grund dazu gehabt.

Vorsichtig, aber entschlossen ging er über das Feld, dorthin, wo er eben noch kurz einen Kopf aus dem Nebel ragen sah.

»Hallo? Wer ist da? Wer sind Sie? Was machen Sie hier? Dies ist Privatbesitz und ich werde … «

Ihm stockte der Atem. Eine riesenhafte Gestalt hatte sich vor ihm aufgerichtet. Sie schien komplett in zerschlissene Lumpen gehüllt zu sein, die in langen Fetzen von ihr herunterhingen. Der Kopf war von einer Kapuze bedeckt. Ein unglaublich modriger, grabähnlicher Gestank umgab sie. Mit angstvoll aufgerissenen Augen versuchte Wenner unterhalb der Kapuze ein Gesicht zu erkennen, was ihm jedoch nicht gelang. Das war doch kein Mensch! Entweder hatte dieses Etwas kein Gesicht oder der Nebel und die Dunkelheit spielten seinen Augen einen Streich.

Das Wesen sprang auf ihn zu. »Hinfort!«

Er stolperte erschrocken rückwärts, strauchelte und fiel auf seinen Allerwertesten.

»Hinfort« stöhnte die Gestalt. Erneut diese Stimme! So klang doch kein normaler Mensch!

Wenner krabbelte rückwärts auf allen Vieren davon, das Wesen behielt er dabei immer im Auge. So schnell er konnte drehte er sich um und rappelte sich panisch auf. Er rannte, so schnell es der hier noch zugewucherte Acker zuließ, in Richtung seines Treckers.

»Fühle des Todes kalten Hauch, der dich umhüllt!«

Er keuchte nach Luft, als er merkte, dass er nicht schnell genug war. Immer wieder stolperte er im tiefen Boden, den er vor einigen Stunden gerade selbst umgepflügt hatte. Es fühlte sich an wie in einem furchtbaren Albtraum. Er rannte um sein Leben, aber kam nicht vorwärts. Aus Panik wurde Todesangst. Was passierte hier gerade mit ihm?

»Lass mich in Ruhe, was immer du auch bist!«

Er schrie es verzweifelt in die Richtung, in die er lief. Er wagte es nicht, sich umzudrehen. Durch die Geräusche hinter ihm merkte er sowieso, dass er eingeholt wurde. Gleich würde er oder vielmehr es, ihn erreicht haben. Er atmete immer hektischer. Aber er konnte seine Zugmaschine schon sehen. Vielleicht schaffte er es doch noch. Eine seltsame Mischung aus purer Angst und leiser Hoffnung überkam ihn.

Plötzlich sprang etwas von hinten auf seinen Rücken. Eine unglaubliche Last lag unvermittelt auf seinen Schultern. Wie von einer Dampframme getroffen, strauchelte er abermals und fiel klatschend der Länge nach auf den feuchten Boden. Er konnte kaum atmen und fing an zu keuchen, als die Kreatur mit ihrem ganzen Gewicht auf ihm lag. Er fühlte, wie ihm der Brustkorb wie mit einem Schraubstock zusammengedrückt wurde.

»Fürchte die Toten, die keine Toten sind und meide die Lebenden, die sie leugnen!«

Was meinte das Wesen? Noch bevor sich Wenner Gedanken über diese Worte machen konnte, die ihm gerade zugeflüstert wurden, traf ihn ein spitzer schwerer Feldstein mit voller Wucht an der rechten Schläfe. Ein stechender Schmerz fuhr durch seinen Schädel. Er merkte, wie seine rechte Gesichtshälfte feucht und warm wurde, dann umfing ihn eine tiefe Schwärze.

Gibson ging unruhig in seinem Arbeitszimmer auf und ab. Das war jetzt schon das zweite Mal, dass nachts jemand durch die Fenster seines Hauses geschaut hatte. Auch gestern Nacht konnte er nicht herausfinden, wer sie ganz offensichtlich beobachtete. Wenn es nach seiner Frau ginge, wäre es an der Zeit, jetzt die Polizei zu benachrichtigen. Aber er wusste, dass das sinnlos war. Solange nichts passierte, was in Richtung Bedrohung, Körperverletzung oder noch Schlimmeres ging, waren der Polizei die Hände gebunden.

Er versuchte in seinem Kopf alle seine Tätigkeiten und Entscheidungen der letzten Zeit zu sortieren und in einen Zusammenhang zu bringen. Gibson verfügte über die ungewöhnliche Gabe, scheinbar zusammenhanglose Ereignisse, Personen oder Gegenstände, so komplex sie auch sein mochten, in seinem Geiste in einen logischen Zusammenhang zu bringen. Er konnte so, ohne weitere Hilfsmittel, Ursachen und Wirkungen rekonstruieren oder vorhersagen. Nach einem Sportunfall in seiner Kindheit, bei dem ein Baseball seinen Kopf traf und ein Schädel-Hirn-Trauma verursachte, hatte er in Lebensgefahr geschwebt und wurde in ein künstliches Koma versetzt. Als er drei Wochen später wieder erwachte, hatte er diese Fähigkeit. Die Ärzte nannten es damals eine Inselbegabung, die vielleicht durch einen kindlichen Autismus ausgelöst wurde. Doch das stellte sich als falsch heraus. Auf jeden Fall war es bei seinem Studium für Kulturgeschichte und Agrarökonomie sehr hilfreich gewesen.

Die Neuerungen im Arbeitsablauf, die er hier eingeführt hatte, verunsicherten sicherlich einige seiner Mitarbeiter. Manche waren darüber vielleicht auch verärgert, da sie eine hierarchische Führung gewohnt waren und sich mit der neuen Situation erst einmal abfinden mussten. Aber er praktizierte das System der offenen Tür. Er war stets für seine Mitarbeiter da und nahm deren Sorgen und Nöte ernst. Anpassungsvorschläge nahm er dankbar an. Wo sie sinnvoll waren, setzte er sie in gemeinsamer Runde auch um. Es gab also aus seiner Sicht keinen Grund, es war sogar aus seiner Sicht eigentlich unlogisch, ihn zu bedrohen. Die Vibration seines Mobiltelefons beendete seine Gedankengänge. Er war überrascht, dass nach Büroschluss die Gutsverwaltung bei ihm anrief.

»Hallo? Frau Hansmann - Sie sind noch im Büro? Was gibt es denn? Sie sind ja völlig außer Atem.«

Sie war in heller Aufregung. Ihre Stimme überschlug sich, als sie anfing zu sprechen.

»Kommen … kommen Sie schnell. Es ist etwas Furchtbares passiert … Oh mein Gott.«

Unvermittelt wurde das Gespräch beendet. Gibson schaute ungläubig auf sein Telefon. So hatte er seine Mitarbeiterin noch nie erlebt.

5

Das grelle Licht blendete Wenner, als er blinzelnd die Augen aufschlug. In seinem Kopf hämmerte es wie von einem Presslufthammer. Ihm war furchtbar übel. Er fasste sich an den Kopf und bemerkte den dicken Verband.

Er war offensichtlich in einem Patientenzimmer im Krankenhaus und starrte von seinem Bett aus an die Decke. Er hatte keine Ahnung, wann und wie er hierhergekommen war. Er versuchte sich zu erinnern, aber seine rasenden Kopfschmerzen hinderten ihn, auch nur einen klaren Gedanken zu fassen.

»Was ist denn passiert? Wo bin ich?«

Die Krankenschwester, die gerade an seinem Bett stand und seine Kissen richtete, lächelte ihn freundlich an.

»Gott sei Dank - Sie sind endlich wach, Herr Wenner. Sie sind im Universitätsklinikum in Kiel. Es hat Sie ganz schön erwischt. Der Arzt wird sich gleich um Sie kümmern. Sie müssten uns ein paar Fragen beantworten. Fühlen Sie sich jetzt schon dazu in der Lage?«

»Ja. Ja, ich denke schon ... Ich weiß nicht, lassen Sie es uns versuchen. Ich habe auch ein paar Fragen.«

Sie verließ den Raum und kurz danach kam der Arzt herein. Ein älterer, groß gewachsener Mann mit grauem Haarkranz und halb auf der Nase sitzender Lesebrille. Wenner war noch nie als Patient im Krankenhaus gewesen, aber so hatte er sich hier die Ärzte immer vorgestellt.

Er gab ihm die Hand. »Sie haben uns einen schönen Schrecken eingejagt, Herr Wenner. Ich bin Dr. Claus Tollensen, Ihr behandelnder Arzt. Wie geht es Ihnen? Sind die Schmerzen auszuhalten? Oder benötigen Sie noch Schmerzmittel?«

»Danke, es geht. Wie bin ich hergekommen?«

»Man hat Sie gestern bei uns eingeliefert. Mit einer sehr bedenklichen Wunde an der rechten Schläfe. Seitdem waren Sie bewusstlos. Bis eben.«

»Gestern? So lange bin ich schon hier?«

»Ja, aber machen Sie sich keine Sorgen, wir kümmern uns gut um Sie. Können Sie sich erinnern, was Ihnen zugestoßen ist?«

»Nein, nur, dass ich auf dem Weg nach Hause war.«

»Man hat Sie gestern Nacht in der Nähe des Gutes Lichtenhagen auf einem Feld gefunden.«

»Das letzte, an das ich mich erinnere, ist, dass ich ein Gespräch mit dem Gutsverwalter hatte und an …« Er stockte, denn das, was ihm gerade durch den Kopf schoss, war zu irreal. »Was ist denn passiert?«

»Das möchten wir von Ihnen gerne wissen. Eine Fraktur haben Sie Gott sei Dank nicht. Aber eine ziemlich große Kopfwunde und eine Commotio cerebri, eine Gehirnerschütterung. Wir werden Sie auf jeden Fall noch etwas hier behalten. Ich möchte Spätfolgen oder Komplikationen auf jeden Fall ausschließen.«

Wenner war alles recht, solange er nicht aufstehen musste. Ihm war schwindelig und er hatte auf einmal das Gefühl, sich gleich übergeben zu müssen.

Dr. Tollensen merkte, wie sein Patient blass um die Nase wurde.

»Brauchen Sie etwas?«

Er riss sich zusammen und verdrängte den Würgereiz.

»Es geht schon.«

»Hören Sie, da ist noch etwas. Draußen steht die Polizei und möchte Sie kurz sprechen. Aber in Ihrem Zustand schicke ich sie wieder weg. Sie sollen morgen wiederkommen.«

»Polizei? Warum?«

»Die Herren gehen davon aus, dass Sie keinen Unfall hatten. Offenbar hat jemand nachgeholfen.«

Der Würgereflex setzte wieder ein.

Dr. Tollensen registrierte, wie sich sein Patient sichtlich quälte.

»Morgen geht es Ihnen sicherlich schon etwas besser. Die Beamten können später ihre Fragen stellen. Versuchen Sie, sich ein bisschen zu entspannen.«

Wenner schloss die Augen und versuchte, gerade an nichts zu denken. Weder an die Polizisten noch an die Tatsache, dass ihn jemand vielleicht umbringen wollte. Aber diese Kreatur, die über ihn hergefallen war, dieser Geruch nach Friedhof, das fehlende Gesicht - das alles kam ihm wieder ins Bewusstsein.

»Sie haben schon einen Venenkatheter gesetzt bekommen. Ich werde Ihnen etwas Paspertin geben lassen. Dann lässt die Übelkeit schnell nach. Novalgin hatten Sie gegen die Schmerzen bereits bekommen. Schauen Sie mich bitte noch einmal an.«

Wenner öffnete die Augen und der Arzt leuchtete mit einer kleinen Stabtaschenlampe abwechselnd in beide Augen, um die Pupillenreflexe zu testen.

»Alles in Ordnung. Der Schwindel und die Übelkeit werden noch ein bisschen bleiben. Da werden die Medikamente aber helfen. Schwester Vanessa wird gleich vorbeikommen. Ich schaue nachher noch einmal bei Ihnen rein.«

»Danke, Doktor Tollensen.«

Wenner reichte ihm die Hand und wartete, bis der Arzt das Zimmer verlassen hatte. Dann schloss er wieder die Augen.

Mach, dass es aufhört! Mach, dass dieser Schwindel aufhört!

Nach wenigen Minuten ging die Tür auf und die Krankenschwester kam mit einer Spritze mit der Lösung, nach der sich Wenner bereits sehnte.

»Dann wollen wir mal«, lächelte sie ihn an.

Sie spannte die Spritze in den Perfusor und löste den Verband an der rechten Hand, unter dem der Katheter in der Vene im Handrücken steckte. Danach verband sie den Infusionsschlauch mit dem Katheter, gab im Display der Spritzenpumpe die geringste Abgabemenge ein und startete sie.

Wenner schaute sehnsüchtig hoch. Die Lösung nahm ihren Weg durch den Infusionsschlauch und als sie langsam in die Vene floss, spürte Wenner ein leichtes Brennen in der Hand.

Die Krankenschwester verweilte einige Zeit an seinem Bett und wartete auf eventuelle Nebenwirkungen. Als sie merkte, dass er etwas entspannte und die Augen schloss, ging sie zur Tür.

»Wenn Sie etwas benötigen, Herr Wenner, klingeln Sie bitte. Ich bin sofort bei Ihnen.«

Er nickte stumm, ohne die Augen zu öffnen.

Die Übelkeit und der Schwindel ließen nach und er merkte, wie sehr er diesen Moment genoss. Das Medikament wirkte - wunderbar.

Langsam dämmerte er hinüber in einen tiefen Schlaf.

So merkte er nicht, wie sich wenig später die Tür zu seinem Zimmer öffnete und jemand leise den Raum betrat. Ihn immer wie eine Katze auf Beutefang im Auge behaltend, trat der ungebetene Besucher an sein Bett und stellte die Abgabemenge an der Spritzenpumpe auf den Maximalwert.

6

Kommissar Martin Clausen und seinem Kollegen, Kommissar Harald Weissner, waren die Ermittlungen des Falles »Wenner« übertragen worden. Nachdem sie zuerst die

Angestellten des Gutes befragt hatten, saßen sie nun zusammen mit Katrin und Andrew Gibson im Gartensaal des Gutshauses. Martin Clausen empfand es als ungewöhnlich, mit welcher Gastfreundschaft sie in das Gutshaus eingeladen wurden, um die Ereignisse der vergangenen Stunden zu besprechen. Er konnte diese Situation noch nicht richtig einschätzen. War dieses Verhalten der Gibsons nun verdächtig oder einfach nur freundlich?

Jetzt saß er in einer originalen Sitzgruppe aus dem Empire. Das dunkle Holz der Sitzmöbel, des davorstehenden niedrigen Tisches und das Nussbaumparkett harmonierten perfekt mit dem hellblauen Fortuny Bezugsstoff des Sofas und der Sessel. Flankiert wurde das an der Wand stehende Sofa von je einem Beistelltischchen, auf denen je ein Porzellan-Mokkaservice der Marke Meißen »Streublümchen« stand. Gegenüber dem Sofa sah man durch vier hohe, bodentiefe Sprossenfenster in den herrschaftlichen Park des Gutes, in dem gerade eine Gruppe von Gärtnern damit beschäftigt war, die niedrigen, geometrisch angeordneten Buchsbaumhecken wieder in eine akkurate Form zu bringen.

Der ganze fast vier Meter hohe Raum versprühte eine harmonische Gediegenheit. Die Wände waren mit einer hellbeigen Samttapete bezogen, in der ein zartes, dreidimensionales Muster mit Bourbonen-Lilien zu erkennen war. Der Raum, der länger als breit war, wirkte auf Kommissar Clausen in der Gesamtheit fast ein wenig zu museal. Er schaute sich weiter um und sah dann am anderen Ende des Raumes die Le Corbusier Liege aus schwarzem Leder auf einem Chromgestell, die vor einem großen Bang&Olufsen Flachbildfernseher stand und dem Raum den perfekten Stilbruch bescherte.

Kommissar Clausen trug heute ein großkariertes, dunkelblaues Hemd, eine hellbraune Chino Hose und Salamander Halbschuhe. Er fand die Kombination vor allem eines - bequem. Jetzt empfand er sich allerdings als ziemlich underdressed. Aber er mochte es nun einmal ein wenig lässiger. Seit er vor kurzem im Rahmen eines Austauschprogramms für junge Kommissare von Wismar nach Kiel versetzt wurde, hatte sich daran nicht viel geändert. Er verstellte sich nicht gerne. Sein Senior Partner, der jetzt neben ihn saß und ihn an seiner Erfahrung teilhaben lassen sollte, wäre hierbei auch kein großes Vorbild gewesen. Nicht, dass er nicht auch einen lässigeren Kleidungsstil bevorzugte. Schlabberlook war die angemessenere Bezeichnung. Dazu kam, dass ihm die Meinung anderer egal war.

Clausen strich sich über seine kurzen Stoppelhaare und besann sich, weswegen sie eigentlich hier waren.

»Seit wann arbeitet Herr Wenner für Sie, Herr Gibson?«

»Herr Wenner ist einer unserer Lohnunternehmer, wir haben ihm erst vor zwei Wochen einen Auftrag erteilt. Seit vorgestern war er auf der Parzelle A3 beschäftigt.«

»Dort hat ihn ja auch Ihre Sekretärin, Frau …«, Weissner schaute auf seinen Notizblock, »… Handmann gefunden.«

»Hansmann«, korrigierte ihn Katrin Gibson, die gedankenverloren, nachdenklich und noch sichtlich mitgenommen von den Ereignissen durch die Fensterfront des Raumes in die perfekt gepflegte Gartenanlage des Gutes blickte.

»Richtig - Hansmann«.

Kommissar Weissner stand kurz vor der Pensionierung. In fünf Tagen sollte sein letzter Tag bei der Kriminalpolizei Kiel sein. Jetzt ließ er jeden an seiner miesen Laune teilhaben. Weitab vom Schuss, irgendwo zwischen Kiel und Eckernförde, saß er im Nirgendwo auf irgendeinem Gut. Wie lange hatten sie gebraucht, um herzukommen? Auf jeden Fall zu lange, um in dieser Einöde von Stadt zu sprechen. Auch nicht Stadtrand, nicht mal die Bezeichnung Dorf passte für ihn auf das Gut Lichtenhagen, auf dem er seine letzten Stunden im Staatsdienst verbringen musste. Dass er jetzt auch noch auf einen scheinbar banalen versuchten Totschlag angesetzt wurde, passte ihm zusätzlich nicht. Außerdem hatte man ihm diesen jungen Polizisten aus Wismar zugeteilt. Die Kieler Polizei unterhielt enge Kontakte zur dortigen Polizeischule und es fanden regelmäßig gegenseitige Besuche statt. Alles zusammen genommen hatte Weissner beschlossen, diesen Tag als einen seiner miesesten der letzten Jahre zu krönen.

»Frau Hansmann dreht abends nach Feierabend immer eine Runde. Meist in Richtung der Schnellstraße und wieder zurück. Gestern ist sie aber in Richtung Wiederkehrsenke gegangen«, erläuterte Gibson.

»Wiederkehrsenke?«

Clausen schaute interessiert von seinem Notizblock auf, in dem er fleißig protokollierte.

»Der Volksmund nennt diese bemerkenswerte Mulde mitten im Feld Wiederkehrsenke. Der Hintergrund dieser Bezeichnung ist mir unbekannt.«

Katrin Gibson stand auf. »Bitte entschuldigen Sie, aber ich möchte mich gerne zurückziehen. Die Geschehnisse nehmen mich ziemlich mit.«

»Wir wissen ja noch gar nicht, ob es wirklich ein interessanter Fall ist«, brummelte Weissner. Insgeheim hoffte er, dass sich die ganze Geschichte schnell in Wohlgefallen auflöste und der Wenner beim Pinkeln nur über eine Baumwurzel gestolpert war. Außerdem nervte ihn der britische Akzent von Andrew Gibson. Für ihn war er nur ein neureicher Schnösel. Eigentlich nervte ihn gerade alles und jeder. Er vergrub seine Hände in den Taschen seiner ausgebeulten Jeans und ließ gerne jeden an seiner üblen Laune teilhaben.

»Natürlich Frau Gibson. Aber ich möchte Sie bitten, sich für eventuelle Rückfragen noch zur Verfügung zu halten. Versuchen Sie, sich ein wenig auszuruhen.« Clausen erhob sich, gab Frau Gibson die Hand und deutete eine Verbeugung an.

Schleimer, dachte Weissner.

Sie lächelte kurz ihrem Mann zu und verließ den Raum durch die große Doppeltür in das Vestibül, von wo aus sie über die Rotundentreppen die oberen Räume erreichte.

Andrew Gibson bemerkte die Gleichgültigkeit von Kommissar Weissner, Clausen hingegen imponierte ihm. Er hatte die Feinfühligkeit und Arbeitsauffassung, die er erwartete. Es blieb ihm zwar nicht verborgen, dass er ein junger Polizist war, der mit Sicherheit noch nicht die Erfahrung wie Weissner aufweisen konnte. Aber das machte er mit Scharfsinn wieder wett. Und er stellte grundsätzlich zum richtigen Zeitpunkt die richtigen Fragen. Auch solche, die vielleicht unbequem waren.

Nachdem Katrin Gibson gegangen war, wandte sich Weissner wieder an Gibson. Er fing mit deutlicher Langeweile an, seine Standardfragen zu stellen.

»Warum haben Sie ausgerechnet Herrn Wenner beauftragt?«

»Ich arbeite viel mit Lohnunternehmern zusammen.«

»Er war doch aber noch neu im Geschäft und recht unerfahren.«

»Das waren wir alle mal, irgendwann und irgendwo.«

»Hatte er irgendwelche Feinde?«

»Das kann ich Ihnen nicht beantworten. Nicht, dass ich wüsste.«

»Mit wem hatte Herr Wenner hier auf dem Gut regelmäßig zu tun?«

»Mit unserem Gutsverwalter Gregor Maschmann und mit unserem Arbeitskoordinator Manfred Krüger.«

»Wo waren Sie vorgestern Abend zwischen 21 und 23 Uhr?«

»Hier im Haus, mit meiner Frau.«

»Gibt es dafür Zeugen?«

»Äh … hören Sie überhaupt zu? Wie wäre es mit meiner Frau?«

Gibson entging nicht, dass es Weissner herzlich egal war, was sich ereignet hatte. Er bemerkte aber auch, dass Clausen diese ganze Situation immer unangenehmer wurde. Insofern war er dankbar, als dieser das Wort ergriff, während Weissner den Blick auf Unendlich in Richtung Garten richtete.

»Herr Gibson«, begann Clausen, »würden Sie Herrn Maschmann oder Herrn Krüger zutrauen, etwas mit dem Unfall von Herrn Wenner zu tun zu haben?«

»Nein, eher nicht. Ich habe beiden zwar einige ihrer Kompetenzen beraubt, als ich mich kürzlich entschloss, in Spitzenzeiten mehr Lohnunternehmer einzubinden. Herr Maschmann war damals kategorisch dagegen gewesen. Das hatte er mir in aller Deutlichkeit zu verstehen gegeben. Er nahm den Unfall von Herrn Wenner nach dem Missgeschick in der Wiederkehrsenke, zum Anlass, sich mir gegenüber nochmals darüber negativ zu äußern.«

»Also war Herr Wenner eher Mittel zum Zweck, um seinen Missmut auszudrücken?«

»Ich hätte es nicht treffender formulieren können. Und wahrscheinlich auch, dass ich ihn im Vorfeld nicht darüber in Kenntnis gesetzt hatte, dass wir beabsichtigen, die Parzelle A3, die Wiederkehrsenke, wieder zu bewirtschaften.«

»Interessant. Würden Sie Herrn Maschmann eine solche Tat zutrauen?«

»Das ist eine schwer zu beantwortende Frage. Ich selbst würde ihn als eine Person bezeichnen, die zur Kompromisslosigkeit und Provokation neigt. Andere würden in seiner Art eine übersteigerte Form von Durchsetzungskraft sehen. Und diese Eigenschaft benötigt er in seiner Position.«

»Das war jetzt kein klares Ja oder Nein.«

»Oder anders gesagt, ich kann es mir nicht vorstellen. Denn meiner Meinung müsste er eher einen Groll gegen mich hegen, da ich ihn nicht ins Vertrauen gezogen habe. Aber deswegen jemand anderen schädigen und nicht mich? Letztendlich wegen einer Lappalie?«

»Wir können nicht in Herrn Maschmann hineinsehen«, erwiderte Clausen. »Wir wissen nicht, ob er sich gekränkt fühlte und ein Ersatzventil benötigte.«

»Nein, das können wir nicht. Aber ich kann es mir, wie gesagt, nicht vorstellen. Aber ich kann nicht ausschließen, dass eine Person mit seinen Charaktereigenschaften nicht zu einer solchen Tat fähig wäre.«

Clausen notierte sich einige Stichpunkte zum Namen Gregor Maschmann in sein Notizbuch und vermerkte ein dickes Fragezeichen dahinter.

»Danke für Ihre Einschätzung, Herr Gibson. Darf ich Ihnen aber eine andere Frage stellen?«

»Bitte, selbstverständlich.«

»Ich habe mich im Vorfeld etwas mit Ihnen als Eigentümer dieses Gutes beschäftigt. Bitte entschuldigen Sie, aber ich versuche, mir immer ein Bild von der Gesamtsituation zu verschaffen.«

»Das ist absolut in Ordnung. Mir imponieren Menschen, die auch mal vom ausgetretenen Pfad abweichen.« Dabei schaute er in Richtung Weissner, der offensichtlich nicht mehr an der Befragung teilnahm und den Blick gelangweilt im Raum umherschweifen ließ. Augenscheinlich war er kurz vorm Einnicken.

»Der Vorbesitzer dieses Gutes war Heinrich von Trancken. Darf ich fragen, wie Sie als sein Nachfolger zu diesem Gut gekommen sind? Sie wirken auf mich, wenn ich so forsch sein darf, nicht wie der typische Landwirt.«

»Meine Frau ist eine geborene von Trancken. Sie ist die Tochter von Heinrich von Trancken. Er hat sie von Anfang an als seine Nachfolgerin erzogen, was allerdings nie ihre berufliche Perspektive war.«

»Und hatte ihre Mutter dort nicht auch ein Wort mitzureden?«

»Die Mutter meiner Frau, Gisela von Trancken, ließ sich von ihrem Mann scheiden, als meine Frau drei Jahre alt war. Sie hat meinen Schwiegervater danach als einen sehr strengen und teilweise unbeherrschten Vater kennengelernt und hat mit neunzehn Jahren das Gut verlassen, um in London Journalistik zu studieren. Wie Sie sich denken können, war ihr Vater davon alles andere als begeistert.«

Weissner hatte sich mittlerweile ungefragt in einen Sessel gelümmelt und die Arme vor der Brust verschränkt. Kurz darauf fielen ihm die Augen zu und er fing augenblicklich an zu schnarchen.

»Gibt es sonst noch einen Verwandten?«

»Meine Frau hat noch einen älteren Bruder, Felix August von Trancken. Wäre es nach meiner Schwiegermutter gegangen, hätte er das Erbe an dem Gut angetreten. Aber mein Schwiegervater hatte andere Pläne. Er hatte für seinen Sohn wohl andere Aufgaben vorgesehen.«

»Wo ist ihr Schwager heute?«

»Soweit ich weiß, hat er sich nach dem Tod seiner Mutter mit seinem Vater überworfen und das Gut verlassen. Meine Frau erwähnte einmal, dass er wohl nach Amerika ausgewandert sein soll. Ihr Verhältnis zueinander war nicht sehr eng und ich habe ihn nie kennengelernt.

»Hmmm. Und Sie haben Ihre Frau in London kennengelernt?«

»Sehr richtig. Ich lebte damals in London und habe dort Kulturgeschichte und im Zweitfach Agrarökonomie studiert. Mein Vater ist Brite und meine Mutter Deutsche.«

»Wie sind Sie dann auf dieses Gut gekommen?«

»Nach dem Tod meines Schwiegervaters vor zwei Jahren hat zuerst Gregor Maschmann, der Gutsverwalter, dieses Unternehmen geführt. Frau Hansmann, die Sie ja schon kennengelernt haben, kontaktierte kurz danach meine Frau, da Herr Maschmann, sagen wir mal so, gewissen Nachholbedarf in Sachen Personalführung hat.«

»Ich verstehe.«

Er schaute zu seinem Kollegen, der immer noch friedlich in seinem Sessel schlummerte. Er verstand nur zu gut.

»Natürlich hatte meine Frau keine großen Ambitionen, die Nachfolge ihres Vaters anzutreten. Sie hatte keine guten Erinnerungen, die sie mit diesem Unternehmen verband. Also habe ich sie überzeugt.«

»Sie?«

»Ja. Die Aufgabe reizte mich, allerdings auch wegen der Geschichte dieses Gutes. Es lässt sich bis in die Anfänge des 12. Jahrhunderts zurückverfolgen. Fast der gesamte Adel der Region war einmal Eigentümer des Gutes Lichtenhagen. Viele historisch bedeutsame Ereignisse lassen sich mit ihm verbinden, dabei auch viele, die noch nicht richtig erforscht wurden. Eine unglaublich spannende Angelegenheit. Also habe ich das Angenehme mit dem Nützlichen verbunden.«

Gibson vermied es zu erwähnen, dass er sich tatsächlich keine wirtschaftlichen Erträge aus den landwirtschaftlichen Tätigkeiten erhoffte. Seine Familie war in Diensten der britischen Regierung und dementsprechend wohlhabend. Er benötigte das Geld nicht. Er hatte andere Pläne.

»Herr Clausen, jetzt muss ich Ihnen eine direkte Frage stellen.«

»Bitte, gern.«

»Ich kann mit meiner Meinung nur schwer hinter dem Berg halten. Ich halte Sie für wesentlich kompetenter als ihren Kollegen. Dennoch bin ich der Ansicht, dass wir mit unserer Unterhaltung hier nicht weiterkommen. Ich würde daher unser Gespräch gerne an einem anderen Ort weiterführen.«

»Vielen Dank, dass Sie mich so einschätzen. Ich tue mein Bestes. Wenn Sie genau wie ich an die Wiederkehrsenke denken, an der wir weiterreden sollten, haben wir ein gemeinsames Ziel.«

Gibson grinste. »Das haben wir dann wohl.«

Weissner schoss plötzlich aus seinem Sessel hoch, als sein Handy laut klingelte. Er hatte vor Beginn der Vernehmung wie immer vergessen, es auf lautlos zu stellen.

Er meldete sich und beendete das Gespräch wieder, ohne etwas gesagt zu haben. Dann wandte er sich an Gibson und Clausen, die ihn entgeistert ansahen. Er gähnte herzhaft, reckte sich genüsslich, sodass sein Hemd aus der Hose rutschte und seinen dicken weißen Bauch freilegte. Dann sagte er beiläufig: »Ich denke, wir haben dann hier soweit alles erfahren, was wir wissen müssen. Vielen Dank für Ihre Kooperation. Wir müssen dann weiter. Auf Hannes Wenner ist ein Mordanschlag verübt worden. Schönen Gruß an Ihre Gattin. Und vielen Dank für den Kaffee.«

»Äh … wir hatten keinen.«

»Ach nein?«

7

Dr. Tollensens Funkempfänger machte schrill auf sich aufmerksam. Er verfiel sofort in den Laufschritt als er las, worum es ging. Er lief die Treppe hoch in den zweiten Stock und stieß so heftig die Pendeltür zur Station auf, dass sie mit einem lauten Knallen an der Wand abprallte. Er rannte über den Flur der Station und wich dabei immer wieder Besuchern und Patienten aus, die unvermittelt aus ihren Zimmern traten. Als er am Zimmer, in dem Hannes Wenner lag, angekommen war, stockte ihm der Atem.

»Oh Gott!«

Verzweifelt beugten sich zwei Krankenschwestern über Wenner, der, wahnsinnig vor Schmerzen, in seinem Bett schwer krampfte und sich fiebernd aufbäumte.

»Was ist passiert?«

»Ich habe keine Ahnung«, antwortete Vanessa Schmidt atemlos und angestrengt. Sie hatte große Mühe, den wild um sich schlagenden Patienten zu bändigen. Hannes Wenner wand sich stöhnend mit weit aufgerissenen Augen in seinem Bett.

»Ich habe ihn schreien gehört und bin dann sofort rein.«

In diesem Moment fing sich die zweite Krankenschwester vom strampelnden Patienten einen heftigen Tritt in den Unterbauch ein. Sie keuchte vor Schmerzen auf und ging neben dem Bett in die Knie. Dr. Tollensen bemerkte die leere Spritze in der Spritzenpumpe und musste nur eins und eins zusammenzählen, um zu erkennen, was vorgefallen war. Eine massive Überdosierung von Paspertin. Er kam sofort zu ihr und half ihr auf. »Ab jetzt übernehme ich.«

Mit Schweiß überströmtem Gesicht fing Wenner wieder an zu schreien.

»Lass mich in Ruhe! Lass mich los, du Bestie! Mich kriegst du nicht! Du bist doch gar nicht echt! - Aaaahhh!«

Wenner schlug die Hände vors Gesicht und trat weiter wild um sich. Sein Atem wurde immer schneller, bis es in einem Hecheln gipfelte.

»Er halluziniert! Er fängt an zu hyperventilieren!«

»Herr Wenner, bitte beruhigen Sie sich doch!« Die Bitte von Schwester Vanessa klang hilflos. Sie wusste selbst, dass er sie nicht wahrnahm. Es war eher ein verzweifelter Versuch, irgendetwas zu bewirken.

In diesem Moment fing Wenner wieder an zu krampfen. Sein Körper bog sich unwirklich wie ein überdehnter Ast ins Hohlkreuz, seine Hände ballten sich zu Fäusten, bis die Knöchel weiß hervortraten. Er röchelte und gurgelte.

»Ich brauche Diazepam - schnell! Ziehen Sie 10 mg auf!« Dr. Tollensen wandte sich hektisch an den Stationspfleger, der soeben das Zimmer betrat, während er mit seinem ganzen Körpergewicht auf Wenner lag, um zu vermeiden, dass er sich in seinem Spasma selbst verletzte.

»Aber ich bin nur Pfleger, ich darf doch keine Spri...«

»Machen Sie schon, verdammt nochmal!«

Der Pfleger rannte aus dem Zimmer zum Medikationsraum, um für die intravenöse Gabe des Gegenmittels alles vorzubereiten. So bekam er nicht mit, wie sich in diesem Moment Wenners Augen nach hinten in die Augenhöhlen drehten, bis nur noch der weiße Augapfel zu sehen war. Sein Röcheln verstummte und sein Körper entspannte sich wie in Zeitlupe.

Sofort nahm sich Dr. Tollensen das Stethoskop zur Hand und hörte die Herztöne ab. Das Herz raste unregelmäßig mit einem flachen Sinus. Er hatte Kammerflimmern.

Augenblicklich begann er mit der Herzdruckmassage. Er schrie in den Raum, ohne sich an eine bestimmte Person zu richten.

»Defi! Schnell!«

Vanessa Schmidt rannte aus dem Zimmer, um den mobilen Defibrillator zu holen.

Der Pfleger kam mit der Spritze zurück, die Dr. Tollensen sofort an sich riss, ohne Zögern in Wenners Oberschenkel rammte und den gesamten Inhalt injizierte. Der Pfleger übernahm die Herzdruckmassage, während der Arzt wieder die Herztöne abhörte. Der Herzschlag setzte vereinzelt aus, der Rhythmus wurde immer unregelmäßiger. Schließlich verstummte der Herzton. Verzweifelt hörte der Oberarzt den Brustkorb weiter ab, als er den letzten Atemzug vernahm, der aus Wenners Lungen strömte. Routiniert übernahm er die Herzdruckmassage und begann rhythmisch zu pumpen.

Vanessa Schmidt kam gerade mit dem Defibrillator ins Zimmer gelaufen. Professionell und ruhig öffnete er das Gerät und startete es.

»Beginnen Sie mit dem Beatmen.«

Eine Schwester drückte Wenner eine Beatmungsmaske auf Mund und Nase und presste ihm gleichmäßig über den Beatmungsbeutel Sauerstoff in die leeren Lungen, während der Oberarzt die Elektroden auf die feuchte, nackte Brust klebte. Der Defibrillator spulte seine monotonen Anweisungen herunter.

»Analyse wird gestartet - kein Herzschlag - Schock wird ausgelöst - zurücktreten!«

Die Helfer traten einen Schritt vom Bett zurück und unterbrachen die Beatmung. Das Gerät gab einen Warnton von sich, es knallte leise und Wenners lebloser Körper bäumte sich kurz auf. Sofort wurde wieder mit der Beatmung begonnen und Dr. Tollensen horchte erneut die Brust ab.

»Analyse wird gestartet - kein Herzschlag - Schock wird ausgelöst - zurücktreten!«

Nachdem das Gerät viermal ausgelöst hatte und Dr. Tollensen kein einziges Lebenszeichen mehr vernahm, wandte er sich an die Schwestern.

»Sie können aufhören. Wir haben ihn verloren.«

Niemand hatte ihn im Warteraum der Krankenstation wahrgenommen. Es war einfacher, als er gedacht hatte. Seine erste Überlegung war, ihn mit einem Kissen zu ersticken. Aber dann hätte er sich wahrscheinlich gewehrt. Die Idee, ihm die Überdosierung zu verabreichen, war genial gewesen. Er hatte zwar keine Ahnung, was sich in der Spritze befunden hatte, aber offensichtlich war es in der

Menge tödlich gewesen. Er war zufrieden mit sich und seinem Einfall. Die verzweifelten Maßnahmen, die er beobachtet hatte, zeigten ihm, dass er sein Ziel erreicht hatte. Kein Zeuge, niemand mehr, der eventuell Fragen stellen konnte.

Er erhob sich von seinem Stuhl, vergrub seine Hände in den Manteltaschen und verließ die Krankenstation der Ersten Medizin im Universitätsklinikum in Richtung Ausgang. Niemand nahm Notiz von ihm. Er war nur ein einfacher Besucher. Und er war sich sicher - das Geheimnis würde unentdeckt bleiben. Sein Meister würde stolz auf ihn sein.

8

»Ich kann mir das nicht erklären … - wie konnte das bloß passieren.« Vanessa Schmidt saß mit roten, verweinten Augen im Büro des Oberarztes Dr. Tollensen und drehte nervös in ihren Händen ein von Tränen durchfeuchtetes Papiertaschentuch. Sie ließ ihren Kopf hängen, ihre langen blonden Haare hingen in Strähnen herunter. Sie war nervlich am Ende. Sie gab sich die Schuld am Tod von Hannes Wenner.

»Ich bin mir ganz sicher. Ich habe die minimale Dosierung gewählt. So, wie Sie es mir gesagt haben.« Sie blickte zum Doktor, der ihr gegenüber am Schreibtisch saß.

Harald Weissner und Martin Clausen waren mittlerweile im Krankenhaus angekommen. Weissner schaute teilnahmslos aus dem Fenster des Büros auf den Parkplatz der Chirurgie. Es war ein wunderschöner Oktobertag, aber seine Stimmung konnte trotzdem nicht schlechter sein. Mit jedem neuen Ereignis in diesem Fall rückte sein Ruhestand in immer weitere Ferne. Martin Clausen saß neben Vanessa Schmidt, die er mitleidvoll von der Seite ansah. Diese Frau, die jetzt wie ein Häufchen Elend neben ihm saß, sollte einen Mord begangen haben?

»Können Sie uns bitte genau sagen, was hier vorgefallen ist, Dr. Tollensen?«

»Herr Wenner ist in der gestrigen Nacht mit einer Lazeration an der rechten Schläfe und einer Commotio thoracis in unsere Notaufnahme gebracht worden und …«

»Geht es vielleicht noch komplizierter? Mann, ihr Ärzte versteht euch auch nur untereinander …«

»Er kam mit einer Platzwunde am Kopf und einer Quetschung des Brustkorbes ins Krankenhaus«, sagte Clausen in Richtung seines nörgelnden Kollegen. Auch er sehnte sich mittlerweile den Tag herbei, an dem sein Kollege endlich in den Ruhestand gehen würde.

»Richtig Herr Clausen. Wir haben ihn näher untersucht, konnten aber keine Frakturen feststellen.«

»Knochenbrüche« sagte Clausen sarkastisch in die Richtung seines Kollegen.

»Ich bin ja nicht total bescheuert.«

»Auf jeden Fall haben wir ihn zu uns auf Station genommen. Die mit der Kopfverletzung einhergehende commotio celebr … ähh … Gehirnerschütterung kann auch noch Tage nach der Verursachung der Verletzung zu Komplikationen führen.«

»Hat dieses zu seinem Tod geführt?«

»Nein, wir hatten ihn diesbezüglich unter Beobachtung durch meine Kollegin, Schwester Vanessa. Allerdings klagte er über Übelkeit und Schwindel und so haben wir ihm ein Mittel dagegen verabreicht.«

»Auf welche Weise?«

»Intravenös.«

»Die geringstmögliche Menge«, schluchzte die Schwester wieder, ohne aufzusehen.

Dr. Tollensen fuhr fort: »Wenige Minuten, nachdem wir ihn an den Tropf angeschlossen hatten, hat mich meine Kollegin per Pieper informiert.«

»Was, glauben Sie, hat zu der Verschlechterung seines Gesundheitszustands geführt?«

»Nun, die Symptome deuten auf eine massive Überdosierung von Paspertin hin. Wir setzen dieses Mittel standardmäßig bei Übelkeit und Erbrechen ein. So auch hier.«

»Ihre Kollegin sagte, sie hätte die geringstmögliche Dosis eingestellt. Kann bereits diese Menge die Symptome ausgelöst haben?«

»Nein, normaler Weise nicht. Der Wirkstoff ist in geringer Konzentration sehr sicher. Natürlich kann er, wie jedes Medikament, Nebenwirkungen haben. Aber nie so massiv.«

»Wechselwirkungen mit anderen Medikamenten?«

»Können wir ausschließen. Wir haben ein Gegenmittel gegen eine Paspertin-Überdosierung verabreicht. Aber es war zu spät.«

Zum ersten Mal drehte sich Weissner um und lehnte sich gegen die Fensterbank.

»Wissen Sie, was ich glaube? Ihre junge Kollegin hier hat wahrscheinlich nur Fatzbuck oder Watsäpp, oder wie das alles heißt, im Kopf gehabt und hat versehentlich die falsche Dosierung gewählt. Peng. Klappe zu, Affe tot. So einfach kann es manchmal sein.«

Die Krankenschwester schluchzte erneut und schnäuzte in ihr ohnehin schon fast aufgelöstes Taschentuch. Clausen nahm seine Packung Tempo aus der Jackentasche und gab ihr ein neues. Er sah seinen Kollegen fassungslos an.

»Was denn? Man liest doch immer wieder was von ärztlichen Kunstfehlern.«

Der Oberarzt knallte genervt mit den flachen Händen auf den Schreibtisch. Er sprang so energisch von seinem Schreibtischstuhl auf, dass dieser nach hinten wegrollte und polternd umfiel. Wütend kam er mit drohend erhobenem Zeigefinger auf den verdutzten Polizisten zugestürmt, dass dieser unwillkürlich zurückwich.

»Herr Weissner! Achten Sie gefälligst darauf, was Sie sagen! Meine Kollegin mag mit ihren fünfundzwanzig Jahren noch jung sein. Aber ich lege für sie meine Hand ins Feuer. Wenn sie sagt, sie hat alles korrekt eingestellt, dann hat sie das auch getan, zum Donnerwetter!«

»Man wird ja wohl noch Überlegungen anstellen dürfen.«

»Dürfen Sie. Aber solange Sie mir keine Beweise vorlegen, gilt für mich die Unschuldsvermutung. So lange behalten Sie Ihre Ideen bitte für sich!«

Weissner war baff. Er war es nicht gewohnt, so zusammengestaucht zu werden. Mit einem »Pah, dann eben nicht« drehte er sich wieder um und sah aus dem Fenster. Seine zur Faust geballten Hände vergrub er tief in seinen ohnehin schon ausgebeulten Hosentaschen.

Clausen nahm den Faden wieder auf. »Könnte sich jemand anderes an der Infusionsflasche zu schaffen gemacht haben?«

Dr. Tollensen richtete seinen Stuhl, setzte sich und widmete sich wieder Clausen, der für ihn wesentlich mehr Kompetenz ausstrahlte.

»Nun, wir haben hier keine allzu starren Besuchsregeln. Die Patienten können grundsätzlich jederzeit zwischen neun und 17 Uhr Besuche empfangen. Wir haben schon seit einigen Jahren die strengen Besuchsregeln gelockert. Schließlich sind wir kein Gefängnis. Ich möchte mir gar nicht ausmalen, welche Auswirkungen es hätte, wenn sich tatsächlich herausstellt, dass jemand diese Offenheit ausgenutzt hat.«

»Genau das müssen wir klären. Die Staatsanwaltschaft wird eine Obduktion veranlassen, um die genauen Umstände des Todes von Herrn Wenner herauszufinden.«

Vanessa Schmidt wurde blass und musste trocken schlucken. Dr. Tollensen bemerkte es und reagierte sofort: »Machen Sie sich keine Sorgen, Frau Schmidt: Jeder hier im Raum weiß, dass sie keine Schuld trifft.«

Clausen nickte unmerklich. Weissner ignorierte es und ging zum Tagesgeschäft über: »Wir werden die Kripo informieren. Das Krankenzimmer ist erst einmal beschlagnahmt. Die Spurensicherung wird zeigen, wer wirklich Schuld hat.«

Clausen wusste, dass er recht hatte. Trotzdem fand er es unverständlich, dass er es an jeglicher Empathie vermissen ließ. »Dr. Tollensen, nur damit wir eventuell einen Ansatzpunkt haben: Müssen sich die Besucher irgendwo anmelden?«

»Nicht direkt, Herr Clausen. Die Stationsschwester steht den Besuchern für Informationen zur Verfügung. Aber sie notiert sich natürlich nicht, wer wann wo hereinkommt.«

Die Krankenschwester hob mit einem etwas entspannteren Gesichtsausdruck den Kopf: »Aber - wir haben eine Videoaufzeichnung!«

Clausen und Dr. Tollensen sahen sich an.

»Das wäre zumindest ein Anfang.«

»Welche Bereiche werden denn überwacht?« Clausen sah sich verdutzt zu seinem Kollegen um. Dass er sich noch mal an der Befragung beteiligen würde, hatte er nicht erwartet.

»Alle öffentlichen Räume. Die Flure und die Wartebereiche. Die Patientenzimmer, WCs und Behandlungsräume natürlich nicht.«

»Na dann los. Wo lagern die Bänder?« Weissner stieß sich von der Fensterbank ab und marschierte auf die Bürotür zu. Sicherlich würden sie nichts Verdächtiges finden, so hoffte er. Vielleicht könnte er den Fall doch noch heute zu den Akten legen und die Kripo den Rest machen lassen können.

Dr. Tollensen sah ihn vielsagend an. »Wir haben keine Bänder mehr. Die Aufzeichnungen werden digital auf Festplatte gespeichert.«

»Ist doch wurscht, wie Sie das hier machen. Also, wo müssen wir hin?«

»Sie können sich gerne wieder ans Fenster stellen. Ich habe von hier Zugriff auf die Daten. Schwester Vanessa, ich weiß, Sie haben viel durchgemacht. Aber könnten Sie bitte mit uns zusammen die Bilder durchsehen? Sie haben vielleicht mehr mitbekommen als ich.«

»Ich tue, was ich kann. Aber könnte ich mir dann den Rest des Tages freinehmen?«

»Nehmen Sie sich gerne morgen auch noch frei. Wenn es notwendig ist, nehmen Sie bitte den arbeitspsychologischen Dienst in Anspruch. Ich möchte, dass Sie schnell wieder auf dem Damm sind.«

Clausen und die Krankenschwester standen von ihren Stühlen auf und gingen zu Dr. Tollensen, um ihm über die Schulter auf den Bildschirm zu schauen. Weissner kam mit einem gelangweilten Gesichtsausdruck angeschlendert. Der Oberarzt öffnete das Überwachungsprogramm und tippte Benutzernamen und Kennwort ein. Augenblicklich unterteilte sich der Bildschirm in vier Quadranten. Jede mit einem eigenen bewegten Bild.

»Von wann ist das?« wollte Weissner wissen.

»Das ist Echtzeit«, erläuterte der Mediziner. »Das passiert jetzt gerade.«

»Enorm viel Betrieb«, bemerkte Clausen.

»Nun ja, wir sind die Erste Medizin. Wir kümmern uns um jeden und alles. Wie der Name schon sagt, sind wir bei Akutfällen die erste Anlaufstation.«

Clausen kratzte sich verlegen am Kopf. »Das macht die Suche nicht leichter. Können wir von hier aus das Zimmer sehen, in dem der Mord geschehen ist?«

»Ja, hier oben.« Dr. Tollensen zeigte auf das Bild oben links. Es zeigte den Stationsflur, von dem mehrere Türen abgingen. »Das Zimmer ist das letzte auf der rechten Seite.«

»Dann lassen Sie uns mal den Zeitraum eingrenzen«, schlug Clausen vor und schaute auf seine Armbanduhr. »Jetzt ist es kurz vor 14 Uhr. Wir wurden gegen halb eins informiert. Also lassen Sie uns mal gegen halb zwölf beginnen.«

Jetzt fand es Weissner doch spannend. Er beugte sich hinter Dr. Tollensen auf dessen Augenhöhe herab und sah, wie dieser aus einem Menübaum die gewünschte Kameraperspektive und Uhrzeit auswählte. Das Bild wurde formatfüllend aufgebaut. Zuerst sah man nichts außer der bekannten geschäftigen Betriebsamkeit. Schließlich ging die Tür des Patientenzimmers auf und Schwester Vanessa trat heraus. Sie zeigte auf den Bildschirm. »Hier muss er gerade aufgewacht sein. Ich bin dann raus und habe Dr. Tollensen geholt.«

Wenig später erschien Dr. Tollensen auf dem Bild. Er ging in das Patientenzimmer und kam nach einigen Minuten wieder heraus.

»Ich habe das Zimmer verlassen und habe mit Frau Schmidt die Medikation besprochen.«

»Gegen die Übelkeit.«

»Richtig, Herr Clausen.«

»Dann müsste ich gleich mit der Spritze ins Bild kommen. Da bin ich schon.«

»Das ging aber schnell«, bemerkte Weissner als die Krankenschwester kurze Zeit später das Zimmer wieder verließ.

»Dem Patienten war bereits ein Zugang gelegt worden. Ich musste den Schlauch nur noch anschließen.«

Jetzt müsste gleich etwas passieren, dachte Clausen.

Hoffentlich passiert jetzt nichts, dachte hingegen Weissner.

»Wer ist das denn?« Vanessa Schmidt zeigte aufgeregt auf den Bildschirm. Eine in dunkle Kleidung gehüllte Gestalt ging ruhig den Flur entlang und verschwand in Wenners Zimmer. Clausen beugte sich weiter vor.

»Leider sehen wir nur die Rückansicht, aber er oder sie müsste ja gleich wieder rauskommen.«

Nach wenigen Augenblicken trat die Gestalt tatsächlich aus dem Zimmer heraus und ging ebenso gemächlich, wie sie gekommen war, den Flur entlang, zurück zum Eingang. Die Kamera nahm den ominösen Besucher jetzt frontal von vorne auf, aber ein Gesicht war nicht zu erkennen. Dr. Tollensen ließ die Szene wiederholen. Diesmal hingen alle noch näher vor dem Bildschirm und sie erkannten - nichts. Der hochgeschlagene Kragen und ein um den Kopf geschlungenes Tuch verdeckten das Gesicht bis zur Unkenntlichkeit.

Kurze Zeit später überschlugen sich auf dem Bildschirm die Ereignisse: Zuerst lief Schwester Vanessa den Flur entlang und verschwand im Zimmer, in dem Wenner lag, dann eine zweite Schwester und schließlich Dr. Tollensen. An dieser Stelle beendete dieser die Aufnahme und starrte, wie seine anderen Zuschauer auch, wie versteinert auf den Bildschirm. Clausen richtete sich als erster wieder auf.

»Liebe Kollegen, wir haben hier wohl einen Verdächtigen. Aber richtig weiter bringt uns das nicht. Noch nicht.«

»Was mich wundert ist, dass eine so auffällige Person nicht bemerkt wurde. Es muss doch jemandem aufgefallen sein«, stellte Weissner ungewohnt sachlich fest.

»Sicherlich, wenn wir hier auf einer normalen Station wären. Aber das sind wir hier leider nicht,« gab Dr. Tollensen zu bedenken.

Clausen wandte sich an Weissner.

»Wir müssen den Tatort rund um die Uhr bewachen lassen. Ich frage mich, ob Herr Wenner jemanden auf dem Acker überrascht haben könnte. Und wenn ja, wobei?«

»Das lassen Sie mal meine Sorge sein, Kollege«, blaffte Weissner ihn an. »Den Fall leite immer noch ich. Was versprechen Sie sich bloß davon? An das Märchen, dass Verbrecher immer an den Ort des Verbrechens zurückkehren, glauben Sie wohl hoffentlich nicht.«

»Tue ich nicht. Aber glauben Sie denn, dass der Tod von Wenner Zufall war? Ich bin mir sicher, dass der oder die Täter zur Wiederkehrsenke zurückkommen werden. Spuren verwischen, Hinweise vernichten, was weiß ich …?« Clausen gab sich Mühe, nicht auf die arrogante Art von Weissner einzugehen. Er versuchte generell, sich nicht provozieren zu lassen.

»Ach Jungchen«, frotzelte Weissner weiter. »Sie müssen noch viel lernen. Besser, Sie überlassen mir alles Weitere. Sie können solange Ihre Vernehmungen fortführen.«

Mit diesen Worten verließ Weissner das Büro und knallte die Tür hinter sich zu.

»Ist er immer so?« fragte ein sichtlich verwirrter Dr. Tollensen in Richtung Clausen.

Dieser zuckte nur mit den Schultern.

»Irgendwie immer öfter in letzter Zeit.«

9

»Sollten wir uns schon um einen Ersatz für Hannes Wenner umsehen? Er wird bestimmt länger ausfallen.«

Gaby Hansmann, die im Büro von Gregor Maschmann stand, war noch nicht darüber informiert worden, dass der Vertrag mit Hannes Wenner niemals mehr wieder aufgenommen werden würde.

»Wir werden gar nichts tun. Unser Chef hat seine eigenen Vorstellungen, was wo gemacht wird.«

Maschmann war noch immer verärgert, wie Gibson ihn vor Wenner gedemütigt hatte. Jetzt stellte er sich stur.

»Ich will nur hoffen, dass er einen Plan hat, wann weitergearbeitet werden soll. So lange wir keine Anweisungen erhalten, machen wir gar nichts.«

Gaby Hansmann fand Maschmanns Reaktionen überzogen. Warum er jetzt nicht die Initiative ergriff und seiner Stellung als Gutsverwalter entsprechend die Dinge in die Hand nahm, leuchtete ihr nicht ein. »Wir haben doch noch den Ronny. Er kann das Feld weiter …«

»Wir machen nichts auf diesem Acker! Ist das jetzt klar?! Geht das in Ihren Schädel?!«

Mit dieser kurzen, aber sehr nachdrücklichen Ansage schickte er sie mit einer abfälligen Handbewegung aus dem Büro. Kopfschüttelnd ging sie den Flur entlang. Sie konnte hören, wie er kurze Zeit später das Gebäude verließ, in seinen Land Rover stieg und der Wagen mit quietschenden Reifen vom Hof fuhr.

Wenige Augenblicke später fuhren ein Polizeiwagen und ein ziviles Einsatzfahrzeug auf den Hof des Gutes und hielten vor dem Verwaltungsgebäude. Gaby Hansmann erkannte die beiden Kommissare wieder, die heute schon mal ihren Chef aufgesucht hatten. Die beiden anderen

Polizisten, die jetzt bei ihr im Büro standen, kannte sie hingegen nicht.

Als ihr mitgeteilt wurde, was im Krankenhaus geschehen war, wich sämtliches Blut aus ihrem Kopf.

»Oh Gott …«

Sie spürte, wie ihr schwindelig wurde und ihr Kreislauf verrückt spielte. Deswegen reagierte sie erst auf die dritte Anrede von Clausen.

»Frau Hansmann! Ist alles in Ordnung? Hallo, …«

»Ja … Ja, alles ok. Es ist nur … der arme Hannes. Das tut mir so leid.«

»Wir brauchen jetzt trotzdem ein bisschen Ihre Unterstützung, Frau Hansmann. Fühlen Sie sich in der Verfassung, uns ein paar Informationen zu geben?«

Sie nickte, ohne die Beamten anzusehen.

»Meine Kollegen hier würden bei Ihnen bleiben und Ihnen ein paar Fragen stellen. Wir hingegen müssten mit dem Gutsverwalter und noch einmal mit Herrn Gibson sprechen.«

»Herr Gibson ist im Haupthaus. Einen Augenblick bitte, ich melde Sie kurz an.«

Sie nahm den Telefonhörer und wählte Gibsons Büronummer. Nach zweimaligem Klingeln ging er ran. Ohne, dass sie etwas sagen musste, bat er Gaby Hansmann, Clausen und Weissner zu ihm zu schicken.

»Sie können gleich rüber gehen«, sagte sie zu Clausen, als sie wieder auflegte. »Aber Herr Maschmann ist nicht hier. Er hat soeben eilig den Hof verlassen.«

»Aha. Können Sie sich erklären, warum?«

»Nein. Er war wütend. Meiner Meinung nach völlig unnötig. Er hatte Hannes zwar auf dem Kieker, aber das ist ja jetzt auch egal.«

»Vielleicht auch nicht. Wissen Sie, wo er hinwollte? Könnte er ein Motiv haben, Wenner etwas anzutun?«

»Gregor Maschmann? Der ist jähzornig und ein Choleriker. Aber dazu wäre er nicht fähig. Ich hatte das Gefühl, er wollte Wenner loswerden. Oder vielleicht ... Er wird doch nicht seine Zugmaschine manipuliert ...?«

Weissner, der bisher schweigend in der Bürotür gestanden hatte, ergriff das Wort und winkte einen der Polizisten zu sich heran.

»Mühlheim. Wir beide fahren jetzt Pronto presto zu diesem Acker. Der Trecker ist zwar beschlagnahmt, steht aber noch für die Spusi auf dem Acker - nicht, dass der Maschmann uns noch das Gefährt beiseiteschafft. Wir werden den Tatort sichern und weitläufiger absperren. Zur Not postieren wir dort eine Streife.«

»Alles klar«, bestätigte Clausen und wandte sich an den zweiten Beamten. »Martin, du befragst bitte Frau Hansmann weiter. Keine Sorge, Frau Hansmann, das ist reine Routine.«

Gibson hatte Clausen schon erwartet und öffnete die Tür zum Herrenhaus, ohne dass dieser an der Tür klingelte.

»Herr Gibson, ich habe leider schlechte Neuigkeiten.«

»Ich vermute. Herr Wenner ist tot und Herr Maschmann ist in die engere Wahl der Verdächtigen gerückt.«

»Woher ...?«

»Sie wären wohl kaum mit zwei weiteren Beamten zurückgekommen, nur um die Parzelle aufzusuchen, wie wir vereinbart hatten. Und dass Gregor Maschmann Hals über Kopf den Hof verlässt und später Ihr Kollege Weissner hinterherfährt, nicht weniger schnell, dürfte auch kein Zufall gewesen sein.«

»Tja, ich sehe, ich muss Ihnen nichts mehr sagen.«

»Nein. Warten Sie, ich ziehe mich um und dann fahren wir zur Parzelle. Bis dahin werden Ihre Kollegen die Zugmaschine gesichert und untersucht haben. Wenn

Maschmann etwas mit der Sache zu tun hätte, was ich nicht ausschließen kann, dann wird er zuerst dorthin fahren.«

Wenige Augenblicke später kam Gibson wieder. Zu Clausens Erstaunen hatte er jedoch weiterhin sein edles dunkelgrünes Tweed Jackett von Alexander McQueen und seine rot karierte Burberry Hose an. Lediglich Spazierstock und Reiterstiefel hatte er zusätzlich angelegt.

»Wäre die Spusi eine Hilfe für uns?« fragte Gibson im Vorbeigehen.

»Ähh - ja, sicher. Ich habe die Spurensicherung informiert. Sie war zwar gleich nach dem Überfall auf Wenner dort, aber sie nehmen sich jetzt nochmal den Trecker vor. Aber … äh … wollen Sie so auf den Acker?«

»Mein lieber Clausen«, Gibson schaute ihn ernst an, »ich habe nicht vor, mich auf unserer Parzelle länger als nötig und dann auch noch bis zu den Knien im Schlamm aufzuhalten. Ich habe da so meine eigenen Methoden. Wollen wir? Sie fahren. Fenja!«

Die Rhodesian Ridgeback Hündin stürmte aus dem Haus, die Stufen hinunter auf den Hof und wartete bellend und schwanzwedelnd in der Auffahrt. Clausen blieb mit offenem Mund im Vestibül stehen. Schließlich folgte er grinsend. Der Gibson gefiel ihm, trotz aller offensichtlichen Spleens. Irgendwie beeindruckte ihn der Kerl mit dem britischen Akzent.

10

Es war tatsächlich leichter gewesen, als er vermutet hatte. Er hatte überlegt, ob er heimlich, kurz vor Ende der Besuchszeit in das Krankenhaus gehen sollte. Aber er hatte sich kurzfristig anders entschieden. Ohne viel Aufsehen zu erregen, hatte er die Erste Medizin des Kieler Universitätsklinikums betreten, fragte am Empfang nach seiner Zielperson, die ihm auch bedenkenlos mitgeteilt wurde. Er hatte befürchtet, dass sein bis zur Unkenntlichkeit verhülltes Gesicht die Krankenschwester am Empfang misstrauisch machen würde. Aber ein Hinweis auf die kalten Temperaturen an diesem klaren Oktobertag hatten die Zweifel beseitigt. Das Krankenhaus strahlte den Charme der frühen siebziger Jahre aus, bemerkte er, als er die steinerne Wendeltreppe in den dritten Stock ging, in dem Hannes Wenner liegen sollte. Er ging durch die Schwingtür in die Station II des Krankenhauses. Seine Schuhe quietschten auf dem frisch gebohnerten Linoleumboden. Im Krankenzimmer 315 hatte er schließlich, ohne aufgehalten worden zu sein, seinen Plan umsetzen können. Es hatte perfekt funktioniert.

Der erste Zeuge war tot. Jetzt musste er alle weiteren Beteiligten zum Schweigen bringen, bevor sie weiter nach der Wahrheit suchen würden. Sonst könnte es zu gefährlich werden.

Diese Ungläubigen! Was wussten sie denn schon?

Das Geheimnis galt es zu bewahren, koste es was es wolle. Dafür war er auch bereit zu töten. Zu viel hing davon ab, ob das Ritual wieder fortgesetzt werden konnte.

Sein Meister hätte ihm befohlen, die Reinheit dieses Ortes wieder herzustellen. Der Ort war heilig - nicht nur für ihn, aber er hatte sich geschworen, nach dem Tod seines Meisters die Rituale zu pflegen, die schon seit vielen Jahrzehnten sein Leben bestimmten. Wenn alles wieder seinen geordneten Gang ging, würde er diesem seelischen Tief entfliehen können, in dem er sich gerade befand.

Doch jetzt kam ihm diese Disharmonie in seinem Leben gerade recht. Sie machte ihn aggressiv und er zweifelte nicht, ob die Ziele, die er verfolgte, richtig waren. Er würde hier im Verborgenen warten, bis sich die erste Aufregung gelegt hätte. Dann würde er eine Lösung finden. Sein Meister und seine Brüder würden ihm sehr dankbar sein.

11

Hauptkommissar Weissner und Polizeimeister Mühlheim waren gerade dabei, den Acker, der im Volksmund nur Wiederkehrsenke hieß, abzugehen, als ein weißer VW-Transporter mit dem Schleswig-Holstein-Wappen auf den Türen den Feldweg entlangkam.

»Ah, die Herren von der Spurensicherung sind da. Guten Tag, die Herren.«

»Guten Tag. Sind Sie Hauptkommissar Weissner? Mein Name ist Manfred Krause von der Abteilung Spurensicherung der Kripo Kiel. Kollege Clausen sagte uns, dass wir Sie hier treffen würden.«

»Das hat der Kollege aber fein gesagt. Hier sind Sie goldrichtig. Wir haben einen toten Lohnunternehmer, der hier auf dem Acker vermutlich angegriffen wurde. Aber das haben Sie ja schon untersucht.«

Weissner machte eine flapsige Handbewegung. Es wurmte ihn, dass er mit seiner Hoffnung, dass Wenner sich durch eine Ungeschicklichkeit selbst verletzt hatte, so offensichtlich falsch lag.

»Das dort oben am Feldrand ist seine Zugmaschine - und nun sind Sie an der Reihe. Die müssen Sie noch einmal genau unter die Lupe nehmen.«

»Wonach suchen wir?«

»Manipulationen, mutwillige Zerstörung oder ähnliches.«

»Dafür hätten wir die Maschine auch abschleppen lassen können und hätten nicht rauskommen müssen - na, egal.« Krause nickte nur kurz und ging zurück zum Bus, wo sein Kollege wartete. Er instruierte ihn kurz, dann legten beide ihre weißen Ganzkörperanzüge an, nahmen je einen Alu-Koffer und gingen in Richtung Trecker.

Clausen lenkte seinen Skoda Octavia den Feldweg entlang und hielt hinter dem Bus der Spurensicherung. Die Kollegen nahmen gerade den Trecker von Wenner in Augenschein. Weissner und Mühlheim gingen derweil in Richtung der verkrauteten Senke in der Mitte des Ackers. Gibson blieb mit dem Hund am Feldrand und ließ den Blick schweifen, während Clausen zu seinen Kollegen stieß.

»Haben wir schon was?«

»Nö, bis auf einen hügeligen Acker voller Unkraut, einen Graben mittendrin und einen Clown am Wegesrand. Wie sieht der denn aus?«

Weissner deutete auf Andrew Gibson, der am Feldrand auf seinen Gehstock gestützt scheinbar teilnahmslos ins Nichts starrte. Der Hund starrte in dieselbe Richtung und machte anscheinend ebenso wenig.

»Tja,« entgegnete Clausen, »entweder haben wir ein totales Genie vor uns oder einen Mann mit diversen Spleens.«

»Ich tippe auf Letzteres.«

»Wir werden sehen. Lassen Sie uns mal dort zum Graben gehen. Da hat Wenner offensichtlich seine Arbeit unterbrochen.«

An der Senke angekommen, hörten Sie von hinten Gibsons Stimme. »Liegen dort größere Steine?«

»Nein.«

»Schauen Sie bitte mal mehr in Richtung Graben.«

»Ich geh schon«, sagte Weissner und stapfte durch die frisch gemähten Gräser in Richtung Senke, in der einige kleinere Büsche standen.

»Hier sind einige grö… Au! Verdammt!«

Weissner war auf einmal nur noch halb so groß wie vorher. Sein rechter Unterschenkel brannte wie Feuer. Er schaute an sich herunter. Er war in ein Loch getreten und hatte sich an einer Steinkante Hose und Unterschenkel aufgerissen.

»Was ist los?« rief Gibson.

»Ich bin irgendwo eingebrochen! Dieses Gestrüpp, ich kann nicht sehen, was es ist. Moment, ich reiße hier mal ein paar … Oh Scheiße …!«

Jetzt kam Gibson doch auf den Acker gelaufen und war zeitgleich mit Clausen und Mühlheim bei Weissner, dem die Farbe aus dem Gesicht gewichen war.

»Interessant«, sagte Gibson, der sich zu Weissner heruntergebeugt hatte.

»Was heißt hier ›interessant‹, verdammt nochmal! Wir haben hier noch eine Leiche!«

»In der Tat«, sagte Gibson, der die braun gegerbten, skelettierten Unterschenkelknochen sah, neben denen Weissner stand.

»Darum geht es mir jedoch nicht.«

»Wie meinen Sie das?« fragte Clausen, der sich jetzt ebenfalls herunterbeugte.

»Ihr Kollege ist in eine Gruft eingebrochen. Hier liegt nicht nur schon länger ein Leichnam, sondern es sieht so aus, als wurde sie hier regelrecht bestattet. Sehen Sie sich die Kammer aus flachen Feldsteinen an, die offensichtlich Abdeckung und Wände bilden, gerade groß genug für einen Menschen. Nur hier am Fußende fehlt augenscheinlich ein Deckstein. Das ist der Hohlraum, in den ihr Kollege eingebrochen ist.«

»Und woher weiß unser Herr Neunmalklug, dass der Kollege hier schon länger liegt?« fragte Weissner, der sich jetzt mühsam auf allen Vieren aus seiner misslichen Lage befreite und aus dem Loch krabbelte. »Wir brauchen hier auf jeden Fall auch die Spurensicherung.«

»Mein Hund schlägt nicht an. Also kein Leichengeruch und damit schon länger hier. Wir brauchen jetzt eher Anthropologen oder Archäologen. Viel mehr interessiert mich aber die Frage: wo ist der fehlende Deckstein? Herr Wenner sagte, er hätte sich die Messer seines Mähwerkes an einem flachen Feldstein verbogen. Ich vermute, es war der Stein, der hier über der Gruft fehlt. Er hat das Grab mit seiner Zugmaschine wohl aufgerissen.«

Weissner machte eine ausladende Geste. »Der könnte ja überall sein. Bei diesem ganzen Gestrüpp ist es doch die Suche der Nadel im Heuhaufen.«

»Nein, das glaube ich nicht«, entgegnete Clausen.

»Dem stimme ich zu«, nickte Gibson. »Wenner war Landwirt. Vor der Bestellung eines Feldes wird dieses normaler Weise nach größeren Steinen abgesucht, damit die Geräte nicht beschädigt werden. Hier hat er es offensichtlich unterlassen.«

»Ja … und?« Weissner kratzte sich verlegen am Kopf.

»Wenn wirklich ein Stein seine Arbeit blockiert hat, gibt es nur zwei Möglichkeiten. Entweder er steckt noch da, wo die Blockade entstanden ist - im Mähwerk -, oder …«

»Oder er hat ihn entfernt und irgendwo am Feldrand deponiert, damit er dort nicht noch einmal Schaden anrichtet«, ergänzte Clausen.

Weissner lief los. »Dann schauen wir beim Trecker nach. Wahrscheinlich liegt er dort irgendwo.«

»Vielleicht hat er recht«, sagte Clausen zu Gibson, als sie ebenfalls losgingen.

»Nein, mein Bester«, meinte Gibson. »Mit diesem war er zwischenzeitlich zurück zum Gut gefahren, um mit Gregor

Maschmann das weitere Vorgehen zu besprechen. Dafür hat er den beschädigten Pflug abgekoppelt. Der Trecker wurde bewegt, der Pflug nicht. Wenn, dann liegt der Stein dort.«

Während Weissner mit den Kollegen von der Spurensicherung angeregt diskutierte und dabei immer wieder auf die Stelle zeigte, wo das Grab lag, gingen Clausen und Gibson in Richtung des Mähwerkes, das etwa fünfzig Meter entfernt vom Trecker am Feldrand stand. Der Schaden war groß, Abdeckbleche und Messer waren stark ramponiert, aber von einer Steinplatte war nichts zu sehen.

Clausen ging sofort die Strecke zwischen Mähwerk und Trecker ab. Gibson blieb wie immer stur auf der Stelle stehen und sondierte die Lage. Die Hündin hatte sich dem Polizisten angeschlossen und schnüffelte hinterher. Für sie war die ganze Angelegenheit ein großes Abenteuer.

Schließlich ging Gibson zielstrebig auf den Knick zu, darauf bedacht, sich an der frisch aufgerissenen Erde nicht mehr zu beschmutzen als nötig. Dann hob er seinen Spazierstock.

»Meine Herren, kommen Sie bitte. Ich denke, ich habe das Corpus delicti gefunden.«

»Wie haben Sie das denn so schnell gemacht?« wollte Weissner wissen, als er außer Atem angelaufen kam.

»Nun, die Platte hängt nicht mehr im Mähwerk. Also muss Wenner sie entfernt haben. Da sie aber sehr schwer ist, wird er sie nicht weit getragen und in der Nähe abgelegt haben. Und zwar hier im Knick. Bingo!«

Weissner beugte sich herunter, um sich den Stein genauer anzusehen. In der Tat sah er genau wie die anderen Steine der Gruft aus. Aber etwas störte ihn.

»Sieht merkwürdig aus. Wie ein Grabstein, nur kleiner und quadratischer.«

»Fällt Ihnen etwas Weiteres daran auf?« wollte Gibson von den Polizisten wissen, während er sich wieder mit beiden Händen auf seinen Gehstock stütze und irgendwie gelangweilt aussah.

»Sie meinen die Einritzungen hier auf der Oberseite?«

»Befeuchten Sie damit bitte einmal die Oberfläche, Herr Weissner«, Gibson reichte ihm einen Flachmann mit Wasser, den er für den Hund immer bei sich trug.

Weissner drehte die Flasche auf, besprenkelte damit den Stein, der sich sofort dunkel verfärbte.

»Ich werd verrückt, das sind ja Buchstaben!«

»Interessant, nicht wahr?«

»Jetzt fangen Sie doch nicht wieder damit an ...«

Clausen wischte mit der Hand leicht über den Stein, um die eingemeißelten Zeichen besser zu erkennen.

»Hmm, kann das Lateinisch sein?«

»Versuchen Sie es einmal zu entziffern«, bat Gibson, der jetzt Ausschau nach seinem Hund hielt. »Fenja!«

»So wie ich es lese, steht hier: TIMETE MORTUOS, QUI NON SUNT MORTUI.«

»Vielleicht hieß der arme Kerl ja so. Auf jeden Fall haben wir den Stein gefunden. Ich frage mal bei der Spusi nach, wie weit wir sind, dann können wir die Maschinen abtransportieren lassen.«

Weissner krabbelte aus dem Gebüsch und ging zu seinen Kollegen.

Clausen wollte hinterher gehen, als Gibson ihn am Arm festhielt.

»Mein lieber Clausen, ich möchte mit Ihnen ein Spiel spielen. Spielen Sie mit?«

»Kommt drauf an. Ich denke, Sie wollen bestimmt kein Verstecken spielen.«

»Das Spiel heißt: Finde die Fehler. Was fällt Ihnen an der ganzen Situation, die wir hier vorgefunden haben, auf?«

»Wie meinen Sie das?«

» Lassen Sie Ihren Gedanken freien Lauf. Welche Fragen stellen Sie sich?«

»Nun, das Erste, was ich mich gefragt habe, ist, warum liegt hier offensichtlich seit vielen Jahren ein Toter auf dem Acker, weit ab von jedem Friedhof, aber dennoch in einer Gruft?«

»Nicht wahr? Ein unchristliches Begräbnis auf nicht geweihtem Boden, das nicht vor Jahren, sondern vielleicht vor Jahrhunderten hier stattgefunden hat. Weiter, mein Bester.« Gibson tippte mit dem Knauf seines Gehstocks auf die Schulter seines Gegenübers.

»Warum macht sich jemand die Mühe, dem Toten aus Steinen so etwas wie eine Gruft zu bauen?«

»Sehr gute Frage. Weiter.«

»Was haben die Buchstaben auf dem Stein zu bedeuten? Der Name des Toten ist es sicher nicht.«

«Sehr richtig. Diese Fragen habe ich mir auch gestellt. Meiner Meinung handelt es sich bei der Gruft nicht wirklich um eine normale Grabstätte, sondern, sagen wir mal, um etwas Besonderes. Entweder wollte jemand den Toten für etwas bestrafen, was er zu Lebzeiten verbrochen hatte …«

»… und hat ihn deswegen so ›unchristlich‹ beerdigen lassen?«

»… oder der Tote wollte hier beigesetzt werden.«

»Wie bitte?« Clausen riss vor Erstaunen die Augen auf.

»Ich denke, wenn der Leichnam geborgen wird, werden wir Hinweise auf Rituale des Begräbnisses stoßen. Eines sogenannten Wiedergängers, eines Untoten. Haben Sie vergessen, wie dieser Bereich noch heute genannt wird?«

»Nun hören Sie aber auf. So etwas gibt es nicht und hat es nie gegeben.«

»Da bin ich Ihrer Meinung, aber es gab durchaus Zeiten hier in der Gegend, da war man vom Gegenteil überzeugt. Und was die Buchstaben angeht: großes Latinum heißt das Zauberwort.«

»Sie konnten entschlüsseln, was dort auf der Steinplatte steht?«

»Jawohl.«

»Nun sagen Sie schon. Ich platze gleich vor Neugier.«

»Dort steht: FÜRCHTE DICH VOR TOTEN, DIE KEINE TOTEN SIND. Und jetzt fahren wir zurück zum Gut Lichtenhagen und rufen meine alte Freundin Dr. Ulrike Maywald vom kulturgeschichtlichen Institut an der Universität Kiel an. Oder haben Sie etwas anderes vor?«

»Jetzt bestimmt nicht mehr.«

»Sehr gut, die Antwort habe ich erhofft. Außerdem werden wir uns mit unserem neugierigen Zuhörer beschäftigen müssen.«

»Was meinen Sie?«

»Wir waren nicht allein. Wir wurden beobachtet.«

»Wo? Von wem?«

»Das herauszufinden, mein lieber Freund, ist unsere nächste Aufgabe.«

12

Der Fund eines Grabes in der Wiederkehrsenke hatte Katrin Gibson beunruhigt. Auch wenn es sich dabei um einen augenscheinlich historischen Leichnam handelte, der dem Areal vielleicht den ursprünglichen Namen gegeben hatte, verunsicherte es sie. Sie hatte in ihrer Kindheit die Dorfgemeinschaft, die um das Gutsgelände herum ansässig war, als einen eher abergläubischen Menschenschlag kennengelernt. Was würden die Leute denken? Sie selbst empfand sich als weltoffener und sachlicher. Dies war ein Grund gewesen, weshalb sie seinerzeit das Gut verlassen hatte. Sie fühlte sich eingeengt und unverstanden, auch von ihrem Vater, dessen Verbote und Maßregelungen sie nicht mehr ertragen hatte.

Noch befremdlicher empfand sie allerdings die Tatsache, dass ihr Mann anscheinend voll in diesem alten Mythos aufzugehen schien. Gewiss, er war von Hause aus Kulturhistoriker und mit den Sitten und Gebräuchen des Altertums durchaus vertraut. Sie hoffte, dass die Untersuchung durch ihre gemeinsame Freundin vom kulturhistorischen Institut »nur« einen normalen Todesfall, wenn auch einen historischen, ergeben würde. Andrew hatte sich von ihr nach einem Telefonat mit Ulrike Maywald verabschiedet, um sich mit ihr und dem Polizisten Martin Clausen in der Wiederkehrsenke zu treffen. Sie selbst hatte darauf bestanden, im Haus zu bleiben und wollte der ganzen Aktion nicht mehr Bedeutung beimessen, als es ihrer Meinung nach wert war.

Jetzt saß sie im Gartensaal des Gutshauses und hatte ihre Beine auf die Louis XVI. Couch gelegt. Sie nahm sich eine Illustrierte vom Couchtisch, blätterte ziellos durch die Seiten und schlug das Heft wieder zu. Sie legte es zurück, nahm das nächste Heft und fand auch hier dran kein Interesse und legte es schließlich ebenfalls zurück auf den Tisch. Ihr ging die Geschichte nicht aus dem Kopf. Schließlich stand sie auf und ging zum bodentiefen Fenster, verschränkte die Arme vor der Brust und ließ den Blick gedankenversunken über die frisch gestutzten Buchsbaumhecken des Gartens streifen. Gestern hatten die Gärtner das Areal winterfest gemacht. Alles war perfekt geschnitten, geharkt und gemäht. Ihre Gedanken gingen zurück in die Zeit, als sie noch ein Kind war und in dem Park unbeschwert gespielt hatte. Bis zu dem Tag, als sie ihrem Vater sagte, dass sie mit ihrer Freundin Radfahren wollte. Sie hatte ihn noch nie so aufgebracht und wütend erlebt. Sie solle sich gefälligst auf dem Hof aufhalten, hatte er gesagt.

Hier gäbe es alles, was es zum Spielen brauchte. Und wenn sie jemals dort hinfahren würde, dann könne sie sich eine neue Familie suchen. Wie sehr hatte sie sich damals eine Mutter gewünscht, der sie sich anvertrauen konnte. Wie sehr vermisste sie damals eine Person, die so dachte wie sie und die sie verstand. Aber ihr Vater hatte es verstanden, jeglichen Kontakt zwischen Mutter und Tochter zu unterbinden. Irgendwann hatte sie sich damit abgefunden, aber letztendlich war es der Grund gewesen, weshalb sie, nachdem sie volljährig war, das Gut verließ. Wie hätte sich ihr Leben entwickelt, wenn sie eine »normale« Familie gehabt hätte? Sie merkte, wie sich in ihren Augen Tränen bildeten. Obwohl sie mit ihrem Mann Andrew einen liebevollen und verständnisvollen Ehemann hatte, kamen manchmal diese Momente, an denen sie an ihre Kindheit dachte. Besonders, wenn sie sich über irgend etwas Gedanken machte. So wie jetzt. Sie seufzte und wischte sich die Tränen von ihren Wangen.

Sie hatte sich oft die Frage gestellt, warum ihr Vater ihr damals verboten hatte, in der Wiederkehrsenke mit ihren Freunden zu spielen. Das verwilderte Areal übte damals eine magische Anziehungskraft auf sie aus. Kannte ihr Vater vielleicht das Grab und seine Geschichte? War es vielleicht doch gar nicht so unbekannt? Sollte sie sich doch einmal intensiver damit beschäftigen? Sie beschloss, genau dieses zu tun. Vielleicht bekam sie Antworten auf die Fragen, die sie sich seit vielen Jahren stellte.

Katrin Gibson verließ den Gartensaal durch das Vestibül und ging die hellen Marmorstufen des zentralen Treppenhauses hinauf in das Obergeschoss des Gutshauses. Der obere Flur verband die Seitenflügel des Hauses. Gegenüber dem oberen Treppenabsatz nahm ein überlebensgroßes Bild ihres Vaters die Wand ein. Noch immer verspürte sie diese Beklommenheit, wenn sie das Bild ansah, aber sie hatte sich bisher nicht durchringen können, es abzuhängen.

Sie wandte sich nach links und ging langsam auf eine schwere Doppeltür aus Eiche am Ende des Flures zu. Wie lange war sie schon nicht mehr hier gewesen? Ihr Mann war es, der hier einige Zeit verbracht hatte. Sie öffnete die schwere Tür und betrat den abgedunkelten Raum der Bibliothek.

Die Sammlung des Gutes Lichtenhagen war überregional bekannt für seine Sammlung historischer Karten, von Büchern über Genealogie und historischen Bildbänden. Jetzt wurden die Räume nicht sehr häufig genutzt. Ihr enormer historischer Wert war es allerdings, weswegen Andrew Gibson sie davon überzeugt hatte, wieder hierher zu ziehen. Für ihn war es ein unglaublicher Schatz. Sie hatte dem bisher nie viel abgewinnen können, doch so langsam wurde durch die Begeisterung von Andrew Gibson auch ihre Neugier geweckt.

Langsam ging sie in den respekteinflößenden Saal. Als Kind durfte sie den Raum nicht betreten und auch jetzt, als sie mit ihrem Mann an ihren Geburtsort zurückgekehrt war, blieb es für sie ein selten genutzter Teil des Gebäudes.

Sie zog die Vorhänge vor einem der beiden bodentiefen Fenstern zurück. Im einfallenden Lichtkegel des Sonnenlichts fingen sofort Abertausende von Staubteilchen an zu tanzen. Sie drehte sich um und bemerkte wieder einmal, wie riesig der Raum war, der mit seinen knapp zweihundert Quadratmetern wirklich die Ausmaße eines Saales hatte. Er reichte über die gesamte Tiefe des Hauses und erstreckte sich in der Höhe über insgesamt zwei Etagen. Ihr Ururgroßvater August Friedhelm von Trancken hatte Anfang des neunzehnten Jahrhunderts die Zwischendecke einreißen und stattdessen eine umlaufende Empore aus Gusseisen einziehen lassen, die über zwei wundervoll verzierte gusseiserne Wendeltreppen erreicht werden konnte.

Dort, wie auch im unteren Teil des Raumes gegenüber der Tür waren die Wände deckenhoch mit dunklen, lückenlos gefüllten Bücherregalen versehen. Nur die Stirnseiten des Raumes, an denen sich die Fenster befanden, waren davon ausgenommen. Die gegenüber liegende Wand, in der sich die Tür befand, war vom Boden bis zur Decke komplett mit einer bemalten Papiertapete aus dem achtzehnten Jahrhundert verziert. Sie zeigte Szenen aus der griechischen Mythologie aus Homers Odyssee. Trotz des Alters waren die Farben immer noch beeindruckend schön. Nur an einigen Stellen zeigten sich schadhafte Stellen durch Ablösungen oder Risse im Papier. Diese Tapete wartete noch auf eine Restaurierung. Der Fußboden bestand aus einem alten Nussbaumparkett, in dessen Mitte sich ein schachbrettartiges Viereck aus hellen und dunklen Hölzern abzeichnete. Die Decke zeigte ein schlichtes weißes Stuckfresko mit astronomischen Symbolen und Fabelwesen und in der Mitte ein Bereich, der nicht verziert war. Teilweise waren auch plastische Tierfiguren an der Decke zu erkennen, die Reste des ehemals hier befindlichen Jagdzimmers.

Katrin Gibson blieb in der Mitte des Raumes stehen und ließ den Blick über die raumhohen Schränke voller alter, mit Leder eingebundenen Bücher schweifen. Ein Wechselbad der Gefühle zwischen Neugier und Respekt umfing sie. Schließlich ging sie zu einer Wendeltreppe und stieg auf die Empore der Bibliothek. Wie sie feststellte, lagerten hier oben die historischen Bücher über die Güter und Besitztümer der Region. Sie hoffte, dort Bücher zu finden, die vom Gut Lichtenhagen handelten, und die vielleicht von einem der früheren Besitzer verfasst worden waren.

Schließlich fand sie ein erfolgversprechendes, wuchtiges Exemplar: »Lehen und Länderreyhen von dem Gute Lychtenhagen« von 1728, verfasst von Donatus von Trancken. Sie nahm das in Leder gebundene Werk aus dem Regal und keuchte. Das Buch war aufgrund seiner Größe nicht nur unhandlich, sondern auch schwerer als sie gedacht hatte. Sie ging die Wendeltreppe wieder nach unten zu dem alten schweren Eichentisch, der in der Mitte des Raumes stand. Sie nahm auf einem der lederbezogenen Stühle Platz. Der Stuhl knarrte etwas, er stammte immerhin auch aus dem 18. Jahrhundert.

Vorsichtig schlug sie den Einband des Buches um. Das trockene Leder knackte und ächzte unter der ungewohnten Behandlung. Sie hatte Mühe, die alte Schrift zu entziffern. Der Text war handschriftlich in altem Sütterlin geschrieben. Viele Wörter konnte sie nur aus dem Zusammenhang entziffern. Ihr Halstuch, das sie sich locker umgelegt hatte, rutschte etwas herunter, als sie sich etwas hinunterbeugte, um den jetzt vergilbten Text zu erkennen. Mit einem Schwung warf sie es wieder um ihren Hals.

Sie fuhr mit dem Finger die Zeilen auf der Seite entlang. Die dicken, vergilbten und starren Seiten und die dortigen Tabellen stellten ihrer Meinung nach Katastervermerke dar, mit Bemaßungsangaben und topografischen Besonderheiten jeder einzelnen Parzelle. Viele Flächen davon waren schon lange nicht mehr im Eigentum der Familie oder waren inzwischen in Erbpacht vergeben. Sie schlug die letzte Seite auf und fand das Register. Anhand dessen fand sie eine Fläche, die mit »Wiederkehrgrund« bezeichnet war. Das konnte sein, wonach sie suchte. Sie blätterte vorsichtig zu der angegebenen Seitenzahl zurück - und hielt plötzlich inne.

An der angegebenen Stelle fand sie - nichts. Nur noch einige Blattfetzen zeigten, dass sich hier einmal Seiten befunden hatten, die in großer Eile aus diesem alten Buch herausgerissen worden waren. Sie war offensichtlich nicht die Einzige, die sich für dieses merkwürdige Stück Land interessierte. Und augenscheinlich wollte jemand, dass das Geheimnis gewahrt bliebe.

Sie schaute auf und sah nachdenklich aus dem vor Staub trüben Fenster, hinter dem sich der blaue Himmel abzeichnete. Das sah nicht nach Zufall aus. Was ging hier vor? Wollte man etwas vor den neuen Besitzern verbergen? Aber weswegen? In diesem Moment wurde ihr schlagartig klar, dass es vielleicht nicht sie, sondern ihr Mann war, der Ziel einer Kampagne war. Er hatte schließlich den Betrieb umorganisiert und seinen eigenen Stempel aufgedrückt. Konnte sich jemand damit vielleicht nicht arrangieren und wollte sie wieder vom Hof haben und erfand eine unheimliche Gruselgeschichte? Sie schüttelte den Kopf. Das wäre albern und das würde sie auch nicht zulassen. Sie war die rechtmäßige Erbin des Gutes und sie stand zu den Entscheidungen ihres Mannes. Ihr wurde bewusst, dass es sinnlos war, sich ängstlich zu verhalten. Andrew hatte recht mit seinen Vermutungen und sie würde mit ihm um das Gut kämpfen, komme, was da wolle.

13

Dr. Ulrike Maywald war eine anerkannte Expertin, wenn es um die kulturhistorischen Ereignisse und archäologischen Fundstätten in Schleswig-Holstein ging. Sie hatte es vor fünf Jahren, als sie gerade das Studium der Archäologie und Anthropologie mit Summa cum laude in Berlin abgeschlossen hatte, als große Chance gesehen, dem Angebot der Kieler Christian-Albrechts-Universität zu folgen und den Forschungszweig der norddeutschen Kulturgeschichte zu etablieren. Sie kannte zwar auch den guten Ruf des Instituts für Ur- und Frühgeschichte in Kiel, aber es ging ihr so wie vielen anderen, die die norddeutsche

Archäologie hauptsächlich mit den Wikingern in Verbindung brachten. Sie war stolz darauf, dass sie es nach so kurzer Zeit mit ihren jetzt sechsunddreißig Jahren geschafft hatte, die Forschungsthemen als wissenschaftliche Leiterin der Fakultät maßgeblich bestimmen zu können. Ein besonderes Augenmerk ihrer Arbeit lag von Anfang an auf den Bestattungsriten in der Region, die durch diverse Eroberungen und Rückeroberungen durch Slawen, Dänen oder Schweden beeinflusst wurden.

Sie und Andrew Gibson hatten sich vor einigen Jahren, kurz nachdem er mit seiner Frau das Gut übernommen hatte, auf einem Symposium im Schloss Gottorf in Schleswig kennengelernt, auf dem sie einen Vortrag über die Moorleichenfunde der Region gehalten hatte. Sie war beeindruckt von dem zwar etwas spleenigen, aber charmanten und hochintelligenten Mann. Die Diskussion darüber, ob die frühzeitlichen Moorleichen der Region Opfergaben an die Götter, verurteilte und hingerichtete Kriminelle oder selbst Mordopfer waren, hatte sie nachhaltig beeindruckt. Seitdem verband beide eine lockere Freundschaft. Sein Anruf, dass auf einem Feld des Gutes eine historische Gruft läge, an der sich seiner Meinung nach Zeichen eines Untotenkultes befanden, hatte sie in helle Aufregung versetzt und so hatte sie sich kurz nach Gibsons Anruf von Kiel aus auf den Weg gemacht, um sich den Fundort selbst anzusehen.

»Diese Bestattungsform ist für diese Region sehr untypisch.«

Ulrike Maywald kniete auf allen Vieren vor der Gruft und musterte die Steine und die Unterschenkelknochen, die aufgrund des fehlenden Decksteines sichtbar waren. Mittlerweile wurde der Fundort durch einen weißen Baldachin abgeschirmt. Er schützte vor der Witterung, führte aber auch zu einem gewissen Schummerlicht, so dass zwei

Halogenstrahler den Fundort für die Spurensicherung erhellten.

»Hat irgendjemand etwas an diesem Fundort verändert? Ich meine, nachdem Ihr Mitarbeiter es gewissermaßen unfreiwillig freigelegt hat?«

»Natürlich nicht - so gut solltest du mich mittlerweile kennen, Ulrike, nicht wahr?«

Gibson stand lässig auf seinen Gehstock gestützt neben ihr und musterte amüsiert die Situation. Mit seinem englischen Kleidungsstil schien er wie ein Mann aus einem anderen Jahrhundert zu sein. Aber das war sein Stil, seine Marotte und es war ihm egal, was die anderen über ihn dachten.

Während die Doktorin vor ihm kniete und ihm gewissermaßen ihren Allerwertesten präsentierte, stand Clausen, seine Hände auf die Knie stützend, neben ihr und verfolgte interessiert ihre Handgriffe.

»Eben drum.« Sie drehte den Kopf und lächelte ihn an. »Ich kenne doch deinen Eifer, wenn es um Geschichtliches geht. Ich bin überrascht, dass du mich angerufen hast, bevor du selbst mit der Untersuchung begonnen hast.«

»Ich gebe zu, es hat mich tatsächlich in den Fingern gekribbelt. Aber Selbstbeherrschung ist ja alles. Und? Was sagst du zu all dem hier?«

»Es ist äußerst aufregend. Ich fühle mich wie bei meiner ersten Ausgrabung. So etwas, wie dieses hier, habe ich in dieser Region noch nie gesehen. Ich meine, Bestattungsriten haben wir hier oben reichlich. Langbetten, Hünengräber, Begräbnisse der Trichterbecherkultur und weitere Opferstätten jeglicher Art. Die Auswahl ist reichlich vorhanden. Aber diese Art der komplett anonymen Bestattungsform, anscheinend auch ohne Grabbeigaben, ist sehr ungewöhnlich. Ich bin nur verwundert, dass es so lange unentdeckt geblieben ist. Hat dein Schwiegervater davon nie etwas erzählt?«

»Nein, wir haben nicht viel miteinander geredet. Und wenn, dann hat er mir Vorhaltungen gemacht, was ich doch für ein schlechter Umgang für seine Tochter wäre.«

Ulrike Maywald erhob sich und klopfte sich die Erde von ihrer Hose.

»Wir haben es hier definitiv mit einem historisch höchst interessanten Fall zu tun. Sowohl wissenschaftlich als auch kulturell, sofern deine Vermutung des Wiedergängerkultes zutrifft. Tut mir leid, Andrew, aber im Auftrag des Landes bin ich verpflichtet, diese Fundstelle zu konfiszieren und eine Ausgrabung zu organisieren. Aber wie ich dich kenne, ist das sowieso in deinem Sinne.«

»In der Tat«, erwiderte Gibson, »ich freue mich auf die Zusammenarbeit mit dir.«

»Davon habe ich zwar nichts gesagt, aber du hast mir schon oft bewiesen, dass wir uns gut ergänzen können. Also gut. Ich organisiere den Papierkram und die Ausgrabung und anstelle einer Entschädigung für deinen Ernteausfall sind wir ein Team.«

»Moment, nicht so schnell!«

Clausen kam auf die beiden zu.

»Ich fürchte, ich habe hier auch noch ein Wort mitzureden. Immerhin haben wir es hier mit einem Tatort zu tun. Und solange wir hier ermitteln, ist der Ort beschlagnahmt. Der Leichnam wird außerdem in Kürze in die Rechtsmedizin verbracht. Sorry, aber ich muss hier der Spielverderber sein.«

»Das sind Sie ganz und gar nicht«, erwiderte Gibson, »aber so wie ich das sehe, ist der Angriff auf Herrn Wenner verübt worden, und zwar dort oben.« Er deutete auf den Rand des Ackers. »Oder gehen Sie davon aus, dass dieser mumifizierte Körper hier Opfer eines kürzlich verübten Mordanschlags ist?«

»Nein, das sehe ich genauso. Trotzdem muss ich darauf bestehen, dass die Polizei unverzüglich informiert wird, sollten sich wider Erwarten doch Hinweise darauf ergeben, so unwahrscheinlich es auch zum jetzigen Zeitpunkt sein mag.«

»Das versteht sich von selbst«, erwiderte Maywald.

Gibson reichte ihm die Hand. »Keine Sorge, mein Freund. Sie werden in unserem Team der unsichtbare Dritte sein.«

»Und ich sorge dafür, dass alles vorbereitet wird, um den mumifizierten Körper für eine weitere Untersuchung in unser Labor zu überführen.«

14

Kommissar Weissner stand wieder im Büro der Gutssekretärin. Nachdem er sich vergewissert hatte, dass die Zugmaschine in der Wiederkehrsenke abtransportiert worden war, war er zu Gaby Hansmann zurückgekehrt. Ihm ging der cholerische Gutsverwalter nicht aus dem Kopf. Er fand es recht sonderbar, wenn nicht sogar verdächtig, dass dieser genau in dem Moment den Hof verließ, als die Polizei nach dem Tod von Wenner eine Befragung einleitete. Der Mann hatte etwas zu verbergen, davon war er überzeugt. Weissner war auch davon überzeugt, dass er den Mörder des armen Kerls im Krankenhaus praktisch schon überführt hatte, er brauchte nur einen kleinen Beweis, damit der Staatsanwalt es auch so sah. Er hatte wieder Hoffnung, schneller seinen wohlverdienten Ruhestand antreten zu können, als er gestern noch dachte.

Die Büros im Verwaltungsgebäude waren, obwohl es schon recht spät am Abend war und die Dämmerung gerade einsetzte, noch hell erleuchtet. Die Erntesaison war noch im vollen Gange. So war sich Weissner auch sicher, niemanden von seinem Feierabend abzuhalten, als er das Büro der Sekretärin betrat.

»Sagen Sie Frau Hansmann, der Gregor Maschmann, Sie haben ihn als ziemlich jähzornig beschrieben. Was meinten Sie damit?«

»Hat er tatsächlich etwas mit dem Tod von dem Herrn Wenner zu tun? Oh mein Gott, ich habe ja immer …«

»Moment bitte. Davon war nicht die Rede. Wir haben noch niemanden im Verdacht und haben auch noch keine heiße Spur.« Natürlich hatte er das, aber das musste er der Zeugin ja nicht auf die Nase binden.

»Aber Sie haben doch selbst vermutet, dass er vielleicht etwas am Traktor manipuliert haben könnte«, erwiderte Hansmann.

»Gar nichts habe ich. Es besteht lediglich der Verdacht, dass etwas manipuliert sein könnte. Aber näher will ich nicht darauf eingehen, Spekulationen liegen mir nicht. Also nochmal bitte: was ist der Maschmann so für ein Typ?«

»Nun ja, er war, als unser alter Chef, der Herr von Trancken, hier noch tätig war, seine rechte Hand und wenn Herr von Trancken nicht auf dem Hof war, hat er sozusagen seine Position eingenommen.«

»War es im Sinne von Herrn von Trancken? Und was sagten die anderen Mitarbeiter dazu?«

»Herr von Trancken und Herr Maschmann waren sich vom Wesen her nicht unähnlich. So gut sie miteinander auskamen, so schlecht kamen sie mit ihren Mitarbeitern zurecht und umgekehrt ebenfalls.«

»War angedacht, dass Herr Maschmann nach dem Tod Herrn von Tranckens das Gut übernimmt?«

»Die beiden haben oft gemeinsam über Dinge geredet, die kein anderer wissen durfte. Sie saßen oft stunden- oder nächtelang zusammen. Ob es dabei auch um eine eventuelle Nachfolge ging, kann ich nicht beurteilen. Es war vielleicht seine Hoffnung, aber möglich wäre es wohl nicht gewesen.«

»Weswegen?«

»Wegen der finanziellen Möglichkeiten. So eine historische Gutsanlage verschlingt Unsummen an Geld. Damit meine ich nicht die Landwirtschaft, sondern den reinen Erhalt des historischen Gutshauses. Dafür muss mehr Geld vorhanden sein, als es die Landwirtschaft abwirft. Ich kann mir nicht vorstellen, dass Herr Maschmann dieses Geld hatte. Vielleicht hatte er gehofft zu erben, wer weiß.«

»Vielleicht hatte er darauf spekuliert, aber dann hätte Frau Gibson als Verwandte ersten Grades sicherlich Ansprüche angemeldet. Wissen Sie, ob das Unternehmen schuldenfrei ist?«

»Soweit ich Einblick in die Buchhaltung habe, gibt es keine Darlehen, nur eigene Mittel. Die Einnahmen kommen ausschließlich aus der Landwirtschaft. Insofern …«

Auf einmal riss Frau Hansmann die Augen auf und schlug ihre Hände vor den Mund.

»Natürlich, jetzt, wo wir drüber reden. Das muss es sein!«

»Äh, würden Sie mich in Ihre Gedanken einweihen?«

»Als Herr von Trancken noch lebte, kamen regelmäßig Gelder auf das Konto von unbekannten Auftraggebern. Immer, wenn ich um Klärung bat, wurde ich sowohl von Herrn von Trancken als auch von Herrn Maschmann aufgefordert, diese Sache auf sich beruhen zu lassen. Es ginge mich nichts an. Wahrscheinlich geht es Herrn Maschmann um dieses Geld.«

»Das ist zumindest seltsam. Wo ist Herr Maschmann jetzt?«

»Das weiß ich leider nicht, er ist bisher nicht zurück gekehrt.«

Nachdem er das Büro von Frau Hansmann verlassen hatte, blieb Weissner kurz auf dem Gutshof vor seinem Auto stehen und steckte sich eine Zigarette an. Die aufgestellten Nichtraucher-Schilder waren ihm grundsätzlich egal. Er überlegte. Was hatte Clausen gesagt, als er mitteilte, dass er mit Gibson zum Gut fahren würde? Er meinte, dass sie bei der Untersuchung in der Wiederkehrsenke beobachtet worden waren.

Schnell schnippte er seine halb aufgerauchte Zigarette weg und stieg hastig in sein Auto. Hatten sie eventuell etwas übersehen, was Maschmann jetzt aus dem Weg räumen wollte? Das würde die Aufklärung dieses Falles seiner Ansicht unnötig in die Länge ziehen. Er nahm sich fest vor, ihm zuvorzukommen, oder zumindest zur Rede zu stellen. Er überlegte kurz. Trotz seiner Gleichgültigkeit - schließlich wartete sein lang ersehnter Ruhestand auf ihn - besann er sich. Eigentlich müsste er Verstärkung anfordern, um einen möglichen Tatort aufzusuchen. Auf jeden Fall, wenn der Täter noch auf freiem Fuß war. Mit einer abwinkenden Bewegung wischte er aber seine kurzen Zweifel beiseite, startete den Wagen und trat aufs Gas. Die Reifen frästen Rillen in den weichen Boden als er mit aufheulendem Motor vom Hof raste. Die Kollegen in Kiel würden Augen machen, wenn er ihnen den Täter auf dem Silbertablett präsentierte. Clausen konnte noch was von ihm lernen. Vor allem, wie man konsequent und hart durchgreifend einen Verdächtigen überführt.

Weissner schaltete seine kleine LED-Taschenlampe an, als er an der Wiederkehrsenke ankam und aus dem Wagen stieg. Es war mittlerweile stockdunkel. Er ließ den Motor seines Wagens laufen und leuchtete mit den Scheinwerfern das Areal aus. Er bedachte aber nicht, dass die Senke mit dem Grab wegen des Gefälles nicht ausgeleuchtet wurde. So stolperte er den unebenen Acker herunter.

»Maschmann! Kommen Sie raus, ich weiß, dass Sie hier sind!«

Was machte er hier eigentlich? Nach jemandem zu rufen, der wahrscheinlich nicht mehr in der Nähe war, war alles, aber nicht klug. Aber er wollte den Kerl zur Strecke bringen, egal wo er steckte. Je schneller, desto besser.

Jetzt im Dunklen war der Acker unheimlich. Weissner merkte, wie er schneller atmete und plötzlich ein kalter Schauer über seinen Rücken lief. Er musste sich schließlich eingestehen, dass er hier draußen doch ein mulmiges Gefühl hatte.

Er erreichte die flache Gruft und leuchtete mit seiner Taschenlampe die Gegend ab. Fehlten da nicht ein paar Decksteine? Er meinte sich zu erinnern, dass heute Vormittag nur ein Stein fehlte. Jetzt erschien ihm die dunkle Gruftöffnung größer, oder täuschte er sich? Er wischte den Gedanken weg und redete sich ein, dass er sich das einbildete, als er in die Hocke ging, um nachzusehen, ob das Skelett noch da war. Plötzlich stieg ihm ein unheimlicher Modergeruch in die Nase.

»Ungläubiger! Sieh deinem Tod ins Auge!«

Weissner fuhr herum. Schützend riss er die Hände hoch, um die unbekannte Gefahr abzuwehren. Aber auch, weil er nicht glauben konnte, was vor ihm stand.

Diese zerschlissene Kleidung, die tief in das Gesicht gezogene Kapuze. Wer war das? Oder vielmehr - was? Er wollte schreien, doch seine Stimme versagte. Er saß nur völlig schockiert mit aufgerissenem Mund vor diesem Wesen, das sich bedrohlich vor ihm aufbaute.

»Glaube an die Toten, die nicht tot sind!«

Mit diesen Worten hob die Gestalt drohend die Arme, so dass die knochigen Hände zu sehen waren.

Jetzt schrie Weissner, er schrie um sein Leben. Er bekam keine Luft mehr und fing an zu keuchen. Immer noch saß er vor diesem Wesen und war komplett bewegungsunfähig. Erst jetzt sah er den großen Stein in der knochigen Faust seines Gegners, der nicht von dieser Welt sein konnte. Er fiel rückwärts auf seinen Rücken und zog vor lauter Angst seine Arme und Beine vor den Körper. Er hörte das furchtbare Knacken seines brechenden Kiefers, als der Stein in sein Gesicht geschlagen wurde. Ein wahnsinniger dumpfer Schmerz durchfuhr seinen Kopf. Er war kurz davor, das Bewusstsein zu verlieren und wollte wieder schreien, aber in seinem Mund sammelten sich Blut und die ausgeschlagenen Zähne. So sehr er es auch wollte, aber sein Körper gehorchte ihm nicht mehr. Eine schnelle Flucht war für ihn nicht mehr möglich.

Wieder holte die Gestalt zum Schlag aus. Diesmal war der Schlag härter und traf mit voller Wucht den Hinterkopf. Das letzte Geräusch, dass Weissner schließlich hörte, war das Knirschen, als sein Genick brach.

15

Kommissar Harald Weissner war zwar nicht sonderlich beliebt bei der Kieler Polizei gewesen, aber die Umstände seines Todes schockierten viele seiner Kollegen. Vor allem, dass ihn sein Schicksal so kurz vor seiner Pensionierung ereilte. Auch Martin Clausen hatte die Nachricht vom Mord an seinem ehemaligen Partner sehr mitgenommen. Wie üblich in solchen Fällen würde eine interne Ermittlungsgruppe eingesetzt werden und er in Kürze einen neuen Partner zugeteilt bekommen. Bis dahin sollte er allein weiter ermitteln. Streng nach Vorschrift. Aber wozu? Und wie? Schließlich war Weissner erfahrener als er gewesen. Eine Art kollegialer Lehrmeister, hatte man ihm damals gesagt. Kein guter. Das mochte wohl sein, aber immerhin ein Kollege trotz all seiner Marotten. Er fühlte sich ratlos und vor den Kopf gestoßen. Jetzt allein an dem Fall weiter zu ermitteln, hielt er für nicht zielführend. Er war eindeutig befangen und fühlte sich überfordert. Das hatte er seinen Vorgesetzten auch deutlich zu machen versucht. Außerdem war es vorgeschrieben, dass es zwei Beamten benötigte. Sie führten aber akuten Personalmangel an und zu viel Aufwand für eh schon überlastete Kollegen, sich in den Fall einzuarbeiten. Und was war mit ihm? Der Einzige, den man ihm kurzfristig zuteilen konnte, war ein Polizist im Innendienst in der Zentrale in der Blumenstraße in Kiel. Polizeimeister Wissing. Er würde sich bei ihm melden, hatte es geheißen. Hatte er aber bisher nicht getan. Clausen hatte sich jedoch auch nicht bei ihm gemeldet. Wie auch? Man hatte ihm im Kommissariat zwar die Kontaktdaten mitgegeben, aber er hatte sie im Büro vergessen. Also beschloss er, Dienst nach Vorschrift zu machen, bis er den Fall schnellstmöglich abgab. Das würde schon sehr bald geschehen.

Jetzt saß er wieder im Büro der Gutssekretärin Gaby Hansmann, die ihn mit verweinten Augen ansah.

»Es tut mir leid, aber das ist gerade etwas viel für mich …«

»Das ist doch verständlich, es ist im Moment für alle eine Ausnahmesituation.« Clausen reichte ihr sein letztes Papiertaschentuch, das sie dankend annahm, um sich trompetenartig zu schnäuzen.

In diesem Moment trat Gregor Maschmann ins Zimmer.

»Was machen Sie denn schon wieder hier?!« fragte er im Vorbeigehen, ohne Clausen auch nur eines Blickes zu würdigen. »Und Sie, Frau Hansmann, nehmen sich jetzt mal ein bisschen zusammen. Ich dulde hier keine Gefühlsduseleien!«

Clausen ballte seine Faust in der Jackentasche. Am liebsten hätte er jetzt seinem Gegenüber eine verpasst, die er nicht so schnell vergessen würde. Aber er beherrschte sich und versuchte, sich seinen Ärger nicht anmerken zu lassen. Obwohl er so seinen ganzen Frust mit einem Schlag losgeworden wäre. Im wahrsten Sinne des Wortes.

»Nun ja, es wurde ein weiterer Mord verübt und ich bin nun mal bei der Polizei. Es ist mein Job. Da kommen schon einige neue Fragen auf, die einer Klärung bedürfen. Und da wir schon dabei sind: wo waren Sie eigentlich gestern Abend zwischen 18 und 20 Uhr?«

»Sie verdächtigen mich? Das ist ja lachhaft! Was ich nach Feierabend mache, ist meine Privatangelegenheit und geht Sie gar nichts an!«

»Wenn Sie sich da mal nicht irren, Herr Maschmann. Unter gewissen Umständen geht es mich sehr wohl etwas an. Deshalb frage ich gerne noch einmal: wo waren …«

In diesem Moment klingelte das Telefon auf Frau Hansmanns Schreibtisch. Sie nahm das Gespräch nach nur einmaligem Klingeln an.

»Verwaltung Gut … Oh, guten Abend, Herr Gibson. Ja … ja, Herr Clausen ist hier. Ist in Ordnung, ich sage ihm Bescheid.«

Sie beendete das Gespräch und wandte sich an Clausen.

»Mein Chef möchte Sie sehen. Es ist dringend. Er erwartet Sie am Gutshaus.«

»Woher weiß er denn, dass ich hier bin? Ist gut - vielen Dank. Ich habe nachher aber noch ein paar Fragen an Sie. Bitte halten Sie sich beide noch zu unserer Verfügung.«

»Einen Teufel werde ich tun!« Maschmann sah Clausen herablassend von oben bis unten an und bohrte ihm den ausgestreckten Zeigefinger in die Brust. »Sie können froh sein, wenn ich Ihnen nicht ein Disziplinarverfahren an den Hals binde! Sie nehmen sich ganz schön viel raus, mein Lieber. Einfach unbescholtene Bürger zu verdächtigen!«

Clausen schob seine Hand gelassen weg. Es würde nichts bringen, sich jetzt provozieren zu lassen. Er wusste, dass er gegenüber Maschmann am längeren Hebel saß.

»Ich möchte Sie bitten, dass Sie zukünftig nicht mehr in diesem Ton mit mir oder einem meiner Kollegen reden oder berühren, Herr Maschmann. Wenn es Ihnen lieber ist, können wir Sie auch vorladen lassen. Mir soll's recht sein.«

»Pah!« Maschmann drehte sich um und verließ fluchend den Raum.

Clausen wandte sich an Frau Hansmann, zog die Schultern hoch, als wolle er sagen: Was soll man da noch machen?

Sie zuckte ebenfalls mit den Schultern und wirkte etwas hilflos. Langsam bekam ihr blasses Gesicht wieder Farbe. Sie vertraute Clausen und hoffte, dass er diesem Spuk schnell ein Ende bereiten würde. Zum Glück konnte sie nicht ahnen, was gerade in seinem Kopf vorging.

16

Clausen trat aus dem Verwaltungsgebäude, das gegenüber dem Herrenhaus lag. Der Himmel zeigte sein typisches Gesicht des norddeutschen, nasskalten Herbstes und war durchgängig grau. Ein leichter Nieselregen ließ den Gutshof in der Abenddämmerung glänzen. Das Wetter passte zu Clausens Stimmung. Trübsinnig ließ er seinen Blick mit einem leichten Zweifel in Richtung Himmel wandern. Es war nicht abzusehen, ob der Regen stärker werden oder nachlassen würde. Er zog den Reißverschluss seiner alten und leicht ausgebeulten Jacke ein wenig höher, vergrub seine Hände in den Jackentaschen und lief los. Der

Hof war in schlechterer Verfassung als es auf den ersten Blick schien und war weder gepflastert noch geteert. Mit den Jahren hatten sich einige Schlaglöcher gebildet, in denen jetzt das Wasser stand. So konnte Clausen nicht geradewegs über den Hof laufen, sondern musste immer wieder Haken schlagen, um den Pfützen auszuweichen. Nasse Füße wollte er sich jetzt nicht auch noch holen.

Er war fast an der Freitreppe des Hauses angekommen. Die Wasserlache vor der ersten Stufe konnte er nur mit einem gewagten Sprung überwinden. Er ging drei Schritte zurück und wollte Anlauf nehmen, als er merkte, dass sein linker Fuß plötzlich kalt und nass wurde. Verdutzt schaute er an sich herunter. Er stand mitten in einer tiefen großen Pfütze, die er wohl übersehen hatte.

»So ein Mist!«

Clausen hob das linke Bein, zog das Hosenbein hoch und schüttelte den Fuß ab. Er kam sich ziemlich dämlich vor, wie er auf einem Bein über den Hof hopste.

»Kommen Sie rein, Sie können hier drinnen weiter hüpfen!«

Katrin Gibson stand in der Eingangstür und winkte zu Clausen herunter. Er winkte verschämt zurück und blickte nochmals an sich herunter. Die ganze Situation war ihm äußerst peinlich. Wie ein begossener Pudel schlich er die Treppe hoch. Katrin Gibson schaute ihm mit einer Mischung aus Mitleid und Amüsiertheit zu, wie er leise fluchend die Treppe hochstapfte.

»Andrew erwartet Sie. Kommen Sie bitte herein. Er ist im Kaminzimmer. Hier rechts durch die Tür. Aber zuerst ziehen Sie die Schuhe und die Socken aus. Sie erkälten sich ja noch.«

»Nein, es geht schon. Das trocknet schon wieder.« Er rieb sich mit der flachen Hand über seine Stoppelfrisur, um die letzten Regentropfen herauszuwischen.

»Nun stellen Sie sich mal nicht so an. Sie sind nicht der erste Mann, den ich mit nackten Füßen sehe.« Als wenn sie mit seinem Fauxpas gerechnet hatte, wedelte sie in der rechten Hand mit einem paar Wollstrümpfen.

Das Angebot kam dann doch bei ihm an. Er zog seine nassen Schuhe und Socken aus und nahm dankend die wärmenden Strümpfe entgegen. Als er sie anzog, überkam ihn das wohlige Gefühl, umsorgt zu sein und unwillkürlich seufzte er kurz auf.

Auf Katrin Gibsons Gesicht erschien ein leichtes Lächeln. Sie nahm ihm die Schuhe, Socken und die Jacke ab.

»Fühlen Sie sich wie zu Hause. Ich bringe Ihre Sachen nur kurz weg und komme gleich nach.«

Clausen bedankte sich nochmals und ging zur hohen Flügeltür, die wohl mindestens so alt wie das ganze Haus war, aber offensichtlich eine hervorragende Restaurierung erfahren hatte. Er öffnete die Tür und als er hineinsah, verharrte er mit offenem Mund und aufgerissenen Augen im Türrahmen und vergaß für einen kurzen Moment seine miese Stimmung. Dieses war kein Kaminzimmer, es war ein Prachtsaal. Den dunklen Holzfußboden schmückten orientalische Ghom Teppiche, die Wände waren halbhoch mit ebenfalls dunklem Holz getäfelt und in der oberen Hälfte mit einer hellblauen Seidentapete versehen. Im Wechsel hingen brennende Kerzen und alte Ahnenbilder an der Wand. An der gegenüberliegenden Wand befanden sich drei deckenhohe Fenster, durch die man auf den Gutshof schaute. In der Mitte des Raumes stand ein alter Spieltisch aus Holz mit einem aufgebauten Schachspiel. Gegenüber der Tür befand sich der weiße Marmorkamin, in dem ein großes Feuer prasselte und knackte. Mittlerweile war es draußen dunkel geworden. Das Kaminfeuer und die Kerzen waren die einzigen Lichtquellen in diesem Raum. Zusammen tauchten Sie den Raum in eine halbdunkle, unwirkliche und mystische Atmosphäre. Auf dem

Kaminabzug war ein weißes Gipsmonogramm zu erkennen, das er als Winkel und Zirkel interpretierte. Irgendwie kam ihm dieses Symbol bekannt vor, aber ihm wollte partout nicht einfallen, woher.

Vier Ohrensessel standen im Halbkreis vor dem Kamin. In einem konnte Clausen schemenhaft eine Person erkennen, die vom unregelmäßigen Schein des Kaminfeuers angestrahlt wurde. Martin Clausen war bestimmt keine schüchterne Person, aber dieser Raum und diese Szene flößten ihm Respekt ein.

»Ah - da sind Sie ja! Kommen Sie doch näher, mein Bester!«

Andrew Gibson hatte sich in seinem Sessel umgedreht und hob die Hand zum Gruß in Richtung Zimmertür. Erst jetzt bemerkte Clausen den großen Hund, der vor dem Kaminfeuer döste.

»Entschuldigen Sie, aber ich habe hier im Haus mit vielem gerechnet, aber nicht damit.«

»Dieses Haus hat sicherlich mehr Geheimnisse, als wir beide wissen. Hübsche Socken haben Sie an.«

Clausen errötete leicht, jetzt war es ihm wieder peinlich, er fühlte sich irgendwie nackt. Er kam auf Gibson zu und musterte die Ahnengemälde an der Wand. Täuschte er sich oder folgten ihm die Ahnenbilder mit ihren Augen?

»Hierher ziehe ich mich oft zum Nachdenken zurück. Der Raum strahlt für mich eine besondere Ruhe aus, in der ich komplett abschalten kann. Möchten Sie auch einen Schluck? Gibson zeigte auf die Rotweinflasche und das halbvoll eingeschenkte Weinglas auf dem Beistelltisch. »Ein chilenischer Syrah, ein ganz vorzüglicher Tropfen.«

»Sonst gerne. Aber danke, ich bin noch im Dienst.«

Gibson griff in seine Westentasche. Er zog es vor, sich auch zum Feierabend stilsicher zu kleiden. Hausanzüge waren ihm ein Gräuel. Er zog eine goldene Taschenuhr heraus und ließ den Deckel aufschnappen. Es war halb sieben.

»Sind Sie sicher? Ab wann beginnt bei der Kripo denn die Nachtschicht?«

In der Tat, eigentlich hatte Clausen schon seit zwei Stunden Feierabend. Theoretisch. Der Tag heute war aber anstrengend und belastend genug gewesen und so beschloss er, dass ab jetzt der private Teil des Tages begann. Er konnte einen Schluck Rotwein jetzt gut vertragen.

»Gut, überredet.«

»Wunderbar. Nehmen Sie doch bitte Platz.« Gibson stand auf, ging zum Barschrank, der neben dem Kamin stand und holte ein großes Rotweinglas heraus. Wieder an seinem Sessel angekommen, füllte er es zu einem Viertel, schwenkte es leicht, damit der Wein sein Bouquet entfalten konnte und reichte es Clausen. Dann nahm er sein eigenes Glas und stieß mit ihm an.

»Auf dass diesem Spuk hier ein schnelles Ende bereitet wird.«

Clausen nahm einen kleinen Schluck. Warm und samtig legte sich der Rotwein auf seine Zunge. Er war eigentlich kein großer Weintrinker, die Standardprodukte aus dem Discounter reichten ihm. Aber dieser Wein war tatsächlich etwas Besonderes. Hatte er sonst immer verzweifelt versucht, die auf der Flasche aufgedruckten Geschmacksrichtungen des Weines nachzuempfinden, schmeckte dieser Syrah intensiv nach Brombeeren und ein wenig nach Lakritz. Genussvoll schluckte er und merkte, wie sich eine wohlige Wärme in seinem Körperinneren ausbreitete. Die ganze Anspannung der letzten Tage wollte er vergessen. Er ließ sich tiefer in den Sessel sinken.

»Der tragische Tod Ihres Kollegen tut mir leid, Herr Clausen«, führte Gibson die weitere Unterhaltung mit dem ungemütlichen Thema fort. »Ich hoffe, Sie bekommen schnell Anhaltspunkte …«

Schlagartig verspannte Clausen innerlich.

»Entschuldigen Sie, dass ich Sie unterbreche, Herr Gibson. Aber es wird von mir keine weitere Suche nach Anhaltspunkten geben. Ich habe beschlossen, dass ich den Fall abgeben werde.«

Clausen hatte jetzt einen entgeisterten oder wenigstens ratlosen Gesichtsausdruck erwartet. Der kam jedoch nicht. Stattdessen schaute Gibson ruhig in sein Weinglas und sagte nichts. Schließlich sah er ihn ruhig und gelassen an.

»Ich kann Sie verstehen, Herr Clausen. Sehr gut sogar.«

»Dann verstehen Sie sicher auch, dass ich mich aufgrund meiner Befangenheit und meines momentanen Gemütszustands nicht weiter in Ihren Fall einbringen kann?«

»Auch das kann ich sehr gut nachvollziehen.«

»Dann haben Sie auch sicher Verständnis dafür, dass ich mich jetzt aus dem Fall zurückziehen muss, bis eine neue Ermittlungsgruppe sich bei Ihnen vorstellt.«

»Sicher.«

»Vielen Dank für Ihr Verständnis, ich wünsche ich Ihnen und Ihrer Frau alles Gute. Danke für den Wein.«

Clausen machte sich zum Aufstehen bereit, um den Raum zu verlassen.

»Bleiben Sie bitte sitzen.«

In einem ungewohnt scharfen Ton hielt Gibson ihn zurück.

»Was meinten Sie bitte?«

»Ich sagte gerade, dass ich Sie bitte, zu bleiben. Ich habe lediglich gesagt, dass ich Ihre Beweggründe, den Fall abzugeben, verstehe. Ich habe aber nicht gesagt, dass ich sie akzeptiere.«

»Ich denke nicht, dass das in Ihrer Verantwortung liegt, so etwas zu entscheiden.«

»Nein, sicherlich nicht. Aber ich kann Menschen sehr gut beurteilen, in dem was sie können, in dem was sie nicht können und in dem, was sie vermeiden, weil sie sich ihr Können nicht zutrauen.«

»Es ehrt mich, dass sie es mir das Können zutrauen, weiter in dem Fall zu ermitteln, aber ich kann es nicht.«

»Sie haben mich nur zum Teil verstanden, mein Lieber. Sie waren das letzte Beispiel in meiner Aufzählung. Sie können es, aber sie sind gerade voller Selbstzweifel.«

Clausen sprang auf und baute sich vor Gibson auf.

»Sie haben Nerven. Mein Partner ist gerade ermordet worden! Was ich vielleicht hätte verhindern können. Jetzt soll ich bis auf weiteres ohne Unterstützung hier vor Ort weiter ermitteln! Ich, der gerade seinen Kollegen in der Rechtsmedizin identifizieren musste. Können Sie sich vorstellen, wie ich mich fühle? Ich kann es nicht. Ich kann es einfach nicht!«

Clausen keuchte und musste sich gehörig anstrengen, dass seine Stimme nicht brach.

Gibson ließ eine Weile vergehen, bis er merkte, dass sich Clausen beruhigte.

»Setzen Sie sich bitte wieder hin. Ich möchte Ihnen etwas erzählen.«

Clausen zögerte, doch dann setzte er sich wieder.

»Als ich vor einiger Zeit hier auf das Gut kam, fand ich Zustände vor, die ich nicht verstand und auch nicht akzeptieren wollte. Also habe ich mich umgesehen und umgehört und war mir sicher, dass ich hier meine eigenen Vorstellungen zur Führung eines Gutsbetriebes umsetzen konnte. Also habe ich es getan. Weil ich es wollte und weil ich mir sicher war, dass ich es schaffen konnte.«

»Aber Sie hatten doch Unterstützung!«

»Keine, die ich nicht noch überzeugen musste. Die meisten Mitarbeiter waren schließlich einverstanden, andere wiederum nicht. Sie können sich vorstellen, wen ich meine.«

Clausen nickte unmerklich. Die cholerische Art von Maschmann ließ ihm einen Schauer über den Rücken rollen.

»Aber bitte haben Sie Verständnis dafür, dass ich momentan keine Möglichkeit sehe, wie ich vorerst ohne Kollegen weiter ermitteln soll.«

»Wie auch? Ihnen wurde ja kein adäquater neuer Partner zugewiesen.«

Clausen vermied es, zu erwähnen, dass es nicht ganz stimmte. Er hatte einen neuen Partner. Einen anonymen Bürohengst.

Gibson beugte sich energisch in seinem Sessel vor und schaute in Clausens verdutzten Augen.

»Menschenskind, Herr Clausen. Ihre Vorgesetzten schreien Sie doch förmlich an, dass es jetzt vorerst allein Ihr Fall ist. Und sie es Ihnen auch zutrauen. Vorschriften hin oder her. Aber, dass Sie große Manschetten vor der vor Ihnen liegenden Aufgabe haben, ist doch mehr als verständlich. Vielleicht stellen Sie sich insgeheim sogar die Frage, ob Sie den richtigen Beruf ergriffen haben. Vertrauen Sie mir, ich bin mir sicher, das haben Sie. Begreifen Sie es als Chance. Sie brauchen nur einen neuen Partner.«

»Jetzt haben Sie meine Zwickmühle endlich verstanden.«

»Dann suchen wir doch gemeinsam nach einer Unterstützung für Sie.«

»Aha, und woher nehmen? Haben Sie jemanden im Schrank versteckt?«

»Das nicht. Ich schlage mich selbst als Ihren Partner vor. Natürlich nur für diesen Fall.«

Clausen schaute ihn ungläubig an. Dann prustete er los.

»Sie? Bei allem Respekt. So sehr ich Sie als Menschen schätze - wissen Sie eigentlich, wie viele Vorschriften wir damit brechen würden?«

»Sicherlich ein paar. Aber welche Möglichkeiten sehen Sie sonst?«

»Ich sehe noch die Möglichkeit, dass ich meine Ermittlungen hier jetzt abbreche. Dann müssen meine Vorgesetzten etwas unternehmen. Über kurz oder lang werden sich dann neue Kollegen bei Ihnen melden.«

»Was wie lange dauern kann? Eine Woche, einen Monat, drei Monate? Bis dahin gibt es keine Anhaltspunkte mehr und alle Beweise und Indizien sind sicherlich vernichtet.«

»Aber … aber«

»Ich habe Sie mittlerweile einigermaßen kennengelernt, mein lieber Clausen. Sie sind ein junger, aber fähiger Ermittler. Ich traue Ihnen viel zu. Und ich traue mir eine gewisse logische Denkweise zu. Wir werden uns gut ergänzen.«

Clausen sah ihn schräg an.

»Sie sind manchmal ganz schön überheblich, wissen Sie das?«

»Das hoffe ich doch«, frotzelte Gibson.

Mit einem verschmitzten Grinsen und einem selbstbewussten Blick hielt er Clausen sein gefülltes Weinglas hin.

»Auf gute Zusammenarbeit, mein Lieber.«

Clausen zögerte. Dann nahm auch er wieder sein Weinglas in die Hand und prostete Gibson zu. Gibson mochte einen Spleen haben und war ein etwas sonderbarer Mensch. Aber Clausen wusste instinktiv, dass er sich auf ihn verlassen konnte. Was hatte er schon zu verlieren?

Er merkte, wie er wieder entspannte, atmete tief durch und ließ sich wieder in den Sessel sinken.

Er bemerkte die Schüsseln mit Kräckern und Hummus auf dem Beistelltisch und stellte fest, dass er seit dem Frühstück nichts mehr gegessen hatte.

»Darf ich?«

»Selbstverständlich, bedienen Sie sich. Ich hole gerne nach.«

Er nahm einen Kräcker, strich ihn durch das Hummus und ließ ihn in einem Stück in seinem Mund verschwinden. Gleich danach folgte der Zweite.

»Ich wiederhole mich zwar, aber es tut mir sehr leid, was gestern mit Ihrem Kollegen passiert ist.«

»Wir haben noch nicht sehr lange zusammengearbeitet. Ehrlich gesagt kannte ich Kommissar Weissner nur sehr oberflächlich. Er war nicht die Art Mensch, die viel von sich preisgibt. Dennoch war es ein Schock für uns alle im Kommissariat.«

»Wir hier sind auch entsetzt, dass so etwas bei uns geschehen konnte.

»Ich habe Ihnen damals in der Wiederkehrsenke angeboten, dass wir ab jetzt zusammenarbeiten können, wenn Sie es möchten. Ich bin froh, dass wir dabei bleiben, denn wir haben Arbeit vor uns.«

»Wie meinen Sie das?«

»Wenner und Weissner sind beide tot. War ihr Tod Zufall? Geplant? Oder im Affekt?«

»Weder noch, würde ich sagen.«, entgegnete Clausen.

»Ich werde den Eindruck nicht los, dass beide zur falschen Zeit am falschen Ort waren. Wenner hat den Leichnam entdeckt und Weissner hatte vielleicht eine Spur oder eine Ahnung. Was hätte er sonst in völliger Dunkelheit dort verloren und vor allem, warum war er gegen jede Vorschrift allein dort? Fakt ist: Beide mussten dafür sterben.«

»Möglich. Und?«

»Ich befürchte, wir beide stehen als nächste auf der Abschussliste.«

Clausen schluckte trocken. Dieser Gedanke war ihm noch gar nicht gekommen.

»Und Sie sind sicher, dass Sie nicht vielleicht Gespenster sehen, wo gar keine sind, Herr Gibson?«

»Nein, ich befürchte nicht, mein Bester. Auch wir beide sind für unseren Täter vielleicht zu neugierig. Wir haben gemeinsam den Fundort untersucht; wir haben gemeinsam den fehlenden Deckstein gefunden und entziffert. Und ich bin mir sicher, dass wir dabei beobachtet wurden. Ich habe den Deckstein an mich genommen und Sie wollten Wenner im Krankenhaus befragen.«

»Sie haben den Deckstein an sich genommen? Davon haben Sie mir gar nichts gesagt. Er könnte ein Beweisstück sein! Wo ist er?!«

Gibson blieb ganz gelassen: »Ich denke, es ist sicherer für Sie, wenn Sie es erst einmal nicht wissen.«

Clausen ließ die Worte, wie ihm geraten wurde, auf sich wirken. Er grübelte und schenkte sich gedankenversunken noch einen Schluck Rotwein ein. Er fand die Geschichte weit hergeholt.

Katrin Gibson kam gerade herein, als er an Gibson gewandt sagte: »Sie könnten vielleicht recht haben. Aber ich glaube, dass wir es hier mit schlichter polizeilicher Arbeit zu tun haben. Vielen Dank für die bisherigen Hinweise. Aber hier haben wir es mit zwei Mordfällen zu tun. Sehr ungewöhnlichen, gewiss. Aber letztendlich mit Mordfällen.«

»Ich stimme meinem Mann zu, Herr Clausen.« Katrin Gibson setzte sich neben ihm in einen weiteren Sessel und stellte ein Tasse Tee auf den neben ihr stehenden Beistelltisch. In diesem Moment knallte im Kamin das Feuer, als sich plötzlich die angesammelten Holzgase entzündeten. Der Hund hob kurz den Kopf, gähnte herzhaft und ließ den Kopf wieder zwischen seine Pfoten sinken.

»Die Vorkommnisse der letzten Tage sind mit Sicherheit belastend für Sie. Das verstehe ich. Ich bin für Ihre Mithilfe dankbar, auch für Ihre überaus großzügige Gastfreundschaft, aber letztendlich bleibe ich dabei: es sind nur zwei Morde.«

Andrew Gibson erhob sich aus seinem Sessel, ging langsam zum Kamin, nahm den Schürhaken zur Hand, richtete damit die brennenden Hölzer und legte ein Scheit nach. Während er zusah, wie das trockene Holz langsam Feuer fing, sagte er, ohne den Blick vom Feuer abzuwenden:

»Meine Frau hat in unserer Bibliothek etwas herausgefunden, dass nicht nur sie beunruhigt hat, Herr Clausen. Ich bin jetzt davon überzeugt, dass wir es hier mit mehr als nur mit Mord zu tun haben. Mit viel mehr. Ich bin sicher, Sie werden Ihre Meinung ändern, wenn wir Ihnen unsere Erkenntnisse zeigen. Aber zuerst sollten Sie alles in die Wege leiten, um den Leichnam aus der Wiederkehrsenke nicht in die Rechtsmedizin, sondern ins kulturhistorische Institut von Dr. Maywald zu überführen. Ich fürchte, wir werden dort unglaubliche Dinge erfahren.«

»Das habe ich bereits für morgen veranlasst,« entgegnete Clausen.

»Wie? Davon haben Sie gar nichts gesagt!«

»Sehen Sie, Herr Gibson, so haben wir beide unsere kleinen Geheimnisse. Und Sie müssten schon bitte etwas genauer werden, was Sie meinen, herausgefunden zu haben. Wenn es zur Aufklärung der Morde beiträgt, wären Sie sogar dazu verpflichtet. Aber wie ich Sie einschätze, geht ihre Theorie wohl darüber hinaus.«

Gibson sah wieder sein Weinglas an und nickte stumm und setzte sich wieder in seinen Sessel.

»Oh ja, aber Sie würden es mir nicht glauben, wenn ich es Ihnen hier erzähle.«

»Versuchen Sie es doch mal.«

»Na schön. Zuerst habe ich an der Gruft die Vermutung geäußert, dass es sich um einen alten Opferkult handelt. Das war für mich zumindest eine Möglichkeit. Aber jetzt … ich denke, ich muss meine Vermutung revidieren.«

Gibson begann eine lange rhetorische Pause.

»Ja? Ich höre?«

Ungeduldig beugte sich Clausen in seinem Sessel vor. Gibson ließ ihn jedoch noch etwas zappeln. Er liebte es, seinen Worten durch künstliche Pausen mehr Gewicht zu verleihen.

»Ich denke, wir haben es hier mit den Machenschaften einer Geheimorganisation zu tun.«

Clausen sah ihn überrascht an und ließ sich schließlich wieder in seinen Sessel zurücksinken.

»Wie bitte? Ich habe Dan Brown auch gelesen, Herr Gibson. Und daran glaube ich nicht. Jetzt übertreiben Sie aber wirklich.«

»Ganz und gar nicht. Alle Zeichen sprechen dafür, dass Sie und ich einer Sache auf der Spur sind, die mehr als ungewöhnlich ist. Glauben Sie mir, ich weiß, wovon ich rede.«

Er sagte das mit einer Bestimmtheit und ohne einen Anflug von Zweifel, dass Clausen anfing, darüber nachzudenken, was er gerade gehört hatte. Er durchsuchte sein Gedächtnis nach den bisherigen Erkenntnissen. Die Inschrift auf dem Deckstein der Gruft, wo immer er jetzt auch war, war in der Tat sonderbar. Die Aussage von Dr. Maywald, dass der durchgeführte Bestattungsritus eher ungewöhnlich war und die unheimliche Person, die Hannes Wenner umgebracht hatte – all das ging ihm durch den Kopf, er kam jedoch zu keinem logischen Schluss. Schließlich dachte er an seinen ehemaligen Kollegen und musste sich eingestehen, dass er außer dem Benehmen von Gregor Maschmann wirklich keinen einzigen Anhaltspunkt hatte, wo er ansetzen konnte.

»Also schön«, sagte er, als er sich langsam aus seinem Sessel erhob, »wir können ja auch Ihren Spuren folgen. Vielleicht bekommen wir dadurch neue Hinweise.«

Gibson nickte zufrieden und erhob sich ebenfalls. »Wir müssen in den ersten Stock, aber nicht sockfuß. Warten Sie, Sie bekommen ein paar Pantoffeln.«

»Bitte keine Umstände, es geht auch so.«

»Wie Sie meinen«, erwiderte Katrin Gibson, die schon voraus ging, »aber es hätte keine gemacht.«

Während sie den Raum verließen, nahmen sie nicht mehr wahr, dass sich draußen eine schemenhafte Gestalt vom Fenster abwandte und in die Dunkelheit lief.

17

Gaby Hansmann hatte heute eigentlich vermeiden wollen, Überstunden zu machen, aber die Ereignisse rund um den gewaltsamen Tod des Kommissars hatten sie unkonzentriert werden lassen. Jetzt saß sie im Schummerlicht ihrer Schreibtischlampe vor dem Flachbildmonitor an der Monatsabrechnung. Wieder gab es Zahlungen zu Gunsten des Gutshofes, die sich keiner erklären konnte, und die die Buchhaltung durcheinanderbrachten. Sie musste endlich herausfinden, was es damit auf sich hatte. Und das konnte sie am besten, nachdem alle anderen das Büro verlassen hatten - bei geschlossener Bürotür. Sie blätterte in den Kontoauszügen und den Überweisungsträgern, um einen Hinweis zu finden.

Das plötzliche Gepolter auf dem Gang war trotz geschlossener Tür nicht zu überhören. Gregor Maschmann hatte offensichtlich ebenfalls noch nicht Feierabend gemacht. Das war nicht unüblich. Besonders jetzt während der Ernte war er oft lange im Büro. Allerdings bemerkte sie, dass er nicht allein war. Eine weitere Person eilte ebenfalls sehr geräuschvoll über den Flur. Beide schienen aber davon auszugehen, dass sie allein waren. So wurde Gaby Hansmann hellhörig, als sie der Unterhaltung erst zufällig, dann gewollt zuhörte.

»Wir müssen etwas unternehmen, Manfred. Der Clausen von der Kripo Kiel hängt an mir wie eine Klette. Wir können nicht riskieren, dass er zu viel herausfindet.«

»Nun mach mal halblang, Gregor. Bisher sind es für die Polizei wahrscheinlich nur unklare Mordfälle. Wenn wir jetzt etwas überstürzen, wird es nur spannender für die Polizei, etwas genauer hinzuschauen.«

»Aber lass ihn uns wenigstens rausholen und an einen sicheren Ort bringen. Machen wir nicht zum ersten Mal.«

Gaby Hansmann stellte unwillkürlich das Tippen auf ihrer Tastatur ein. Weniger, um besser zuhören zu können, sondern eher, um nicht aufzufallen. Denn sie war sich sicher, dass diese Unterhaltung nicht für Ihre Ohren bestimmt war.

»Einverstanden, aber wir müssen klären, wo wir ihn lassen. Unsere Brüder werden ihn sehen wollen.«

»Das lass mal meine Sorge sein. Erst einmal kümmere ich mich um die Bullen. Ein kleiner Unfall reicht ja, mehr muss es gar nicht sein. Wir müssen nur etwas Zeit gewinnen!«

»Tu, was du für richtig hältst. Aber wirble nicht mehr Staub auf als nötig. Bisher denkt Gibson vielleicht, jemand von außerhalb ist für alles Geschehene verantwortlich. Und das soll auch so bleiben.«

Anhand der sich entfernenden Schritte konnte sie feststellen, dass die Unterredung wohl beendet war. Die Haustür wurde geöffnet und fiel wieder von selbst ins Schloss. Endlich traute Sie sich wieder, einigermaßen normal zu atmen. Ihr Herz pochte wild bis zum Hals, als sie leise und auf jede Bewegung achtend aufstand und auf Zehenspitzen zur Bürotür ging, um sie vorsichtig einen Spalt zu öffnen. Der Flur war dunkel und leer. Sie ging zurück und suchte verzweifelt in ihrer Handtasche nach ihrem Handy. Sie kramte zwischen Lippenstiften, Taschentüchern und dem Portemonnaie nach dem Telefon. Sie maßregelte sich innerlich, dass sie immer noch nicht ihre Handtasche aufgeräumt hatte. Endlich fand sie es, aktivierte den Touchscreen und wollte gerade die Nummer von Kommissar Clausen wählen, als plötzlich die Haustür wieder aufgerissen wurde und Schritte sich ihrem Büro näherten.

Reflexartig schaltete sie ihre Schreibtischlampe aus. Augenblicklich wurde ihre Zimmertür geöffnet. Entsetzt riss sie die Augen auf, sie hatte nicht daran gedacht, dass der Flur dunkel war und das Ausschalten des Lichtes sofort auffiel.

Gregor Maschmann baute sich bedrohlich vor ihr auf.

»Na sowas - wen haben wir denn hier? Das tut mir jetzt aber leid für Sie, dass Sie heute noch Überstunden machen müssen.«

»Ich … ich habe nichts gehört …«

Sofort biss sie sich auf die Zunge. Das war wohl die unklugste Erwiderung, die sie hätte geben können.

»Manfred hatte recht«, sagte er halb zu sich selbst, halb an Gaby Hansmann gerichtet, »wenn wir nicht aufpassen, mischen Sie sich wahrscheinlich überall ein. Sie werden langsam zu neugierig, meine Teuerste!«

Gregor Maschmann ging langsam auf sie zu und hatte plötzlich den schweren gläsernen Briefbeschwerer, den sie immer auf dem Schreibtisch stehen hatte, in der rechten Hand. Er wog ihn in seiner Hand und grinste sie an.

»Was habe ich denn getan?!« Gaby Hansmann schrie ihn verzweifelt an. In ihren Augen sammelten sich Tränen. Sie stand jetzt mit dem Rücken an der Wand und presste die Handflächen gegen die Tapete.

»Sagen wir mal so: Sie kriegen zu viel mit. Das nennt man zur falschen Zeit am falschen Ort sein, persönliches Pech oder Arschkarte gezogen, oder nennen Sie es wie Sie es wollen.«

Sein dreckiges Lachen schüchterte sie noch mehr ein. War der Mann irre geworden? Er war jähzornig und ein

Ekelpaket, gewiss. Aber diesen einschüchternden Blick, mit dem er sie jetzt anstarrte, kannte sie nicht von ihm. Und sie war ganz allein hier im Büro mit diesem Verrückten.

»Aber ich weiß doch gar nicht, was Sie von mir wollen! Glauben Sie mir, ich bin doch auf Ihrer Seite. Ich hätte mich gefreut, wenn Sie mein Chef geworden wären. Wir kommen doch gut miteinander klar, finden Sie nicht auch?«

Sie hoffte, dass sie ihn mit dieser Lüge wieder beruhigen konnte, sonst war ihre Lage hoffnungslos.

»Sie wissen gar nicht, was hier alles vor sich geht. Sie kennen nur Bruchstücke. Dabei könnten wir es belassen, aber mir persönlich ist das Risiko zu groß.«

Mit diesen Worten holte er mit dem Briefbeschwerer aus und kam mit einem Blick, aus dem Entschlossenheit und Wahnsinn funkelten, auf sie zu. Sie schrie vor Angst, sank in die Hocke und legte die Arme schützend über ihren Kopf.

»Bitte ... tun Sie mir nichts! Ich weiß doch gar nichts, wirklich nicht. Wenn ich morgen nicht im Büro bin, wird man doch nach mir fragen und mich suchen!«

Gregor Maschmann zögerte: »Also wirklich, Frau Hansmann, ich habe wirklich gedacht, Sie sind loyaler. Sie bleiben morgen einfach unentschuldigt der Arbeit fern? Da wird Herr Gibson aber schwer enttäuscht sein.«

Er holte aus und schlug zu.

Der stumpfe Schlag war so heftig, dass Gaby Hansmann sich nicht in der Hocke halten konnte. Sie fiel auf die rechte Seite und versuchte gegen die Schmerzen an der linken Schläfe anzukämpfen. Als ihre Sinne schwanden, spürte sie, wie Blut aus ihrem Ohr lief und Maschmann sie wie ein Spielzeug hochhob und schulterte. Sie bekam noch mit, dass sie aus ihrem Büro und den Flur entlang getragen wurde. Sie versuchte zu schreien, doch so sehr sie sich auch bemühte, es kam kein Ton über ihre Lippen. Dann wurde ihr schwarz vor Augen.

18

Er wünschte sich, er hätte das Angebot mit den Pantoffeln angenommen. Die Marmorstufen ins obere Stockwerk waren blank poliert und spiegelglatt. Zu allem Überfluss war gestern wohl das Parkett im oberen Flur gebohnert worden. Clausen hasste den Geruch von Bohnerwachs. Und er hasste es ebenfalls, wie auf rohen Eiern eine Marmortreppe hochzubalancieren. Jetzt stakste er die letzten Stufen hoch und kam sich mit seinen ausgebreiteten Armen, um das Gleichgewicht zu halten, vor, wie Joe Cocker bei seinen besten Bühnenauftritten.

Andrew Gibson stand bereits auf dem oberen Treppenabsatz und schaute sich die Szene, die ihm dargeboten wurde, amüsiert an. In seiner rechten Hand baumelten zwei graue Filzpantoffeln.

»Nun geben Sie sich mal einen Ruck, mein Bester. Glauben Sie mir, es wird nicht besser.«

Clausen sah nach links und rechts in den Flur und wusste sofort, was er meinte. Der Flur glänzte wie ein Spiegel. Von der Bohnerpolitur. Er nickte und streifte sich die Pantoffeln über. Sie erinnerten ihn an seinen letzten Sommerurlaub in Dänemark. Im Schloss Helsingborg hatte er die gleichen Pantoffeln anziehen müssen. Sie widersetzten sich erfolgreich zwar jedem Modetrend und er kam sich darin ziemlich dämlich vor, aber sie erfüllten wohl ihren Zweck. Vorsichtig machte er einen Schritt, aber er rutschte nicht. Mutig ging er wieder in eine aufrechte Haltung und nickte Gibson abermals zu.

»Meine Frau ist schon vorgegangen, kommen Sie.«

Als Gibson die Tür zur Bibliothek erreichte, wartete bereits seine Frau auf die beiden. Er öffnete die Tür und Clausen empfing ein lauwarmer Schwall von abgestandener Luft, der nach Staub, altem Leder und Kerzenrauch roch. Als sie eintraten, betätigte Katrin Gibson einige unscheinbare Lichtschalter und der gesamte Raum wurde in indirektes Licht getaucht. War Martin Clausen vom Kaminzimmer im Erdgeschoss beeindruckt, so er war von der Bibliothek überwältigt. Sein Blick ging unmittelbar an die Decke des Raumes, der seiner Schätzung nach ungefähr sieben Meter hoch sein durfte. Er sah die Allegorien der verschiedenen Symbole und Figuren, die sowohl gemalt wie auch plastisch ausgeformt auf ihn herunter blickten. Sein Blick wanderte herunter zu den Büchern über die Empore und die Wendeltreppen, bis er auf dem Fußboden ankam.

»Wow!«

»Das ist einer der Gründe, weswegen ich nach Gut Lichtenhagen wollte.«

»Das müssen Hunderte von Büchern sein!«

»Die letzte Zählung ergab 785. Das Älteste ist von 1580. Sie finden hier das gesamte Wissen dieser Region vereint. Angefangen von Theologie, Biologie, Alchemie, Humanistik sowie einige historisch bedeutsame Drucke und Gemälde.«

»Das muss einen unschätzbaren Wert haben.«

»Das mag sein. Für mich sind die meisten Bücher Arbeitsmittel für meine kulturhistorischen Forschungen. Aber für meine Frau sind sie vor allem unheimlich und lästig. Sie verbindet damit schlimme Erinnerungen aus ihrer Kindheit.«

»Kommen Sie bitte, Herr Clausen.« Katrin Gibson stand am alten, dunklen Holztisch in der Mitte der Bibliothek und blickte ihn erwartungsvoll an. Clausen beeindruckte die Mächtigkeit, die dieser Tisch mit seinen sechs kunstvoll gedrechselten Beinen ausstrahlte. Sicherlich hatten seinerzeit zehn oder zwölf Personen daran Platz gefunden.

»Eiche, Empire, spätes 18. Jahrhundert«, zählte Gibson auf, der die Frage von Clausen aus dessen Blick ablesen konnte.

Als sie am Tisch angekommen waren, zeigte Katrin Gibson auf das Buch, das noch so aufgeschlagen lag, wie sie es hier zurückgelassen hatte.

»Ich habe meiner Frau von meinen Überlegungen, was die Wiederkehrsenke angeht, erzählt und sie damit wohl ziemlich verunsichert. Katrin, dafür möchte ich mich nochmals bei dir entschuldigen.« Gibson beugte sich vor und gab ihr zur Verwunderung von Clausen einen formvollendeten Handkuss. Katrin Gibson schien diese Geste nicht weiter zu überraschen, sie kannte die Marotten ihres Mannes und wandte sich an Clausen.

»Ich habe hier in der Bibliothek nach einem alten Kataster gesucht, um etwas über die Wiederkehrsenke zu erfahren, die schon in meiner Kindheit für mich eine verbotene Zone war. Und ich habe tatsächlich eines gefunden. Allerdings habe ich nicht die Informationen bekommen, die ich mir erhofft hatte.«

Clausen erkannte die Blattfetzen in dem ansonsten sehr gut erhaltenen Buch.

»In diesem Buch«, fuhr Andrew Gibson fort, »finden sich alle Ländereien des Gutes zum Zeitpunkt des Jahres 1728, verfasst von Donatus von Trancken, einem Vorfahren meiner Frau.«

«Und schon dort findet sich die Wiederkehrsenke?«

«So ist es, mein Bester. Allerdings wird der Bereich hier noch im Verzeichnis als Wiederkehrgrund bezeichnet. Aber mehr können wir jetzt nicht herausfinden, denn wie Sie sehen, fehlen die Seiten, die das Gebiet näher beschreiben. Und sie fehlen erst seit kurzem.«

«Woher wissen Sie das?«

«Schauen Sie sich die Abrisskante an. An ihr sind noch Fasern zu erkennen. Es sind Holzfasern, aus denen das Blatt hergestellt wurde. Wären sie älter, würden an ihnen Verwitterungs- oder Fraßspuren von Bücherwürmern zu sehen sein. Aber davon ist nichts zu erkennen.«

«Es gibt wirklich Bücherwürmer? Ich dachte immer, das ist ein Pseudonym für Bibliothekare!« prustete Clausen.

«In der Tat gibt es sie, eigentlich ein Nagekäfer, der sich unter anderem auch von alten Bücherseiten ernährt. Heute, da Bücherseiten holzfrei hergestellt werden, ist der Schaden durch sie zurückgegangen«, führte Gibson aus, der den Witz von Clausen nicht nachvollziehen konnte.

«Außerdem wurde die Seite in großer Hast herausgerissen, denn die Blattreste sind stark geknickt. Nun ist das Buch allerdings sehr dick. Ich schätze, es sind 300 Seiten schweres handgeschöpftes Papier. Wenn das Buch lange wieder im Regal gestanden hätte, wären die Knicke nach meiner Einschätzung wieder nahezu glattgepresst worden.«

«Außerdem ist es weniger von Staub besetzt als die anderen Bücher«, wollte Clausen zur Ermittlung beitragen.

«Das halte ich persönlich für nicht weiter relevant. Letztlich hat es auch meine Frau in den Händen gehalten. Es kann somit nicht nachvollzogen werden, welche Spuren wann von wem auf diesen Ledereinband gekommen sind.«

Dem musste Clausen zustimmen, es war in der Tat nicht weiter nachvollziehbar. Und er war sich auch bewusst, dass es sehr aufwendig sein würde, von einem Jahrhunderte alten Ledereinband verwertbare Fingerabdrücke zu gewinnen.

«Aber vielleicht ist der Gedanke doch gar nicht so falsch«, bemerkte Gibson nachdenklich. Er sondierte den Raum und schien mit seinem Blick die Bücherregale regelrecht abzuscannen.

«Sag, Schatz, wo hast du das Buch gefunden?«

«Ich war auf der Empore, dort war es im dritten Regal von der Tempelwand aus gesehen.«

Gibson ging schnell zur gusseisernen Wendeltreppe und nahm zwei Stufen auf einmal auf die Empore. Clausen schaute ihm überrascht hinterher, lief dann ebenfalls los und holte ihn schließlich ein, als er gerade auf der Empore ankam. Beide gingen zu dem besagten Regal. In einem Regalfach fehlte ein Buch.

«Interessant.«

«Was ist interessant«, fragte Clausen, der sich unentschlossen das Kinn rieb.

«Unser Seitenrausreißer hat offensichtlich gewusst, wonach er suchen muss und wo er es findet.«

«Aha.«

Clausen versuchte, sich nicht anmerken zu lassen, dass er den Gedanken nicht folgen konnte. Gibson merkte es sofort und weihte seinen Mitermittler in seine Überlegungen ein.

«Wie gesagt, Ihre Idee mit der Staubschicht war gar nicht so abwegig. Was fällt Ihnen auf, wenn Sie sich diese Bücher hier ansehen?«

«Äh … sie sind alle staubig?«

«In der Tat. Aber würde man nicht erwarten, dass jemand, der etwas sucht, viele Bücher herauszieht und aufblättert, um das zu finden, was er sucht? Genau das trifft hier nicht zu. Mir ist es bisher nicht aufgefallen, denn meine Zielliteratur ist in den unteren Regalen. Ich habe die Empore eigentlich noch nie betreten, seit ich hier Hausherr bin.«

«Das heißt, Sie meinen, dass jemand erst kürzlich das Buch, das unten liegt, mutwillig zerstört hat, um zu verhindern, dass wir etwas finden, das wir nicht finden sollen?«

«Sehr richtig. Aber damit hat uns dieser jemand unvorsichtiger Weise auch den Hinweis gegeben, dass es sich zu suchen lohnt.«

«Glauben Sie, dass wir hier noch etwas finden, das uns helfen könnte?«

«Ich glaube es nicht nur, ich bin davon überzeugt!"

Gibson beugte sich über die gusseiserne Brüstung und rief zu seiner Frau herunter.

«Sag, Schatz, hast du hier oben noch andere Bücher berührt?«

Clausen schaute ebenfalls herunter und bemerkte erst jetzt das schachbrettartige Muster, dass sich im Parkett des Raumes abzeichnete. Es war vom Boden aus nicht sichtbar gewesen.

«Nein, nur dieses hier.«

Gibson drehte sich wieder um und ging mit seinem scharfen Blick die Reihen der Bücher durch. Langsam schritt er die Regalreihe ab und blieb plötzlich abrupt stehen.

«Na also!«

Clausen trat neben ihn und erkannte auf Augenhöhe ein dickes, in Leder gebundenes Buch. Es war deutlich weniger von Staub bedeckt als die Bücher daneben.

Clausen versuchte die undeutlichen Buchstaben auf dem stark verwitterten Buchrücken zu entziffern. Nach einigen Mühen konnte er das Wort «Biblia« erkennen.

Gibson reichte ihm ein paar weiße Baumwollhandschuhe, die er plötzlich mit einem weiteren Paar aus seiner Jacketttasche zog.

«Die hatte ich vorhin eingesteckt, sicher ist sicher.«

Clausen streifte sich ebenso wie Gibson die Handschuhe über und ergriff vorsichtig das Buch. Dabei fiel ihm auf, dass auf dem Regalboden vor dem Buch die Staubschicht verwischt war, als wenn es vor kurzem schon einmal herausgezogen worden wäre.

Gemeinsam gingen sie die Wendeltreppe hinunter. Clausen trug dabei das Buch wie eine Reliquie auf seinen flachen Händen vor sich her.

Als sie das Buch auf dem Holztisch ablegten, schaute ihnen Katrin Gibson interessiert über die Schulter.

«Oh mein Gott, eine alte Bibel. Wie alt mag die wohl sein?«

Gibson schlug den Einband auf. Seltsamerweise war kein Knacken von altem Leder zu hören. «Das werden wir gleich herausfinden."

Auf der ersten Seite kam ein beeindruckender Kupferstich zum Vorschein. Sie zeigte eine wunderschöne Landschaft mit einer Vielzahl von Tieren und Menschen, die alle gebannt auf einen Hügel schauten. Dort stand eine Person mit ausgebreiteten Armen und schien zu predigen. Zumindest deutete Clausen es so.

«Die Bergpredigt. Evangelium des Matthäus Vers 5-7«, erkannte Gibson, «ein wunderschöner Kupferstich.«

Clausen war begeistert. Gibson schien nicht nur ein breites Allgemeinwissen zu haben, er schien in vielem über ein unglaubliches Wissen zu verfügen.

«Und was ist das hier?«

Katrin Gibson deutete auf einen kleinen Teil des Bildes, in dem im Hintergrund der Szene dunkle Wolken, ein umgedrehtes Kreuz, Blitze und die Jahreszahl 1770 zu erkennen waren.

Clausen erschrak, als er bemerkte, dass Gibson sämtliche Farbe aus seinem sowieso schon blassen Gesicht gewichen war.

«Oh nein! Großer Gott, mach, dass es nicht wahr ist!«

So schnell es die alten Seiten zuließen, blätterte Gibson weiter, bis er beim Neuen Testament angekommen war. Er las laut die alte Frakturschrift vor, während er weiterblätterte:

«Evangelium des Matthäus ... Evangelium des Markus ... Evangelium des Lukas ... Evangelium des ... das Evangelium des Johannes fehlt! Großer Gott - es ist eine Biblia obscura! Ich hatte also recht.«

19

Als Gaby Hansmann mit pochenden Kopfschmerzen langsam wieder zu sich kam, stellte sie fest, dass sie auf einem ziemlich unbequemen Holzstuhl saß und ihre Arme hinter ihrem Rücken mit Klebeband gefesselt waren. Ihre Füße waren ebenfalls mit Klebeband an die Stuhlbeine fixiert. Zum Glück waren ihr nicht die Augen verbunden worden, dann wäre sie jetzt auf der Stelle wahnsinnig vor Angst geworden. Sie öffnete die Augen und stellte fest, dass sie aber trotzdem nichts sah.

Verzweifelt schaute sie um sich und versuchte sich zu orientieren. Es roch muffig, fast schon modrig. Es war offensichtlich ein Kellerraum, ein wenig Licht wurde nur durch ein altes, verdrecktes Kellerfenster gespendet. Aber das war kaum der Rede wert, sie konnte lediglich Umrisse von Gegenständen erkennen. Sie versuchte, sich zu konzentrieren und starrte in die fast vollständige Finsternis, die sich vor ihr auftat. Nach einem kurzen Moment erkannte sie, dass die Wände aus alten, weiß getünchten Backsteinen bestanden. Sie versuchte, sich umzuwenden, aber ihre Fesseln hinderten sie daran. Sie tastete hinter sich und stellte fest, dass sie direkt mit dem Rücken an einer ähnlichen Wand saß. An den Seitenwänden befanden sich je eine Reihe von Stühlen, vielleicht fünfzehn an jeder Seite, die auf der Sitzfläche mit Samt bezogen waren. An der ihr gegenüberliegenden Wand stand ein größerer Sessel, fast schon ein Thron, über den sich eine Art Baldachin zu spannen schien. Sie schaute zur niedrigen Decke. Der Raum war zwar groß, aber nicht sehr hoch. So sehr ihre Augen auch gegen die Dunkelheit ankämpften, sie konnte keine Lampen oder ähnliches erkennen. Zwei alte mannshohe Kerzenleuchter, die vor ihr standen, schienen die einzige Lichtquelle zu sein - wenn die Kerzen denn gebrannt hätten. In der Mitte des Raumes stand ein alter Holztisch, der mit einer Plane oder Tuch abgedeckt war, offensichtlich wurde darunter etwas verborgen, das sich deutlich darunter abzeichnete.

Wie lange hatte sie hier jetzt schon gesessen? Dadurch, dass sie bewusstlos gewesen war und aufgrund der Dunkelheit hatte sie jegliches Zeitgefühl verloren. Sie spürte, wie sich in ihrer Brust eine lähmende Beklemmung breit machte. Ihr Atem war hektischer geworden. Sie zog an ihren Armen, verdrehte und bewegte sie, doch das Klebeband gab nicht nach. Sie war gefangen. Wollte man sie umbringen? Was hatte man mit ihr vor? Und wie war sie hierhergekommen? Je länger sie hier unten saß und sich immer mehr orientieren konnte, desto panischer wurde sie.

Schließlich stellte sie etwas fest, das sie noch mehr beunruhigte - offensichtlich gab es nirgendwo eine Tür. Augenblicklich wich die Beklemmung der Angst, die jetzt in ihr aufkam. Eine Todesangst, die ihr die Brust weiter zuschnürte, so dass sie instinktiv und hektisch anfing, immer schneller zu atmen.

Verzweifelt zog sie an ihren Fesseln und versuchte mit den Füßen zu strampeln. Sie hatte zwar eine sportliche Figur und konnte aufgrund ihres regelmäßigen Yogas einige Kraft aufbringen, aber dieses Klebeband war reißfest und sie spürte, wie sie von ihren Versuchen, sich zu befreien, erste Abschürfungen bekam.

«Hilfe - HILFE!«

Der erste Ruf war noch zaghaft, den nächsten schrie sie hinaus. Aber sie erhielt keine Antwort.

Und das war vermutlich auch gut so. Denn hätte jetzt jemand geantwortet, den sie nicht sehen konnte, wäre … sie wollte den Gedanken nicht zu Ende denken. Ihr Herz schlug ihr jetzt schon bis zum Hals.

Während ihre Kopfschmerzen langsam nachließen, versuchte sie sich ein Bild davon zu machen, wo sie sich befand. Sie war sich sicher, dass sie diesen Raum noch nie zuvor gesehen hatte. War sie in den Kellergewölben des Gutes? Sie vermutete es. Sie hatte den Keller des Gutshauses schon einige Male betreten, da hier unten Akten gelagert wurden. Und sie erinnerte sich an die gleich aussehenden Mauern und die flache Raumhöhe.

Jetzt erinnerte sie sich auch, dass Gregor Maschmann sie niedergeschlagen haben musste. Er war also nicht nur ein menschliches Ekel, sondern auch noch gewaltbereit und schreckte offensichtlich auch nicht davor zurück, sie gegenüber Frauen anzuwenden. Was würde sie ihm sagen, wenn sie ihm wieder begegnen würde? Sie war sich sicher, dass er sich einen Dreck darum kümmerte, was sie dachte oder fühlte. Sie war sich auch sicher, dass er sie hierhergebracht hatte.

Während ihre Angst wich und sich in eine nervöse Ungewissheit wandelte, sann sie darüber nach, was als nächstes passieren konnte. Sie hier unten über längere Zeit festzuhalten, empfand sie als sinnlos. Irgendwann müsste jemand kommen. Irgendjemand würde ihr sagen, was man mit ihr vorhatte. Dieser Gedanke war furchtbar.

Schließlich konzentrierte sie sich auf den Tisch vor ihr. Sie hatte sich nicht ausmalen können, was unter dem Tuch lag. Je länger sie aber dort hinstarrte und ihre Fantasie alle Möglichkeiten erschuf, war sie auf einmal ganz sicher. Unter dem Tuch zeichneten sich die Umrisse eines menschlichen Körpers ab. Sie war zusammen mit einem Toten in einem dunklen Kellerverlies!

«Hilfe! Lasst mich raus hier! Was wollt ihr denn von mir?!«

Auf einmal hörte sie, wie links neben ihr ein Schlüssel in ein Türschloss gesteckt und umgedreht wurde. Ihr wurde jetzt bewusst, warum sie keine Tür hatte sehen können. Sie saß direkt daneben, konnte sich aber wegen der Fesseln nicht weit genug umdrehen.

In diesem Moment wurde die Tür einen Spalt geöffnet. Eine weiß behandschuhte Hand kam zum Vorschein und packte sie mit der Kraft eines Schraubstocks am Oberarm.

20

»Was ist denn eine Biblia obscura?«

Clausen war sich sicher, dass es nichts Gutes bedeutete, denn in Gibsons Gesicht zeichnete sich das blanke Entsetzen ab.

Er fand aber schnell wieder zu seiner bekannten Coolness zurück und richtete sich in seiner typischen geraden Haltung auf. Durchdringend sah er Clausen an.

»Was wissen Sie über das Neue Testament?«

»Puh - ich bin jetzt nicht sehr bibelfest, aber ich weiß, dass es die vier Evangelien enthält. Sie haben sie gerade vorgelesen.«

»Die vier Evangelien? Denken Sie, es sind die einzigen Darstellungen des Lebens und Wirkens Christi?«

»Nicht?«

»Ganz und gar nicht. Es gibt weit mehr Evangelien als Sie glauben. Man vermutet, dass von jedem Apostel eine eigene Version seiner Erfahrungen mit Jesus Christus existiert. Und noch weitere darüber hinaus. Wahrscheinlich alle wurden auch in Textform verfasst. Man nennt sie die Apokryphen.«

»Apo ... was?«

»Apokryph bedeutet dunkle oder verborgene Schrift. Es sind religiöse Schriften, die durch den Vatikan nicht in den biblischen Kanon aufgenommen wurden, aber auch vom Leben Jesu Christi handeln können. Sie stehen in der Regel im Widerspruch zu den bekannten Evangelien, die Sie im Neuen Testament finden.«

»Ach so, also wie in ›Sakrileg‹ bei Dan Brown, wo behauptet wird, Jesus hätte ein Kind mit Maria gehabt? Ein toller Film!«

Gibson verdrehte die Augen.

»Ja, so ungefähr, allerdings dort mit viel dramaturgischer Interpretation. Aber darum geht es hier nicht. Schauen sie sich mal diese Bibel genauer an. Was erkennen Sie, außer dass es hier auch vier Evangelien sind?«

»Hmm - Sie sagten, das Evangelium des Johannes fehlt. Wurde dafür eine anderes aufgenommen? Lassen Sie mal sehen.«

Clausen blätterte die vergilbten Seiten der alten Bibel durch. Sie waren erstaunlich dünn, als wenn man von dem Buch regelmäßig Gebrauch machen würde. Er versuchte, die ungewohnte Frakturschrift zu entziffern.

»Wenn ich es richtig lese, erkenne ich ›Evangelium des Judas‹. Kann das sein?«

»Ich befürchte, ja«, erwiderte Gibson. »Und gerade das ist sehr beunruhigend!«

»Es ist halt eine andere Bibelvariante.«

»Es gibt keine ›andere‹ Bibelvariante. Bischof Athanasius von Alexandria hat 367 nach Christi Geburt erstmals die heute bekannten Schriften des Neuen Testaments benannt und als für die Kirche verbindlich eingestuft. Papst Gelasius der Erste hat diese in seinem nach ihm benannten Dekret im 6. Jahrhundert bestätigt und alle anderen Aufzeichnungen für nichtig erklärt. Diese anderen Schriften sind die Apokryphen. Die Kirche hält sich bis heute daran.«

»Wir haben es also hier mit einer Bibel zu tun, die nicht mit den kirchlichen Vorgaben übereinstimmt«, fasste Clausen zusammen. »Aber aufgrund Ihrer Reaktion nehme ich an, dass das nicht alles sein kann.«

»Es geht um den Inhalt des Judas Evangeliums. Judas wird von jeher als der Verräter unter den Jüngern dargestellt. Er verriet Jesus unwissentlich durch einen Kuss und ist zumindest in Augen vieler mit verantwortlich für die Verurteilung Christi durch Pontius Pilatus und seinen Tod am Kreuz. Soweit die gängige Meinung. Die übrigens nicht von allen geteilt wird. Geteilt wird auch nicht die Auffassung, dass das Judas Evangelium tatsächlich auf Judas zurückgeht, sondern eher auf eine christlich radikale Sekte. Sie beschreibt in dem Evangelium unter anderem, dass Gott nicht die höchste Gottheit sein kann, da seine Schöpfung unvollkommen und minderwertig sei und Jesus nicht die Erlösung der Menschheit prophezeite, sondern ihre Vernichtung.«

So langsam verstand Clausen gar nichts mehr, aber er bemerkte, dass in Gibson wieder eine Unruhe ausbrach.

»… und das ist Gotteslästerung?« folgerte er unsicher.

»Es ist Gotteslästerung, mein Bester. Außerdem ist es eine Verhöhnung derer, die dem Johannes Evangelium sehr viel Bedeutung beimessen, mehr als den anderen.«

»Ich verstehe, dass diese Bibel den Namen Bibel offensichtlich nicht verdient. Aber das sollten Sie sich nicht zu Herzen nehmen, Herr Gibson.«

Gibson sah Clausen mit einem durchdringenden Blick an, dass diesem angst und bange wurde.

»Es gibt viele Bruderschaften, für die das Johannes Evangelium mehr als nur ein Evangelium ist. Es ist vielmehr die Grundlage ihres Daseins, wie zum Beispiel der Freimaurer.«

Jetzt fiel Clausen wieder das Symbol am Kaminzug ein und er wusste sofort, woher er es kannte. Die sich überlagernden Winkel und Zirkel war das Zeichen der Freimaurer.

»Sie sind Freimaurer, Herr Gibson? Von dieser Geheimorganisation haben Sie vorhin gesprochen?«

»Nein, aber dennoch bin ich ihnen näher verbunden, als Sie denken, mein Bester. Ich rede nicht von der Freimaurerei als Geheimorganisation.«

»Wovon dann und was hat das mit den Morden zu tun?«

»Das ist die Frage. Mein Vater war ebenfalls Freimaurer, Herr Clausen. In der Familie von Trancken hat die Freimaurerei eine lange Tradition. Dieses haben wir allerdings erst kurz vor seinem Tod erfahren.« Clausen erschrak und fuhr herum. Er hatte nicht mitbekommen, dass Katrin Gibson die ganze Zeit hinter ihm stand.

»Er war sogar noch mehr«, ergänzte Gibson, »er war Logenmeister, und zwar in der Loge ›Zu den drei Säulen‹.«

»Na schön - gut. Aber das ist ja kein Verbrechen. Mitgliedschaft in einer Loge. Das muss jeder für sich selbst entscheiden. Oder gibt es da noch etwas?«

Katrin Gibson gab die Antwort, die Clausen fast erwartet hatte, aber als er es jetzt hörte, war er sich sicher, dass Andrew Gibson recht hatte mit seinen Befürchtungen.

»Ja, wir denken schon. Gregor Maschmann und Manfred Krüger waren ebenfalls Brüder der Loge - und hier war ihr Tempel.«

»Hmm … der … was?«

»Die Brüder«, erklärte Gibson, »treffen sich zu ihren Arbeiten in ihrem Logenhaus in einem abgeschirmten Raum, dem Tempel. So nennen es die Freimaurer. Und Sie stehen mittendrin.«

»Hier? Das Gutshaus ist ein Logenhaus der Freimaurer?«

Gibson ging in die Mitte des Raumes und breitete theatralisch die Arme aus. Seine Frau und Clausen folgten ihm.

»Nein, die Bibliothek. Hier ist der Tempel. Es spricht alles dafür. Viele Symbole sind vorhanden: der Fußboden zum Beispiel. Allerdings müsste es für die Tempelarbeiten eine Bibel mit einem Johannes Evangelium geben. Es sei denn, es wurden nicht die Tugenden der Freimaurer gelebt, wie Barmherzigkeit oder Nächstenliebe.«

Clausen hörte gebannt zu.

»Sondern …?«

»Satanismus, Götzenverehrung, die Anbetung eines Gegengottes. Nennen Sie es, wie Sie wollen. Diese Bibel hier scheint der Beweis zu sein, wenn es denn die …«

Clausen zuckte zusammen, als das Handy von Gibson klingelte.

Gibson nahm das Gespräch an, meldete sich jedoch nicht, sondern hörte nur zu und beendete das Gespräch mit einem kurzen »Wir kommen sofort«.

Wortlos ging er zur Wendeltreppe und stützte sich daran ab. Offensichtlich hatte er eine beunruhigende Nachricht erhalten.

»Was ist los?« fragten seine Frau und Clausen im Chor.

»Das war … oh nein!«

Gibson drehte sich um, erschrak und verfiel unmittelbar in einen Laufschritt. Clausen sah ihm hinterher und dann bemerkte er es auch. Eine dunkel gekleidete Gestalt klappte gerade das auf dem Holztisch liegende Kataster hektisch zu und lief in Richtung Flur, raus aus der Bibliothek. Wie war sie hineingekommen? Keiner hatte sie bisher wahrgenommen.

»Bleiben Sie stehen!«

Doch in dem Moment wurde die Tür schon von außen zugezogen. Nur dem Sprint von Gibson war es zu verdanken, dass er die Tür noch rechtzeitig erreichte und sie wieder aufriss, bevor sie abgeschlossen werden konnte. Gibson schaute in den Flur. Er war leer, der Eindringling war verschwunden.

»Wer war das, konnten Sie jemanden erkennen?« Clausen war, so schnell er auf Filzpuschen laufen konnte, Gibson hinterher geeilt.

»Nein, mein Freund. Es war nichts zu erkennen. Aber für mich ist viel interessanter: Wie ist er oder sie hier hereingekommen? Die Haustür ist verschlossen und außer uns war sonst niemand im Haus.«

Clausen war noch immer aus der Puste und keuchte vernehmlich. »Hat sonst noch jemand einen Schlüssel zu dem Haus?«

»Lediglich Frau Hansmann. Sie ist unsere Vertrauensperson. Sie ist über jeden Zweifel erhaben.«

»Trotzdem werden wir der Sache nachgehen. Das sind in der letzten Zeit etwas zu viele Merkwürdigkeiten.«

»Wer war am Telefon?« Katrin Gibson war nun auch dazugestoßen.

»Dr. Maywald. Sie möchte, dass wir schnellstmöglich in ihr Labor kommen.«

»Gut, ich schlage vor, dass wir die Aufgaben aufteilen. Ich möchte Sie bitten, dass Sie morgen früh gleich ins Labor fahren, wenn es Ihnen recht ist. Ich werde mich morgen früh noch einmal mit Frau Hansmann unterhalten. Vielleicht hat sie etwas gesehen, was uns bei unserem ungebetenen Besucher helfen könnte.«

»Ich würde es begrüßen, wenn Sie uns morgen begleiten, Herr Clausen. Ulrike Maywald hat ausdrücklich auch Ihre Anwesenheit erbeten.«

21

Der Herbst zeigte sich an diesem Vormittag wieder von seiner schönen sonnigen Seite, als Andrew Gibson und Martin Clausen an der Christian-Albrechts-Universität in Kiel ankamen. Der Bereich von Ulrike Maywald war dem

Institut für Ur- und Frühgeschichte angeschlossen und befand sich in der Johanna-Mestorf-Straße in Kiel. Mehr Informationen hatte Clausen nicht und so fühlte er sich deutlich überfordert mit dem Auffinden des Labors, sogar der gesamten Fakultät. Nach einem kurzen Hinweis auf einem Lageplan am Eingang des Campus fand sich auf dem Gelände oder in den Gebäuden kein Hinweis mehr auf die Einrichtung, die sie suchten. Clausen war erleichtert, dass Andrew Gibson zielstrebig einem unscheinbaren Weg folgte, er war offensichtlich nicht zum ersten Mal hier.

Gemeinsam gingen sie an den neu errichteten Gebäuden der biologischen und physikalischen Fakultät vorbei. Clausen war beeindruckt von der Größe des Geländes. Die Kieler Universität war bekannt für ihre diversen hochgelobten Bildungseinrichtungen, die bereits mehrere Nobelpreisträger hervorgebracht hatten und genoss einen dementsprechenden exzellenten Ruf. Und so wuselten denn auch Gruppen von Studenten unterschiedlicher Nationalität über die Wege und eilten in die nächste Vorlesung. Einige ließen sich auch augenscheinlich mehr Zeit. In diesen Fällen war wohl die Mensa das nächste Ziel.

Gibson ließ sich von der Menge nicht beeindrucken und schritt unbeirrt an den mehrstöckigen Neubauten vorbei. Je länger sie gingen, desto älter und kleiner wurden die Gebäude. Mittlerweile war sich Clausen nicht mehr so sicher, ob Gibson tatsächlich den Weg kannte, doch dann machte der Hauptweg einen Knick nach rechts um das letzte von der Straße aus sichtbare Fakultätsgebäude herum und führte auf ein kleines wohnhausähnliches Gebäude aus rotem Backstein zu. Dem Aussehen nach schätzte es Clausen auf die späten sechziger Jahre. Dann sah er das blaue Schild mit weißer Schrift, das auf der Rasenfläche vor dem Gebäude stand: Institut für Ur- und Frühgeschichte - Fachbereich Nordeuropa - Leitung Prof. Dr. Ulrike Maywald.

Gibson trat, ohne anzuklopfen, durch die mit Buntglas verzierte Eingangstür ein. Clausen hatte aufgrund des Aussehens des Hauses eine gewisse Erwartung, wie es im Inneren aussah - und fand sich bestätigt. Auch im Innenbereich verströmte das Gebäude den Charme der letzten Studentenbewegung. Der graue Linoleumboden und die weiß getünchten Wände des Flurs erinnerten ihn an seine Schulzeit. Neonlampen tauchten den Raum in ein kaltes Licht. Gerahmte Schwarz-Weiß-Fotografien des Campus aus den 70er Jahren an den Wänden verstärkten die trübe Stimmung, die diese Räume ausstrahlten. Rechts und links vom Flur befanden sich hinter grauen Türen die Büroräume.

Gibson ging an sämtlichen Türen vorbei und blieb erst vor der letzten auf der rechten Seite des Flures stehen. Das Türschild wies dies als Büro der Leiterin aus. Der Hinweis darunter war ebenfalls eindeutig. Nämlich, dass man sich zuerst im Vorzimmer anmelden möge.

Auch hier trat Gibson jedoch ohne anzuklopfen ein. Clausen wurde den Eindruck nicht los, dass dieser hier nicht nur öfter zu Gast war, sondern eher schon so etwas wie Hausrecht genoss. So wunderte es ihn auch nicht, dass Ulrike Maywald nicht erbost war, dass Andrew Gibson so ungestüm das Zimmer betrat.

»Hallo Andrew, schön, dass ihr so schnell kommen konntet. Hallo, Herr Clausen.«

Dr. Maywald erhob sich von ihrem Schreibtisch und begrüßte die beiden mit einem einnehmenden Lächeln. Obwohl sie sich bereits in der Wiederkehrsenke begegnet waren, stellte Clausen erst jetzt in dieser Umgebung fest, dass er eine äußerst attraktive Frau vor sich hatte. Er schätzte sie richtigerweise auf höchstens fünfunddreißig und ihr schulterlanges braunes Haar, das sie zu einem Pferdeschwanz gebunden hatte, ließ sie eher wie eine ihrer eigenen Studentinnen aussehen. Aber nicht wie eine Professorin.

»Schön, Sie wiederzusehen, Frau Mayw… Verzeihung Frau Professor Doktor Maywald.«

Clausen kam sich etwas unbeholfen und unsicher vor, wie er sie ansprechen sollte. Er hatte auch dieses typische Gefühl, das ihn immer dann einnahm, wenn er mit attraktiven Frauen redete. Er kam sich wie ein kleiner Schuljunge vor. Und das war ihm sichtlich unangenehm. Ulrike Maywald spürte seine Unsicherheit und ging in die Offensive.

»Einfach Ulrike, wenn Sie möchten. Ich gebe nicht so viel auf die akademischen Titel.«

»Dann auch bitte einfach nur Martin.«

»Bitte entschuldigt meine etwas spärlichen Räume. Die Universität ist nicht sehr spendabel, was meine Ausstattung angeht.«

»Dafür ist es recht nett eingerichtet.«

Clausen sah den alten Holzschreibtisch, der so alt wie das ganze Haus sein mochte und wie ein Störfaktor mitten im Raum stand. Allerdings vermittelten das neue Bambuslaminat, die diversen Grünpflanzen sowie die beiden Deckenfluter an der Rückwand des Büros ein fast schon wohnliches Ambiente. Die übervollen und schlichten Bücherregale und der mit Unterlagen überhäufte Schreibtisch zeigten dann aber doch, dass hier eine Professorin arbeitete.

Gibson, der sich im Hintergrund gehalten hatte, kam auf die beiden zu und gab so zu verstehen, dass er jetzt zum Grund des Besuches übergehen wollte.

»Können wir?«

Ohne dazu aufgefordert zu sein, nahm er am Besuchertisch neben dem Schreibtisch Platz und trommelte ungeduldig mit seinen Fingern auf der Tischplatte, bis sich die beiden anderen ebenfalls gesetzt hatten. Er hatte für diese zwischenmenschlichen Spielereien im Moment nichts übrig. Die Vorkommnisse in der Bibliothek und Dr. Maywalds Anruf passten in sein vorbereitetes Konzept. Er war sich sicher, was da vor sich ging, aber er wollte Bestätigungen.

»Meine Liebe, Herr Clausen informierte mich, dass er dich damit beauftragt hatte, den Leichnam zu bergen. Das war ganz in meinem Sinne. Ich bin sicher, es handelt sich hier um einen historisch wichtigen Fund, da die Bestattungsform für diese Gegend sehr ungewöhnlich ist. Was hast du herausgefunden?«

Dr. Maywalds Antwort war ehrlich und direkt.

»Nichts.«

»Wie - nichts. Ich verstehe nicht.«

Clausen und Gibson sahen sich verwirrt an.

»Das ist es ja, weswegen ich euch beide sprechen wollte. Der Leichnam ist verschwunden. Die Gruft war leer, als wir gestern Mittag dort waren. Keine Spur mehr davon.«

Ungläubiges Schweigen erfüllte den Raum.

»Das heißt«, begann Gibson, der als erster wieder einen klaren Gedanken fassen konnte, »dass wir keinen Anhaltspunkt mehr haben, weder aus kulturhistorischer noch aus kriminaltechnischer Sicht?«

»Wieso denn aus kriminaltechnischer Sicht?«

»Weil wir mittlerweile fast davon ausgehen müssen, dass dieser Fund der Auslöser für unsere beiden bedauerlichen Todesfälle ist.«

Ulrike Maywald sah Clausen fragend an. Der nickte leicht und zuckte mit den Schultern, als wollte er sagen, dass er Gibsons Meinung teilte.

»Die Gruft war auf jeden Fall leer, und es scheint, dass sie jemand vor kurzem ziemlich hastig und überstürzt geöffnet hat. Zumindest lagen die Decksteine trotz ihrer Masse chaotisch verstreut neben der Gruft.«

»Meine Kollegen waren es auf jeden Fall nicht, Ulrike. Die Bergung sollte wie vereinbart von euch durchgeführt werden. Danke, dass du uns so schnell informiert hast. Aber leider sind wir jetzt keinen Schritt weiter. Aber, wie Gibson gerade sagte, kann das Verschwinden der Mumie und die Morde miteinander zusammenhängen. Und das führt dazu, dass es jetzt nicht mehr nur ein kulturhistorisches Thema ist. Jetzt ist es wieder ein Fall für die Polizei.«

Gibson starrte derweil auf den unordentlichen Schreibtisch. »Das ist ein Desaster. Was für ein Verlust.«

»Ja, Gibson. Aber wir müssen jetzt die Ergebnisse der Spurensicherung abwarten. Bis jetzt stehen haben wir nichts Greifbares in den Händen.«

»Nun, vielleicht stehen wir nicht mit leeren Händen da.«

Gibson und Clausen drehten sich interessiert um.

»Wie meinst du das, Ulrike?«

»Also, die ganze Situation, wie wir sie vorgefunden haben, Martin, war recht seltsam und ich habe bei meiner Ankunft vor Ort gleich Fotos von den Decksteinen und der Gruft gemacht, Vielleicht finden wir auf den Fotos etwas, das uns weiterbringt.«

»Entschuldigung, aber das unversehrte Grab wäre mir lieber.«

»Nun warte doch mal, Martin. Nicht so voreilig. Ich habe weitere Fotos gemacht, und zwar als wir zum ersten Mal am Fundort waren. Als ich mich hinuntergebeugt hatte, habe ich mit dem Handy in die Gruft hinein fotografiert. Die Fotos sind nicht Weltklasse, aber bestimmt einen Blick wert.«

Gibson kam begeistert auf sie zugestürmt, umarmte und herzte sie, dass ihr die Luft wegblieb.

»Ulrike, du bist super! Wo sind die Fotos? Ich will sie sehen.«

»Die von heute habe ich ausgedruckt. Sie liegen auf dem Schreibtisch. Die anderen drucke ich sofort. Hier.«

Ulrike Maywald gab Gibson zehn DIN A4-Blätter. Der riss sie ihr förmlich aus der Hand, ging zum Lichtschalter und schaltete das kalte und fahle Neonlicht an. Dann gab er Clausen, der neben ihm stand, fünf Bilder ab und begann mit der Suche, wonach auch immer.

Die Fotos zeigten die geöffnete Gruft. Es war ein aus flachen Feldsteinen bestehender Sarkophag, der aus relativ wenigen Steinen bestand. Die Seitensteine waren an der Ober- und Unterseite leicht behauen, sodass sie grob zusammenpassten und ein längliches Quadrat bildeten. Gerade groß genug für einen menschlichen Körper. Drei Decksteine lagen neben dem Sarkophag im Gestrüpp. Sie wiesen ebenfalls grobe Bearbeitungsspuren auf.

»Handwerkliche Feinarbeit ist das nicht, soviel ist sicher«, bemerkte Clausen. »Das sieht fast aus wie eine Art Notbegräbnis oder so ähnlich.«

Dr. Maywald schaute kurz von ihrem Laptop auf, vor dem sie saß, um die gesicherten Handyfotos aufzurufen.

»Zur damaligen Zeit war dieses Feld noch unwirtlicher als heute. Damals befand sich hier ein Sumpf oder Moor, weit ab von jeder Siedlung. Mit der Zeit ist das Moor dann trockengefallen.«

Clausen blätterte weiter durch die Fotos. »Aber wenn sich hier früher ein Moor befand, dann liegt doch die Vermutung nahe, dass sich hier jemand einer Person entledigen wollte, und zwar so, dass sie keiner findet. Warum dann extra eine Gruft? Und das heißt dann weiter, dass unser Freund mit der Zeit zu …«

»… zu einer Moorleiche wurde«, beendete Dr. Maywald den Satz. »Das sehe ich genauso. Der Körper hätte schnell in Verwesung übergehen müssen, es sei denn, die Huminsäuren des Moores hätten die Verwesung verhindert und ihn mumifiziert. Wie du sicher auch gesehen hast, war die Haut der Leiche eher ledrig und sehr dunkel. Das sind typische Zeichen für eine Gerbung durch die Huminsäuren. Anhand von Proben hätten wir auch das Alter der Leiche bestimmen können. Aber so alt dürfte sie noch nicht sein.«

»Wie kommst du darauf?«

»Weil die Knochen noch nicht zersetzt waren.«

Gibson, der bisher stumm in einer Ecke des Zimmers die Fotos studiert hatte, trat wieder auf sie zu. Beide schauten ihn neugierig an.

»Ab einer bestimmten Dauer der Lagerung im Moor zersetzen die Huminsäuren das Kalzium der Knochen. Sie werden zuerst gummiartig und lösen sich später praktisch auf.«

»Richtig, Andrew. Dieser Vorgang ist abhängig von der Zusammensetzung der Huminsäuren, wie schnell die Mumifizierung einsetzt, in welchem Zustand sich der Verstorbene zum Zeitpunkt des Todes befand, und so weiter.«

»Jaja, ist ja alles richtig. Das ist für mich aber gar nicht so entscheidend.«

»Das heißt, Sie haben nach etwas Bestimmtem auf den Fotos gesucht, Herr Gibson?«

»Richtig, mein guter Clausen. Und auch gefunden.«

Er legte ein Foto auf den Schreibtisch, dass das Grab von oben in der Totalen zeigte. Er tippte mit dem Finger auf das Bild.

»Sehen Sie diesen Stein hier?«

Er zeigte auf einen ungefähr handtellergroßen Stein, der wie zufällig im Sarkophag lag und an der einen Seite rund und auf der anderen Seite spitz zulief. An dieser Seite war Blut zu erkennen.

Dr. Maywald nahm das Foto in die Hand und sah es sich genauer an.

»Hmm … sieht fast aus wie ein steinzeitlicher Faustkeil. Aber so alt ist das Grab bestimmt nicht. Und wo kommt das Blut her?«

»Es ist kein Faustkeil«, erwiderte Gibson. »Hast du vielleicht ein Handyfoto, das du vom Fuß- zum Kopfende gemacht hast?«

Dr. Maywald öffnete den Dateiordner des Handys auf dem Laptop und scrollte durch die Vorabansichten. Dann hielt sie inne.

»Das hier könnte etwas sein. Warte, ich drucke es kurz aus.«

»Nein! Nicht ausdrucken! Wir müssen es mit einem Bildbearbeitungsprogramm öffnen!«

Dr. Maywald zuckte wegen dieser plötzlichen Hektik von Gibson kurz zusammen. Dann öffnete sie die gewünschte Software und öffnete die Datei. Auf dem Bildschirm wurden die braun gegerbten Beinknochen sichtbar, die zu dem Fund geführt hatten. Der Blitz des Handys hatte den verdeckten inneren Teil des Sarkophags leicht erhellt. Es waren zerfaserte, grob gewebte Lumpen zu erkennen, die die Oberschenkel und das Becken des Körpers bedeckten. Die Lumpen schienen sich auf dem Oberkörper fortzusetzen. Im hinteren Bereich des Sarkophags war aufgrund der Dunkelheit nur schemenhaft ein Schädel zu erkennen. Zwei Gegenstände hatten den Blitz reflektiert und waren als kleine gelbe Punkte zu erkennen. Gibson tippte nervös auf dem Bildschirm herum.

»Da! Kannst du diesen Bereich vergrößern und vielleicht aufhellen?«

Dr. Maywald markierte den gezeigten Bereich, und wählte im Programm die entsprechenden Befehle aus. Im Nu vergrößerte sich der Ausschnitt in einem helleren Licht. Der Schädel war nun ebenfalls deutlicher zu erkennen. Es waren goldene Münzen, die auf den Augen der Mumie lagen. Skurriler sah allerdings der Kiefer des Schädels aus. Der Stein, der Gibsons Aufmerksamkeit erregt hatte, steckte senkrecht im weit aufgerissenen Kiefer der Leiche und gab ihr ein groteskes Aussehen.

Gibson sprang so schnell auf und riss die Arme in die Luft, dass Clausen zusammenzuckte und sich instinktiv wegduckte. Mit solch einer Reaktion hatte er bei dem sonst so besonnenen Andrew Gibson nicht gerechnet.

»Ich wusste es!«

22

»Au! Lassen Sie mich los! Wer sind Sie und was wollen Sie denn von mir?«

Erschrocken fuhr Gaby Hansmann zusammen, als sie die Hand fest am rechten Oberarm packte. Sie konnte sich wegen ihrer Fesseln nicht weit genug herumdrehen, um zu erkennen, wer ihr dort die Finger mit voller Kraft in den Arm rammte.

»Schweigen Sie! Sie reden nur, wenn ich es Ihnen sage!«

Die donnernde Stimme des Unbekannten sollte ihr offensichtlich klar machen, dass sie besser kooperierte - und es verfehlte seine Wirkung nicht. So verzog sie nur schmerzverzerrt das Gesicht, da der Druck auf ihren Arm nicht merklich nachließ.

»Wir versprechen Ihnen körperliche Unversehrtheit, wenn Sie befolgen, was ich Ihnen jetzt sage.«

Sie merkte, wie sie vor lauter Panik hastig atmete. Sie konnte kaum einen klaren Gedanken fassen. Dennoch versuchte sie krampfhaft, die Stimme zu erkennen, die gerade zu ihr sprach. Es war ein Mann, soviel konnte sie hören. Aber er sprach mit verstellter Stimme. Niemand, den sie kannte, hatte eine ähnliche und altertümliche, fast schon geschwollene Aussprache. Der Mann sprach mit einem leichten englischen Akzent, das konnte aber auch gespielt sein.

»Wenn die Polizei oder sonst irgendjemand Sie zu den Ereignissen der letzten Tage befragen sollte, so lehnen Sie ab sofort jegliche Kooperation ab! Sie haben jede Erinnerung an das Geschehene oder das Kommende verloren! Haben Sie das verstanden?!«

»Aber wenn Herr Gibson mich fragt? Er ist mein Chef. Ich kann doch ihm gegenüber nicht …«

»Zu keiner Menschenseele! Es würde Ihnen leidtun!«

»Aber das ist unmöglich. Das kann ich nicht. Das halte ich nicht durch!«

Der Griff wurde noch fester. Gaby Hansmann öffnete den Mund zu einem stummen Schrei und versuchte sich instinktiv aus der Umklammerung herauszuwinden. Es hatte keinen Zweck, die Fesseln hielten sie davon ab.

»Hören Sie auf! Ich habe verstanden!«

Der Griff lockerte sich etwas.

»Wenn Sie gefragt werden, wird Ihre Aufgabe sein, alle Ungläubigen an diesem Ort davon zu überzeugen, dass nichts passiert ist, was aus Ihrer Sicht verdächtig gewesen wäre. Die Gesetzeshüter sind im Dunklen und bleiben im Dunkeln. Sie haben nicht das Licht der Erkenntnis gesehen.«

»Aber wie soll ich das machen? Es hat Tote gegeben. Es sind viele merkwürdige Dinge passiert.«

Der Griff wurde wieder fester. Gaby Hansmann zog vor Schmerzen hörbar die Luft durch die Zähne.

»Wir sind hier, um Ihnen zu zeigen, dass wir keine Scherze machen. Wie Sie handeln, liegt in Ihrem Ermessen. Aber seien Sie sicher: Wir sind immer da und beobachten Sie. Sie sollten also eine gewisse Mühe walten lassen.«

»Ich werde es versuchen.«

»Das reicht nicht. Ich erwarte von Ihnen bedingungslosen Gehorsam und größte persönliche Anstrengungen. Sie werden ab jetzt unser Sprachrohr und unser Ohr sein.«

Gaby Hansmann wurde bewusst, in welcher Situation sie war. Der Unbekannte meinte es ernst. Sein Handgriff und seine Worte ließen keinen Zweifel daran aufkommen. Aber wenn sie tat, was ihr gerade befohlen wurde, machte sie sich gegenüber der Polizei verdächtig. Vielleicht würde sie auch ihren Job verlieren, weil sie Ermittlungen behinderte. Fieberhaft überlegte sie, wie sie aus dieser Situation herauskommen könnte. Vielleicht, wenn Sie ein Versprechen abgäbe, dass sie ganz bestimmt nichts mehr sagen würde. Und dann würde alles wieder gut sein! Aber sie wusste zu genau, dass ein solches Versprechen sinnlos wäre.

»Was ... was passiert, wenn ich es nicht schaffe?«

In dem Moment öffnete sich die Tür hinter ihr ein ganzes Stück weiter und Gaby Hansmann konnte im Augenwinkel eine nach oben spitz zulaufende weiße Stoffmaske erkennen, die den Kopf und das Gesicht des Mannes bedeckte. Es erinnerte sie an eine Reportage über den Ku-Klux-Clan, den sie vor einiger Zeit im Fernsehen gesehen hatte und die sie sehr schockiert hatte. Das wollte der Unbekannte offenbar damit auch erreichen. Er kam jetzt so nah heran, dass sie seinen furchtbaren Mundgeruch bemerkte und flüsterte ihr zu.

»Dann kann ich Ihnen versichern, dass Sie hier unten niemand hören kann und auch niemand so schnell finden wird. Wir werden Sie dann wieder holen. Aber raus werden Sie nicht wieder kommen.«

Entsetzt riss sie Mund und Augen auf. Es ging jedoch nicht darum, was er gesagt hatte, sondern wie. Der Mann hatte plötzlich ohne Akzent und in seinem normalen Tonfall gesprochen! Und - sie kannte die Stimme!

Aber bevor sie einen weiteren Gedanken fassen konnte, wurde ihr ein Stofftaschentuch auf Mund und Nase gepresst. Instinktiv hielt sie die Luft an und versuchte, nicht zu atmen. Aber dann siegte der Reflex und sie nahm diesen seltsam süßlichen Geruch wahr. Ihr wurde schwindelig und danach schließlich schwarz vor Augen.

23

»Menschenskinder! Alte Leute so zu erschrecken ...«

Dr. Maywald stellte die leere Kaffeetasse, die Gibson bei seinem Luftsprung vom Schreibtisch gefegt hatte, wieder an ihren alten Platz. Sie schaute ihn entgeistert und fassungslos an. So emotional hatte sie ihn auch noch nicht erlebt.

»Die Goldmünzen und der Stein. Das ist doch eindeutig!«

»Äh ... ja. Ja? Wofür bitte? Ich kann gerade nicht ganz folgen.« Auch Martin Clausen hatte sich wieder von seinem Schrecken erholt und versuchte den Gedanken zu folgen. Er konnte allerdings keine Zusammenhänge erkennen. Gibson nahm wieder seine gewohnt lässige Haltung an, setzte sich locker auf die Kante des Schreibtisches und faltete die Hände über dem Knie, während er das Bein über das andere schlug.

»Auf den Fotos, die du, Ulrike, mit deinem Handy gemacht hast, kann man zwar nicht viel erkennen, aber genug, um zu sehen, dass der Stein zwischen den Kiefern des Toten und die Münzen auf seinen Augen lagen. Und da ist noch etwas. Ein Dolch.«

»Ein Dolch?«

Gibson tippte wortlos mit dem Finger auf das Foto. Schemenhaft und kaum erkennbar glänzte auf der Brust der Leiche ein goldener Dolch.

»Das ist merkwürdig, in der Tat. So begräbt man bestimmt keinen Menschen, egal was er angestellt hat. Ein merkwürdiger Totenkult.«

»Es geht hier weniger um einen Totenkult, als vielmehr um einen Untotenkult, Martin«, fuhr Ulrike Maywald fort.

»In früheren Zeiten steckte man Toten, von denen man annahm, dass sie sich wieder aus den Gräbern erheben würden, Steine in den Mund. Untote fangen im Grab an zu schmatzen, wenn sie auferstehen. Dessen war man sich sicher! Der Stein im Mund, der nach dem Tod den Kiefer offenhielt, sollte das Schmatzen und damit die Wiederauferstehung verhindern.«

Gibson sah, wie Clausen ein kalter Schauer über den Rücken lief und er sich kaum sichtbar schüttelte: »Gruselig, nicht wahr?«

»Davon habe ich noch nie gehört. Das ist doch Aberglaube, oder?«

»Sicher, Martin. Heute wissen wir, dass ein menschlicher Körper nach Eintritt des Todes einen Prozess des Vergehens durchläuft. Dazu gehört die Gelenkstarre und später die Gelenklösung, Gasentwicklung und spätere Gasentweichung, Flüssigkeitsaustritt und so weiter. Was bei einer Verwesung halt so passiert. Und diese Prozesse sind manchmal mit Geräuschen verbunden. Manche Leichen pupsen und manche scheinen halt zu schmatzen. Heute werden Leichen beerdigt oder verbrannt. Da hört man erstens nichts mehr und zweitens kennen wir heute den Vorgang der Verwesung. Aber vor einigen Generationen war das noch anders. Außerdem war es, je nach gesellschaftlichem Stand, üblich, Verstorbene in Gruften innerhalb der Kirche zu bestatten. Und wenn der Opa, der gestern noch tot war, während eines Gottesdienstes plötzlich schmatzte und pupste, da hat die Fantasie Karussell gespielt. Da begann bei unseren Vorfahren das Kopfkino - voll mit Gruseleffekten.«

Gibson lächelte süffisant in sich hinein. Ulrike Maywald war zwar Kulturhistorikerin, aber er bemerkte immer wieder, dass die zwei Semester Humanbiologie in ihrem Studium eine große Faszination auf sie ausgeübt hatten - gespickt mit einem satten Schuss morbidem Humor.

»Na, an dir ist ja auch eine erstklassige Pathologin verloren gegangen, Ulrike.«

»Entschuldige, Martin. Ich neige manchmal dazu, Dinge etwas zu detailreich zu beschreiben.«

»Kann man wohl so sagen. Und was hat es mit den Goldmünzen auf sich?«

»Die Münzen, mein lieber Clausen, haben den Sinn, dass der angeblich Untote die Augen nicht öffnen kann. Sollte er auferstehen, wäre er praktisch orientierungslos. Warum es allerdings hier Gold sein musste - da bin ich mir im Unklaren. Ich vermute, dass es etwas mit dem Seelenheil zu tun hat? Was meinst du, Ulrike?«

»Fast richtig. Wäre es eine bloße Grabbeigabe gewesen, hätte die Position auf den Augen keinen Sinn ergeben. Ich denke, dass das Edelmetall Gold den unruhigen Geist im Körper des Toten halten sollte. Ebenso der Dolch.«

»Und ich dachte immer, ein einfacher Holzpflock durch das Herz reicht.«

»Sie sehen zu viele schlechte Dracula Filme, Clausen.«

»Wahrscheinlich - aber so was lernt man halt nicht auf der Polizeischule. Untote stehen nicht im Lehrplan.«

»Man lernt eben sein Leben lang, Clausen. Die eigentliche Frage ist doch jetzt aber, wo sind die Münzen geblieben? Der Tote ist weg, der Stein ist noch da - und die Münzen und der Dolch?«

»Naja,« erwiderte Martin Clausen, »vielleicht ist unser Toter wirklich ein Untoter und schlendert jetzt durch Kiel, um sich mit den Münzen ein paar neue Klamotten zuzulegen. Mal ehrlich - die Münzen und der Dolch sind wohl aus Gold, haben also einen gewissen Wert. Der oder die

Grabräuber werden sie mitgenommen haben. Die Frage nach dem Verbleib halte ich jetzt für nicht so wichtig für unsere Ermittlungen. Sie etwa?«

»Allerdings. Die Frage ist doch: Ist der Dieb an der Leiche interessiert? Oder will er etwas vertuschen, was mit den Morden zu tun hat? Oder ist er doch nur am historischen Wert des Grabes interessiert?«

Ulrike Maywald hatte sich währenddessen wieder ihrem Monitor zugewandt. Sie hatte mittlerweile die Datei mit den Fotos, die sie von der leeren Gruft gemacht hatte, geöffnet. Nun tippte sie unruhig mit ihren Fingerkuppen auf dem Schreibtisch. Andere Menschen laufen ziellos im Kreis, wieder andere drehen sich Haarsträhnen und sie musste ihren Fingern etwas zu tun geben, wenn sie angestrengt nachdachte.

»Ist er nicht«, sagte sie schließlich, ohne ihre beiden Besucher dabei anzusehen.

»Meine Frage war eher rhetorisch gemeint, liebe Ulrike. Natürlich ist unser Dieb nicht an der archäologischen Bedeutung des Ortes interessiert.«

»Und warum bitte nicht?« wollte Martin Clausen wissen. »Schließlich ist die Leiche weg, die mit Sicherheit einen gewissen kulturhistorischen Wert hat. Und die Münzen scheinen ebenfalls nicht mehr im Grab zu sein.«

Gibson fing an, im Raum umherzugehen. Mit seinem Tweed Jackett und seinen gemusterten Knickerbocker erinnerte er Clausen dabei irgendwie an Sherlock Holmes.

»Es gibt zwei Dinge, die gegen Ihre Argumente sprechen, mein Bester. Zum einen stellt sich die Frage: Wer entfernt einen kompletten Körper schnell und übereilt aus einer Gruft? Und zudem so chaotisch, dass es jeder wissenschaftlichen Lehrmeinung über das Bergen und Dokumentieren von historischen Artefakten widerspricht? Ich befürchte, dass alle brauchbaren Spuren, die wissenschaftlich interessant wären, zerstört sind. Ich bin sicher, dass jemand unsere Ermittlungen stören oder unmöglich machen will.«

»Es gibt noch einen anderen Grund,« ergänzte Ulrike Maywald die Argumente von Andrew Gibson.

Dieser drehte seinen Kopf über die Schulter und schaute sie mit hochgezogener Augenbraue an. »Und der wäre?«

»Während ihr euch hier so angeregt unterhalten habt, habe ich mir die Fotos in der Vergrößerung angesehen, die ich von der leeren Gruft gemacht habe. Unter anderem habe ich jeden Deckstein mit seiner näheren Umgebung fotografiert. Unter anderem auch den, der meiner Meinung nach auf dem Kopfende lag. Und seht mal, was ich gefunden habe.«

Sie tippte mit dem Finger auf den Bildschirm. Formatfüllend war dort eine flache Steinplatte im hohen Gras zu erkennen. Undeutlich war neben der Platte ein kleiner goldener Gegenstand zu erkennen, durch das saftige Grün des Grases kaum zu sehen.

»Die Münzen sind noch da. Der Grabräuber hatte es auf den Körper abgesehen, nicht auf die Wertgegenstände.«

Clausen senkte den Kopf, um das Bild auf dem Monitor besser sehen zu können und strich sich mit der flachen Hand über die linke Wange. Das machte er immer, wenn er verlegen feststellte, dass er etwas falsch geschlussfolgert hatte.

»Da hatte es also jemand tatsächlich nur auf den toten Körper abgesehen.«

»Ja«, sagte Ulrike Maywald. »Die Bergung muss so hastig erfolgt sein, dass die Münzen ins hohe Gras gefallen sind. Den Räuber haben sie offensichtlich nicht interessiert. Wohl aber der Dolch. Der wäre mir aufgefallen, wenn er noch dort gelegen hätte.«

»Schön«, resümierte Clausen, »wir haben hier also eine mumifizierte Leiche, die offensichtlich aus Angst, dass er oder sie wieder auferstehen könnte, in einer Gruft in der

Walachei - Verzeihung Herr Gibson - mit allerhand Schmuckstücken versehen bestattet und vergessen worden ist. Jetzt wurde die Gruft per Zufall gefunden. Seitdem haben wir zwei Morde zu beklagen. Nun ist der Leichnam weg. Soweit, so gut. Habe ich etwas vergessen, das eventuell den Zusammenhang herstellt?«

»Ja, haben Sie, sogar etwas sehr Wichtiges.«

Wieder strich sich Clausen über die Wange.

»Sie vergessen unsere Entdeckungen in der Gutsbibliothek. Das Kataster mit der fehlenden Seite und die Biblia obscura.«

Dr. Maywald hob mit geöffnetem Mund den Kopf und erhob sich langsam von ihrem Bürostuhl. Clausen bemerkte ihren Gesichtsausdruck, den er nicht deuten konnte. Die weit aufgerissenen Augen und der leicht geöffnete Mund zeigten eine Mischung aus Entsetzen, Erstaunen und Freude.

»Ihr … ihr habt eine Biblia obscura gefunden?! Oh mein Gott. Jetzt wird die Sache unheimlich. Welches Evangelium wurde ausgetauscht?«

Sie ging auf Gibson zu und packte ihn an den Armen. »Nun sag schon!«

»Das Johannes Evangelium wurde gegen das Judas Evangelium vertauscht.«

»Wow! Das ist skurril. Das muss für dich jetzt wie eine Bestätigung sein, nicht wahr?«

»Ich hatte gehofft, es würde nicht so schlimm sein, Ulrike.«

Clausen horchte auf.

»Du weißt, dass Andrews Schwiegervater Freimaurer war?«

»Ja. Das gemeinsame Interesse an der Geschichte des Gutes wurde mit der Zeit zu einer Freundschaft. Und irgendwann habe ich es von ihm erfahren.«

»Alles, was wir jetzt herausgefunden haben, hat nichts mit den Morden zu tun. Trotzdem muss ich euch bitten, dass wir ab jetzt den Mantel des Schweigens über unsere Erkenntnisse legen.«

»Dafür kann ich nicht garantieren, Herr Gibson. Ich bin der leitende Ermittler in den Mordfällen. Momentan scheint alles mit den Morden in Verbindung zu stehen und ich muss es in meinen Berichten erwähnen.«

»Das kann ich verstehen. Dann möchte ich Sie bitten, solange mit Ihrer Berichterstattung zu warten, bis wir genau wissen, womit wir es hier zu tun haben. Obwohl ich befürchte, dass ich es schon weiß.«

»Womit denn?«, fragte Ulrike Maywald.

»Ich befürchte, dass wir es mit einer immer noch aktiven schwarzen Loge zu tun haben.«

Er sah die ratlosen Gesichter und fuhr deshalb fort.

»Eine schwarze Loge lehnt die Bezüge der Freimaurerei zur christlichen Lehre ab. Es wird eine Gegenbewegung praktiziert. Praktisch ein Satanskult, wie ich schon vermutet habe. Die gestohlene Leiche könnte eine Art Götzenbild darstellen.«

»Ein als Untoter begrabener Leichnam. Das würde passen«, konstatierte Ulrike Maywald.

Auf einmal nahm Gibsons Gesicht einen entsetzten Ausdruck an: »Herr Clausen, wir müssen sofort zurück in die Bibliothek und die Bibel an uns nehmen. Außerdem mache ich mir jetzt ernsthaft Sorgen um meine Frau.«

»Dann los.«

Im Laufschritt machten sich Andrew Gibson und Martin Clausen auf den Weg ins Büro.

»Ich schaue mir noch mal das Grab an und werde ein paar Nachforschungen anstellen. Vielleicht finde ich heraus, wer eigentlich in der Wiederkehrsenke begraben wurde.«

»Sei bitte vorsichtig, Ulrike«, sagte Gibson auf dem Weg nach draußen. »Die Angelegenheit bringt uns ab jetzt in größere Gefahr als wir bislang vermuteten. Und das alles bleibt vorerst unter uns. Versprichst du es mir?«

»Keine Sorge, ich weiß jetzt, woran ich bin. Ihr haltet auch die Augen auf.«

Die letzten Worte von Dr. Maywald hatten Andrew Gibson und Martin Clausen schon nicht mehr gehört. Sie hatten das Haus bereits verlassen und liefen die Zuwegung des Institutes entlang in Richtung Campus, um zum Auto zu gelangen. Sie mussten so schnell wie möglich zurück zum Gut Lichtenhagen, bevor jemand ihre Anhaltspunkte vernichtete. Es war leichtsinnig gewesen, Katrin Gibson und Gaby Hansmann alleine auf dem Gut zurückzulassen.

24

Dr. Andreas Glaser grüßte mit einem freundlichen Lächeln die Aufsicht am Eingang des Schleswig-Holsteinischen Landesmuseums. Diese grüßte zurück und hielt ihm die Tür auf. Man kannte sich. Er wandte sich nach links und ging durch die Gotische Halle. Er hatte keine Blicke mehr für die hier ausgestellte mittelalterliche Kirchenkunst. Zu oft war er hier schon durchgegangen. Manchmal ließ er nur die Gedanken schweifen und stellte sich die adeligen Häupter vor, die vor ihm durch diese Räume gegangen waren.

Das Schloss Gottorf in Schleswig war bereits damals, als es den Herzögen zu Schleswig-Holstein-Gottorf im 16. Jahrhundert als Residenz diente, ein beeindruckender Bau. Auch heute noch strahlte das mächtige weiß geschlämmte

Schloss mit seinem geduckten Mittelrisalit eine herrschaftliche Faszination aus.

Dr. Glaser war froh, als er vor fünf Jahren die stickigen Labore des Institutes für Ur- und Frühgeschichte in Kiel gegen diese Umgebung eintauschen konnte. Er war jetzt knapp sechzig, seine schulterlangen Haare schon reichlich ergraut und seit über dreißig Jahren Restaurator. Er brauchte immer noch diese historische Umgebung, um sich bei seiner Arbeit inspirieren zu lassen. Historische Bekleidung war sein Steckenpferd und wo konnte man sich besser in das historische Schleswig-Holstein zurückversetzen, wenn nicht hier?

Dabei waren es anfangs nicht die hier aufbewahrten historischen Kleider aus der Renaissance und dem Rokoko, derentwegen er aus Kiel abgeworben wurde. Als er seinerzeit durch den Museumsleiter Dr. Steiner angesprochen wurde, stand gerade die Verlegung der ausgestellten Moorleichen in einen anderen Museumstrakt an. In diesem Zusammenhang war angedacht, die noch vorhandenen Kleidungsreste der Moorleichen zu sichten, auf eventuelle Schäden zu untersuchen und gegebenenfalls zu restaurieren. Er musste damals nicht lange überlegen. Diese Möglichkeit würde sich nicht noch einmal ergeben. So begleitete er die Umbettung und konnte dabei seine hervorragenden Kenntnisse über historische Stoffe, antike Webtechniken und Konservierungsmethoden unter Beweis stellen. Danach wurde extra seinetwegen diese neue Stelle geschaffen, in der er jetzt aufging. Besser hätte es bis zu seiner Rente nicht kommen können.

Es war noch früher Morgen, das Museum hatte noch nicht geöffnet. Andreas Glaser liebte diese Tageszeit. Wenn er alleine durch die gewaltigen Räume des Schlosses gehen konnte, erfüllte es ihn mit Stolz, hier arbeiten zu dürfen. Er durchquerte, um zu seinem Labor zu kommen, noch den historischen blauen Saal des Schlosses. Die prächtigen plastischen Stuckaturen an der Gewölbedecke, die Weinranken und Putten darstellten, begeisterten ihn jedes Mal wieder aufs Neue. Es war erstaunlich, was die Baumeister bereits vor einigen Jahrhunderten an Techniken beherrschten.

Nachdem er den Saal durchquert hatte, gelangte er in einen weiteren Flur und öffnete eine Tür, die seitlich davon abging. So gelangte er in ein Treppenhaus, das für Besucher gesperrt war. Im Gegensatz zu den Prunkräumen war es ein typischer schlichter neuer Einbau in historischen Mauern. Die Betontreppen mit dem roten Handlauf reflektierten das triste Licht der Neonlampen ebenso, wie die schlichten weißen Wände. Er nahm die Treppe abwärts, um in die Kellerräume zu gelangen, in denen sein Labor untergebracht war. Er beschäftigte sich gerade mit den letzten Fundstücken einer Ausgrabung aus dem nahegelegenen Haithabu. Die geborgenen Stoffreste sollten einer C14-Datierung unterzogen werden, um den Fund zeitlich einordnen zu können. Er war froh, dass die Landesregierung erst kürzlich, nach mehreren Anläufen, seinem Antrag zur Anschaffung eines Massenspektrometers zugestimmt hatte. Damit waren jetzt wesentlich schnellere und genauere Messungen möglich als mit seiner bisher angewandten Zählrohrmethode. Allerdings wurde ihm zur Auflage gemacht, sein Labor zwecks besserer Refinanzierung der Anschaffung auch für Gastforscher zu öffnen. Sehr zu seinem Leidwesen wurde von dieser Auflage häufig Gebrauch gemacht, sodass er jetzt zwar weitaus bessere Messergebnisse für die eingereichten Proben erhielt, aber sehr viel weniger Zeit in seinem Labor zur Verfügung hatte.

Diese modernen Labore für die Radiokarbondatierungen standen im krassen Gegensatz zu den historischen Kellerräumen. Mächtige Tonnengewölbe, die von achteckigen Säulen getragen wurden und bis zu vier Meter hoch waren, stützten die Decke. Zwischen die Säulen hatte man Trennwände gezogen, sodass sich jetzt einzelne Räume bildeten, die durch Flure verbunden waren und die genug Platz für die empfindlichen Geräte boten. Er stand vor der Stahltür seines Labors und schloss auf. Deutlich vernahm er den stechenden Geruch der Salzsäure, auf die die zahlreichen Warnhinweise mit gelben Piktogrammen deutlich hinwies. Er hatte die Gewebeprobe aus Haithabu über Nacht in auf vier Prozent verdünnte Natronlauge eingelegt, um sie für die Untersuchung vorzubereiten. Trotz der ständig laufenden Lüftung konnte sich der beißende Gestank der Salzsäure, mit der die Natronlauge neutralisiert wurde, mühelos im Labor verteilen. Das Labor selbst bestand aus drei Stahltischen zur Vorbereitung der Proben auf denen diverse Behälter mit Klemmen, Petrischalen und weiteren Utensilien standen. Mehrere hochmoderne CCD-Mikroskope, die in Stahlschränke eingebaut waren, konnten für nähere Untersuchungen verwendet werden. Die gesamte rechte Wand des Raumes nahm ein weiterer dunkelblauer Stahlschrank ein. Daneben stand ein hochmoderner Computer in einem Rack mit Anschluss an das Netzwerk des Landesamtes. Das neue Massenspektrometer, das wohl den Wert eines Einfamilienhauses hatte, stand als mannshoher Schrank mit diversen Glastüren daneben, durch die man die Anlage mit Proben bestücken konnte.

Er legte gerade den weißen Kittel und die Schutzbrille an, als ihn das Klingeln seines Handys ins Hier und Jetzt zurückgeholte. Er schaute auf das Display, doch die Nummer war ihm nicht bekannt.

»Hallo - Glaser?«

»Ulrike Maywald. Grüß dich, Andreas.«

»Oh, meine geschätzte Kollegin aus Kiel. Welch freudige Überraschung. Wie schön, dich zu hören.

Auch sie freute sich, seine Stimme zu hören. Er war einer der Bekannten, denen man blind vertrauen konnte. Eigentlich war er mehr ein Freund, ein sehr guter Freund sogar. Umso mehr hatte sie ein schlechtes Gewissen, dass sie ihn jetzt in die ganze Angelegenheit mit hineinziehen würde.

»Hallo? Ulrike? Bist du noch da?«

Plötzlich war ihr Tagtraum beendet.

»Jaja, entschuldige. Ich bin noch da. Ich war gerade etwas abgelenkt.«

»Macht nix. Was kann ich denn für dich tun?«

»Ich habe mal wieder ein Attentat auf dich vor. Ich weiß, ich bin nur Gast in deinen Räumen, aber ich brauche dringend deine Hilfe.«

»Ich helfe dir gern, wie könnte ich bei dir nein sagen. Was darf es denn sein? Eine Expertise, eine Datierung oder einfach nur meinen freundschaftlichen Rat?«

Ulrike Maywald zögerte, was sie ihm sagen konnte.

Sie hatte den gestrigen späten Abend genutzt, um noch einmal die Gruft in der Wiederkehrsenke aufzusuchen, die Münzen zu sichern und die Decksteine einer genaueren Untersuchung zu unterziehen. Die Münzen waren noch dort, wo sie Andrew Gibson auf dem Foto entdeckt hatte. Sie hatte die Münzen mit einer Pinzette in eine mitgebrachte Spurenträgertüte gesteckt, obwohl sie sich fast sicher war, dass bei der offensichtlich schlechten Bergung des Körpers sich hier keine verwertbaren Spuren mehr finden lassen würden. Außerdem waren es eher schlichte Münzen, deutlich abgenutzt und für ihre weiteren Untersuchungen eher zweitrangig. Sie machte Fotos von den schweren Decksteinen und versuchte vor allem alle Auffälligkeiten wie Kerben oder Absplitterungen genau festzuhalten. Weitaus erfreulicher war jedoch eine genauere Untersuchung der Gruft. Sie traute ihren Augen nicht, als sie im Licht der Fotolampe etwas zwischen den großen Randsteinen hängen sah. Als sie näherkam, hatte sie gesehen, dass dort tatsächlich ein Stofffetzen hing. Sie zog ihn mit sanfter Gewalt aus dem Spalt und sicherte ihn ebenfalls in einer kleinen durchsichtigen Plastiktüte.

»Ja«, sagte Maywald, »ich brauche eine Datierung eines gewebten Stück Stoffes. Da kannst du mir bestimmt helfen.«

»Lass mich kurz überlegen … aktuell habe ich eine Untersuchung. Die nächsten Tage sind für Dr. Hersfeld aus Hamburg reserviert und danach Evelyn Tendel. Hmm, also ich denke, heute in zwei Wochen, da kann ich was einrichten.«

»Genau … das ist mein erwähntes Attentat, Andreas. Ich benötige es sofort.«

»Sofort? Bei aller Liebe, Ulrike. Das wird nicht gehen. Die Warteliste ist lang und ich bin selbst mit meinen zu liefernden Ergebnissen für das Landesmuseum im Hintertreffen.«

»Gar keine Chance? Nicht mal eine kleine? So der guten alten Zeiten wegen?«

Glaser und Maywald hatten kurz zusammen an der Kieler Universität gearbeitet. Als sie nach Kiel kam, und den Zweig der Nordeuropäischen Kulturen aufbaute, hatte sie viel mit Glaser zusammengearbeitet. Auch wenn zwischen ihnen ein Altersunterschied von fast dreißig Jahren bestand, war ihre Zusammenarbeit von einer Art herzlichem gegenseitigen Respekt und Anerkennung geprägt. Glaser bewunderte die Zielstrebigkeit, mit der sie ihr Forschungsgebiet etablierte. Maywald selbst hatte ihn, trotz seiner Vorliebe für selbst gestrickte Pullover, immer als eine Art Mentor und Doktorvater gesehen. Egal, was sie für Sorgen hatte, Andreas Glaser hatte stets ein offenes Ohr für sie und auch immer eine Lösung parat. Und genau darauf baute sie jetzt auch.

»Natürlich hast du immer einen Bonus bei mir. Und das weißt du auch. Aber diesmal … tut mir wirklich leid.«

»Hast du etwas dagegen, wenn ich trotzdem vorbeikomme und dir wenigstens das Artefakt zeige und dir dazu meine Meinung sage? Mich würde interessieren, was du davon hältst.«

»Um was für Stoff handelt es sich denn? Bereitest du gerade eine neue Ausstellung vor?«

»Du weißt doch, ich bin eine miese Kuratorin. Ich muss raus in die Feldarbeit.«

»Oh! Ein neuer Fund also. Hmm ... ich bereite zurzeit eine Probe vor und bin gerade im Labor. Na schön, komm vorbei. Die Zeit nehme ich mir gerne.«

»Heute noch?«

»Ich hab's mir gedacht ... Okay - heute noch.«

»Danke! Du bist der Beste! Ich bin in einer Stunde da.«

Sie hoffte, dass sie Andreas Glaser im direkten Gespräch überzeugen konnte. Dass es dabei buchstäblich um Leben und Tod ging, wollte und musste sie erst einmal für sich behalten.

25

Der dunkle, fensterlose Raum, in den er bestellt wurde, hatte ihm noch nie behagt. Es war dunkel und stickig. Er fühlte sich wie in seinem eigenen Grab. Jetzt saß er hier an dem alten Eichentisch in einem Nebenzimmer des Raumes, in dem er soeben Gaby Hansmann wieder eine Portion Chloroform verabreicht und sie wieder in ihr Büro gebracht hatte. Im Schummerlicht, das von einer einsamen Kerze erzeugt wurde, saß ihm ein Mann gegenüber, den er als seinen Meister verehrte. Er hätte gerne gewusst, wer sein geistiges Vorbild wirklich war. Aber sein Meister trat nur bei Dunkelheit oder mit einer das Gesicht verhüllenden Kapuze auf. So wie er selbst es auch tat, wenn er die Loge betrat. Die Dunkelheit des fensterlosen Raumes machten es auch jetzt unmöglich, sein Gegenüber zu sehen. Er konnte nur dessen tiefe, bedrohliche Stimme und schweren Atem hören.

»Es ist ein Fehler gewesen, die Frau zu entführen! Ein noch größerer war es, sie danach wieder freizulassen«, begann sein Gegenüber das Gespräch. Die Stimme war ruhig, aber bestimmt. Und genau diese Ruhe ließ ihn Schlimmes erahnen.

»Ich habe ihr klar die Folgen aufgezeigt, die sie zu erwarten hat, wenn sie nicht kooperiert, mein Bruder. Sie wird den verräterischen Gutsbesitzer und den armseligen Polizisten von der Sinnlosigkeit ihres Tuns überzeugen.«

»Mein Bruder, ich habe dir das Vertrauen geschenkt, unsere Loge vor Unheil und Entdeckung zu schützen. Aber du unterschätzt unsere Feinde. Andrew Gibson hat das Licht der Erkenntnis gesehen, er ist ein starker Geist. Er hat bewiesen, dass sein Ruf nicht unberechtigt ist. Er ist klug und gerissen. Seine Fähigkeiten und die Kraft des profanen Gesetzes machen ihn zu einem starken Gegner für uns.«

»Was soll ich tun, Meister?«

»Unsere Loge und unser Heiligtum sind in Gefahr. Es wird nicht ausreichen, der Frau zu vertrauen. Sie wird nicht tun, was du dir von ihr erhoffst. Sie wird reden, sobald man sie fragt. Sie wird nach Möglichkeiten suchen, sich heimlich jemandem anzuvertrauen. Und dieser Jemand können nur Andrew Gibson oder der Polizist sein. Das ist nur eine Frage der Zeit. Du musst sie also beseitigen.«

»Ist das wirklich notwendig? Sie wird nicht versagen.«

Er hörte, wie eine Faust mit voller Wucht auf den Tisch geknallt wurde. Er wich erschrocken zurück. Er hätte erwartet, dass der Schlag ihm hätte gelten sollen.

»Deine Gefühle sind hier fehl am Platz! Ich dulde keine Widerrede! Ich habe dir soeben einen Auftrag erteilt. Ich erwarte sofortige und kritiklose Umsetzung!«

»Ja, Meister.«

»Ich erwarte dich in zwei Tagen wieder hier. Dann wirst du mir die Bestätigung geben, dass du den Auftrag ausgeführt hast. Und jetzt - hinfort!«

Mit einer wegwischenden Handbewegung des Meisters wurde ihm klar gemacht, dass das Gespräch jetzt beendet war.

Er erhob sich von seinem Stuhl und verbeugte sich in die Richtung seines Meisters. Er ging rückwärts, niemals den Blick vom Meister abwendend, zur Tür. Er öffnete sie und stand in dem dunklen Tunnel, der zum geheimen Eingang ihrer Loge führte.

Er atmete tief durch und fuhr sich durch die Haare. Er musste Gaby Hansmann zum Schweigen bringen. Wut und Trauer stiegen in ihm auf. Was hatte er sich nur dabei gedacht, als er hoffte, dass er seine Kollegin auf seine Seite ziehen könne. Jetzt musste er sie für seine Fehler leiden lassen.

Ein kalter Schauer lief ihm über den Rücken, als er daran dachte, was ihn erwartete, wenn er sich dem widersetzte. Er hatte keine andere Wahl. Mit energischen Schritten ging er los, um seinen Auftrag auszuführen. Er hoffte inständig, dass sein Mitbruder ihn unterstützen würde.

26

Martin Clausen hatte sich von der Einsatzzentrale in Kiel Sonderrechte eingeholt und bahnte sich jetzt in seinem Zivilfahrzeug mit aufgesetztem Blaulicht und Martinshorn einen Weg durch den Kieler Feierabendverkehr. Er musste so schnell wie möglich zum Gut Lichtenhagen zurück. Sein Beifahrer Andrew Gibson war sich sicher, dass seine Frau und Gaby Hansmann in Gefahr waren.

Gibson drückte wieder die Wahlwiederholung auf seinem Mobiltelefon.

»Nichts. Weder im Büro noch auf dem Handy.«

»Sie haben Ihre Frau doch schon erreicht und sie gebeten, die Bibliothek nicht mehr zu betreten und sich mit dem Hund in Ihrem Büro einzuschließen.«

»Sicher. Das wird sie auch getan haben. Aber ich erreiche unsere Sekretärin nicht.«

»Aber es ist kurz vor fünf. Sie wird Feierabend gemacht haben.«

»Herr Clausen, wir sind in der Erntezeit. Gerade Frau Hansmann ist jetzt als zentrale Ansprechperson unentbehrlich. Ich bin dankbar, dass sie ihre Aufgabe sehr ernst nimmt und zu Überstunden bereit ist. Normalerweise ist sie um diese Zeit immer erreichbar.«

Clausen war überrascht, dass dem sonst so sachlichen und logisch denkenden Andrew Gibson die Situation so zusetzte. Er wurde das Gefühl nicht los, dass dieser mehr wusste, als er ihm sagte.

»Warum haben Sie eigentlich bei Ulrike Maywald plötzlich so zum Aufbruch gedrängt?«

»Weil mir etwas aufgefallen ist, dem ich vorher keine Beachtung geschenkt habe.«

Sie fuhren über die vierspurige Ausfallstraße B76 in Richtung Gettorf und Clausen musste sich gerade intensiv konzentrieren, da ein BMW-Fahrer auf der linken

Fahrbahn seine Sonderrechte konsequent ignorierte. Als er endlich die Fahrbahn räumte, trat Clausen das Gaspedal bis zum Anschlag durch. Der Motor heulte auf, der Wagen beschleunigte und Gibson hielt sich instinktiv am Türgriff fest.

»So - und würden Sie mir auch verraten, was?«

Clausen war wütend. Weniger auf seinen Beifahrer, sondern mehr auf Verkehrsteilnehmer, die die Sondersignale eines zivilen Polizeiwagens wegen eines Handys am Ohr überhörten.

»Tschuldigung - das kam gerade falsch rüber.«

»Kein Grund sich zu entschuldigen, mein Bester. Mir ist etwas an der Person aufgefallen, die in der Bibliothek das Kataster gestohlen hat, als wir die Bibel fanden.«

»Aber Sie sagten doch, Sie hätten sie nicht erkannt.«

»Ich sagte, ich habe das Gesicht nicht erkannt. Das ist ein Unterschied.«

Clausen seufzte hörbar.

»Er humpelte.«

»Wie bitte?«

»Er humpelte«, wiederholte Gibson.

»Viele Menschen humpeln. Ich kann mir nicht vorstellen, dass wir jemanden aufgrund eines Gehfehlers überführen können.«

»Nein, nein! Sie missverstehen mich. Es war kein Humpeln, wie man es normaler Weise sieht. Das normale Humpeln zeichnet sich dadurch aus, dass ein Bein weniger und kürzer belastet wird als das andere, meist in Folge von Schmerz, zum Beispiel nach einer Verstauchung des Knöchels. Dieses Humpeln war jedoch anders. Es war mehr eine Bewegungsunfähigkeit des rechten Knöchels. In diesem Fall dreht sich der Fuß beim Gehen oder Laufen zur Seite weg, um die fehlende Beweglichkeit auszugleichen. Unser Besucher hat zwar versucht, dass dies nicht auffiel, deswegen war es kaum zu sehen. Aber zu hören. Ich habe wahrgenommen, dass sich ein Fuß auf dem Parkett beim Laufen immer etwas drehte. Es war wie ein zusätzliches Knirschen«

»Und Sie haben es wiedererkannt?« fragte Clausen aufgeregt.

»Mir hat diese Situation keine Ruhe gelassen. Als Sie mit Ulrike die Fotos gesichtet haben, habe ich mich gefragt, ob ich jemanden kenne, der kürzlich auffällig schmutzige Schuhe trug und eine verheilte Verletzung mit bleibendem Schaden am Bein hat. Und mir ist nur einer eingefallen - Manfred Krüger.«

»Der Koordinator auf Ihrem Gut?«

»Genau der. Aber, wie Sie sich erinnern, war er auch ein Logenbruder in der Gutsloge, in der Heinrich von Trancken, mein Schwiegervater, hammerführender Meister war. Ich befürchte, dass die Loge nach dem Tod meines Schwiegervaters die Seiten gewechselt hat und sie noch existiert und unentdeckt bleiben will. Vielleicht hat er es aber selbst noch initiiert.«

Clausen hatte sich mit dem Thema Geheimorganisationen noch nie richtig auseinandergesetzt. Es passte nicht in seine logische Welt, Freimaurerei war für ihn ein nicht greifbares Phänomen. Andrew Gibson schien auf diesem Gebiet mehr Wissen zu haben und seine Besorgnis beunruhigte auch Clausen.

Schließlich nahm Gibson wieder das Wort auf: »Einige Dinge ergeben für mich allerdings noch keinen Sinn.«

»Was denn?«

»Eine Loge benötigt einen Versammlungsort, einen Tempel. Aber wo ist er? Der ursprüngliche Tempel, die Bibliothek, ist es nicht, der wird nicht mehr genutzt. Es fehlen zu viele Dinge, die für eine Tempelarbeit nötig sind. Aber er muss auf dem Gut sein, denn Maschmann und Krüger waren selten abwesend, um sich irgendwo anders zu versammeln. Außerdem braucht nach meinem

Verständnis auch eine schwarze Loge ein geistiges Vorbild, einen Meister. Wer ist es? Maschmann und Krüger sind es nicht.«

»Woher wollen Sie das wissen.«

»Ich wusste, dass die beiden Mitglied der Loge auf dem Gut waren. Nach dem Tod meines Schwiegervaters und meiner Ankunft auf dem Gut habe ich mich ihnen in Freimaurer Art zu erkennen gegeben, aber sie haben meine Meisterzeichen nicht erwidert oder nicht erkannt.«

»Mit welchen Zeichen haben Sie sich denn zu erkennen gegeben?«

»Mein lieber Clausen, ich bin zwar kein Freimaurer, dennoch wurde ich in die rituellen Geheimnisse eingeweiht, die Außenstehenden verborgen bleiben. Wissen Sie eigentlich, warum die Freimaurerei als Geheimorganisation angesehen wird?«

»Nicht wirklich.«

»Jetzt wissen Sie es.«

Clausen wollte gerade mit einer sarkastischen Bemerkung erwidern, als sein Handy klingelte. Clausen schaltete auf Freisprechen.

»Guten Tag Herr Clausen. Hagendorf hier.«

»Moin, Herr Hagendorf«

Clausen flüsterte Gibson zu. »Dr. Nils Hagendorf arbeitet im Pathologischen Institut an der Uni in Kiel. Ich hatte ihn gebeten, mich zu kontaktieren, wenn die Obduktion von Hannes Wenner abgeschlossen ist.«

»Ich wollte Ihnen kurz einige Informationen zum Fall Wenner geben.«

»Schießen Sie los, Doktor. Nur die Fakten bitte - keine Vermutungen.«

»Nun, bis auf die Verletzungen im Schädel- und Brustbereich, die den Krankenhausaufenthalt notwendig machten, war der Patient gesund. Im Blut haben wir eine hohe Dosis Metoclopramid oder MCP und deren

Stoffwechselprodukte sowie eine ausreichende Menge Diazepam nachweisen können.«

»Eine Überdosis Metoclopramid? Nicht Paspertin?«

»Das ist dasselbe. Ja, eine erhebliche sogar. Diese Substanz ist eigentlich für die Medizin ein Segen. Sie wirkt vor allem auf das vegetative Nervensystem und kann die Nebenwirkungen zum Beispiel einer Chemotherapie lindern, indem sie die Übelkeit bekämpft. Aber sie ist mit an Sicherheit grenzender Wahrscheinlichkeit die Todesursache durch Herzstillstand.«

»Wieso ›mit an Sicherheit grenzender Wahrscheinlichkeit‹? Gibt es noch Unsicherheiten?«

»Nun ja, sagen wir mal so. Wir haben keine anderen Ursachen gefunden, außer den Verletzungen, aber die waren nicht tödlich. Außerdem deckt es sich mit den Aussagen der Kollegen im Krankenhaus zum möglichen Hergang der Vergiftung. Eine Unsicherheit besteht nur deswegen, weil ein Todesfall mit der laut Zeugenaussage geringen Menge höchst selten vorkommt. Ich selbst habe davon nur in der Theorie gehört. Aber auch hier gilt der Grundsatz ›die Dosis macht das Gift‹.«

»Verstehe. Sie sagten, Sie haben auch eine ausreichende Menge .... Diaze... - Dingsbums nachweisen können. Was meinen Sie damit?«

»Diazepam ist das gängige Gegenmittel bei einer Überdosierung mit MCP. Da dieses allerdings im Körper des Toten größtenteils bereits verstoffwechselt war, war die verabreichte Menge offensichtlich zu gering.«

»Herr Wenner hatte also keine Chance?«

»Nein.«

»Gut, dann wissen wir schon mehr. Danke, Herr Hagendorf!«

»Da ist noch etwas, Herr Oberkommissar.«

»Kommissar - zum anderen reicht's noch nicht.«

»Kommt bestimmt noch. Ich habe irrtümlicher Weise die Akte der Spurensicherung auf den Tisch bekommen. Ist wohl ein interner Irrläufer. Und da ist etwas, das Sie wissen sollten.«

»Ich höre?«

»Sämtliche Fingerabdrücke im Patientenzimmer konnten Herrn Wenner oder dem Krankenhauspersonal zugeordnet werden. Nur an der Spritzenpumpe waren unbekannte Abdrücke vorhanden.«

Clausen nickte und dachte nach. Mit diesem Analyseergebnis war die Krankenschwester entlastet.

»Das ist eine wichtige Information, Herr Dr. Hagendorf. Allerdings hätten Sie mir diese Information nicht geben dürfen. Ich habe sie deshalb offiziell nicht gehört.«

»Diese Information wollte ich Ihnen vorsichtshalber zukommen lassen. Wer weiß, wohin sich die Akte jetzt verirrt. Und ab jetzt kann ich mich auch nicht erinnern, etwas gesagt zu haben.«

Clausen legte auf und sah Gibson an, der dasselbe dachte wie er.

»Unsere Person auf den Überwachungsvideos ist nicht länger nur verdächtig - er oder sie ist der Mörder.«

Mit diesen Worten bog Clausen von der Schnellstraße ab und fuhr nach kurzer Fahrt auf die Zufahrtsstraße zum Gut Lichtenhagen.

27

Der Mitarbeiterparkplatz des Schlosses Gottorf stand auch Ulrike Maywald als Mitarbeiterin der Kieler Christian-Albrechts-Universität zur Verfügung. Als sie ihren

Wagen durch die automatische Schranke auf einen der wenigen freien Parkplätze fuhr, war sie aufgeregt wie an ihrem ersten Arbeitstag an der Uni.

Es wurde bereits wieder dunkel und sie wusste noch nicht, wie sie Andreas Glaser dessen Hilfsbereitschaft vergelten konnte, ihr bei der Untersuchung des Stoffrestes zu helfen. Ihr würde schon etwas einfallen. Zum Glück kannte sie noch aus der gemeinsamen Zeit an der Uni seine Vorliebe für Strickpullover. Diese teilte sie zwar nicht im geringsten, aber das wäre ein Ansatz. Wenn er diese Marotte immer noch hatte.

Sie ging durch das große Hauptportal des Schlosses ins eigentliche Museum und wies sich an der Kasse als universitäre Mitarbeiterin aus, woraufhin sie kostenlos hereingelassen wurde.

Dieses Mal hatte sie keine Augen für die spätromanischen Altäre oder die vom ehemaligen Kieler Schloss geborgenen Sandsteinfiguren. Sie ging direkt durch die ehemaligen Prunkräume zum Treppenhaus, um in die Kellerräume zu gelangen.

Unten angekommen, öffnete sie die Tür des Labors, das sie schon einige Male mitbenutzen durfte.

»Störe ich?«

Andreas Glaser stand mit dem Rücken zu ihr vor einem Stahltisch in dem ansonsten nur vom Neonlicht erhellten Labor. Der weiße Kittel, den er anhatte und die gelben Gummihandschuhe, die er trug, bewiesen Ulrike Maywald, dass er gerade eine Probe für eine Datierung vorbereitete. Das kleine Fenster gegenüber der Tür war vergittert und ließ nur schemenhaft den abendlichen Himmel erahnen.

»Nein, ganz und gar nicht, komm rein, aber halte bitte ein bisschen Abstand. Salzsäure. Ein furchtbares Zeug.«

Er drehte sich zu ihr um und schaute sie durch die Schutzbrille an, wodurch seine Augen unnatürlich groß wirkten. Sie fand, er war alt geworden, seine grauen Haare waren länger und zerzauster als früher. Aber als er seine Schutzkleidung auszog und sie zur Begrüßung kurz umarmte, erinnerte sie sich sofort an die schöne gemeinsame Zusammenarbeit mit ihm. Amüsiert stellte sie fest, dass er immer noch die altmodischen Strickpullover trug.

»Danke, dass ich so schnell kommen konnte.«

»Hättest du sonst Ruhe gegeben?«

»Du kennst mich doch.«

»Eben. Was hast du denn so Dringendes?«

Sie griff in ihre Anoraktasche und holte den Zip Beutel heraus, in dem sich der kleine Stofffetzen befand, den sie aus der Gruft mitgenommen hatte und gab ihn Glaser.

Er nahm den Beutel und hielt ihn ins Licht, um sich den groben braunen Stoff näher anzusehen.

»Hmm … sieht aus wie stark gegerbtes Leinen, aber kein Loden. Vielleicht zwei- oder dreihundert Jahre alt. Könnte irgendwo im Moor gelegen haben. Keine aufwendige Verarbeitung. Sieht eher aus wie das sprichwörtliche letzte Hemd. Allerdings nicht einer hoch gestellten Persönlichkeit, eher das Gegenteil. Soweit richtig?«

Er schaue Maywald an, die zustimmend und anerkennend nickte.

»Wir haben eine Gruft gefunden, die wohl zeitweise dem Grundwasser ausgesetzt war. Allerdings keine sterblichen Überreste. Da die Fläche demnächst überbaut wird, brauche ich eine schnelle Analyse, ob es sich um ein historisch wertvolles Artefakt handelt und eventuell einen Baustopp erwirken zu können.«

Sie log, dass sich die Balken bogen. Sie wollte auf jeden Fall zeitraubende Rückfragen vermeiden. Vor allem wollte sie ihren alten Kollegen aus der Sache so weit wie möglich heraushalten, da es hier buchstäblich um Leben und Tod ging.

Er rieb sich das Kinn und überlegte angestrengt, wie er helfen konnte.

»Ich habe eh ein paar Proben für eine Untersuchung vorbereitet. Einige sind fertig präpariert und gereinigt, andere noch nicht. Ich muss also eh zwei Reihen untersuchen. Dann füge ich deine der chemischen Reinigung mit zu.«

»Das ist super. Wie lange dauert es, bis du weißt, wie alt der Stoff ist?«

Er zeigte voller Stolz auf das neue Massenspektrometer.

»Damit können wir morgen Abend ein Ergebnis haben.«

»Das hört sich großartig an. Da hätte ich aber noch was«, sagte sie kleinlaut. »Ist es möglich, eine DNA-Analyse von diesem Stoff zu bekommen?«

»Au weh, da verlangst du jetzt aber was. Der Stoff ist sehr alt. Fraglich, ob dort noch DNA-Spuren vorhanden sind. Höchstens Sequenzen, Bruchstücke. Das übersteigt meine Kompetenzen. Aber wozu eigentlich? Oder besteht der Verdacht auf ein Verbrechen? Ich bin Historiker, kein Kriminalist. Wenn es das ist, halte mich da bitte raus, damit kann ich nicht dienen!«

Er schaute sie durchdringend an.

»Nein, natürlich nicht. Du kennst mich doch. Ich will nur sicher gehen, dass ich keinem Betrüger auf den Leim gehe. Ich habe da einen, sagen wir mal so, historischen Verdacht. Der Fund wäre dann eine kleine Sensation.«

Fast hätte sie ihm die gesamte Geschichte erzählt, sie hätte sich ihm zu gerne offenbart, aber sie blieb standhaft. Sie wollte wissen, was in der Wiederkehrsenke vor sich ging. Und das Ergebnis, so hoffte sie, konnte eventuell auch für Martin Clausen und Andrew Gibson interessant sein.

»Du sprichst in Rätseln. Also schön. Wenn der Stoff nicht verunreinigt ist, zum Beispiel durch dich, sollte sich was machen lassen. Wir müssen mit einem Forensiker reden. In der Pathologie in Kiel arbeitet Dr. Martinek. Er ist ein

Skatbruder und hat bei mir noch einen Schuldschein offen. Den kann ich gerne fragen.«

»Wie lange dauert die Analyse?«

»Wie gesagt, ich bin kein Fachmann, aber auf jeden Fall länger als die Datierung. Wenn nichts dazwischenkommt, vielleicht eine Woche, eventuell auch schneller.«

Sie trat an ihn heran und drückte ihm einen Kuss auf die Wange.

»He! Ich habe nicht gesagt, dass es klappt.«

»Du schaffst das schon.«

»Ich tue mein Bestes. Ich melde mich. Aber ich habe einen gut bei dir.«

28

Mit blockierenden Rädern kam der Wagen von Martin Clausen auf dem Hof des Gutes Lichtenhagen zum Stehen. Sofort öffnete Andrew Gibson die Beifahrertür und rief ihm beim Aussteigen zu: »Sehen Sie nach Frau Hansmann! Ich muss zu meiner Frau!« Dann lief er über den Hof in Richtung des Gutshauses. Martin Clausen nahm seine Walther PPS aus dem Handschuhfach, die er unerlaubter Weise immer dort verwahrte, und stieg ebenfalls aus dem Auto. Er steckte die Waffe in den hinteren Hosenbund und lief in Richtung der Gutsverwaltung. Er hoffte, dort Gaby Hansmann zu finden. Nach seinem Empfinden hatte sich Gregor Maschmann viel zu lange von ihm ferngehalten. Auffällig lange. Es wurde Zeit, dass er die Schlinge enger zog. Wer, wenn nicht Gregor Maschmann, konnte etwas über die Machenschaften von Manfred Krüger sagen. Schließlich war er sein direkter Vorgesetzter. Und Gaby

Hansmann wusste am ehesten, wo er sich jetzt aufhielt. Wenn sie denn da war.

Draußen war es mittlerweile dunkel geworden und so war es für ihn nicht verwunderlich, dass das gesamte Gebäude hell erleuchtet war, als er eintrat. Er ging direkt zum Büro von Gaby Hansmann und öffnete die Tür. Die Situation, die er vorfand, überraschte ihn. Hinter dem Schreibtisch saß eine kreidebleiche Gaby Hansmann, die eine blutverklebte Wunde am Kopf hatte. Neben ihr standen Gregor Maschmann und eine weitere Person, die Clausen nicht kannte. Beide schienen sich intensiv um Gaby Hansmann zu kümmern. Maschmann richtete sich auf und sah Clausen überrascht an.

»Da sind sie ja schon wieder. Ich bin verwundert, Sie hier zu sehen. Ich hatte erwartet, Sie würden sich mehr um die Suche nach dem Mörder kümmern.«

»Keine Sorge, ich bin näher dran, als Sie vielleicht denken. Frau Hansmann, alles in Ordnung?«

»Ja, mir geht es gut, nur der Kreislauf. Herr Maschmann und Herr Krüger haben sich gerade um mich gekümmert.«

»Was ist Ihnen passiert?«

»Ich bin mir nicht sicher. Ich bin wohl ohnmächtig geworden. Auf jeden Fall bin ich aufgewacht und saß hier am Schreibtisch.«

Clausen bemerkte ihren ängstlichen Gesichtsausdruck. Offensichtlich waren ihre beiden Kollegen doch nicht so hilfsbereit, wie sie vorgab. Er wollte die potenziell gefährliche Situation entschärfen und wandte sich an Krüger.

»Herr Krüger, ich würde Sie gerne unter vier Augen sprechen. Sie können mir bestimmt mit einigen Infos behilflich sein.«

»Aber wieso denn, Herr Clausen«, schritt Gaby Hansmann ein, »Ich brauche ihn jetzt hier. Sie haben doch schon fast alle befragt. Ich würde Sie bitten, jetzt das Büro zu verlassen. Mir geht es nicht sehr gut.«

Clausen schaute sie verwirrt an. Wieso sprang sie jetzt den Personen zur Seite, die sie verabscheute und die für ihn die Hauptverdächtigen in diesem Fall waren? Das ergab keinen Sinn. Er wusste, dass sie log. Während er sie weiter ungläubig anstarrte, bemerkte er plötzlich, wie sich auf ihren Lippen ein stummer Hilferuf formte. Ganz deutlich las er: Helfen Sie mir, bitte!

In diesem Moment lehnte sie sich ein wenig nach hinten und Clausen sah, nur ganz kurz, den glänzenden Gegenstand in Krügers Hand. Er hielt ihr so, dass er es kaum sehen konnte, einen Brieföffner an die Halsschlagader!

Augenblicklich zog Clausen seine Waffe aus dem Hosenbund und richtete sie auf Krüger.

»Sofort die Waffe fallenlassen! Zurück an die Wand und die Hände hinter den Kopf!«

Maschmann und Krüger bewegten sich keinen Zentimeter.

»Zwingen Sie mich nicht, direkte Gewalt anzuwenden! Ich wiederhole mich nicht!«

»Was sind Sie für ein armes Würstchen«, zischte Krüger ihn an. Obwohl er bisher eher zurückhaltend gewirkt hatte, funkelte aus seinen Augen jetzt die pure Aggressivität. Clausen sah, dass dieser Mann zu allem entschlossen und in der Lage war, einen Mord zu begehen. Und zwar hier und jetzt!

So schnell, dass Clausen kaum folgen konnte, holte Krüger aus und warf den Brieföffner in seine Richtung. Er wich geistesgegenwärtig aus, das Geschoss prallte mit einem lauten metallischen Ping von der Wand ab und fiel klimpernd zu Boden.

Clausen fuhr wieder herum und sah gerade noch, wie Krüger mit einem deutlichen Humpeln aus dem Büro lief. Maschmann lief vor ihm her, offensichtlich in Richtung des Gutshauses.

Gaby Hansmann sank auf ihrem Bürostuhl zusammen. Ihr war speiübel und sie zitterte am ganzen Körper. Clausen trat an sie heran und kniete sich neben sie.

»Brauchen Sie einen Arzt?«

»Es geht schon. Kümmern Sie sich lieber um diese … Verbrecher. Ich wurde von ihnen entführt. Manfred Krüger hat mir gedroht, dass mir etwas zustößt, wenn ich Sie nicht vom Gut weglocke. Gehen Sie. Ich komme klar.«

»Sind Sie sicher? Aber schließen Sie sich bis auf Weiteres in Ihrem Büro ein. Öffnen Sie niemandem, wenn Sie sich nicht absolut sicher sind. Ich werde so schnell ich kann dafür sorgen, dass ein Kollege vor Ihrer Tür postiert wird.«

Er stand schnell auf und flüsterte ihr dabei ein kaum hörbares »Ich freue mich, dass Ihnen nichts passiert ist!« zu. Ihr Blick und ihr kurzes Lächeln verriet ihm, dass es ihr langsam besser ging.

Er lief aus dem Büro, den Flur entlang und durch die Haustür ins Freie. Der Gutshof war menschenleer. Schnell lief er über den Hof zum Gutshaus. Wenn die beiden wirklich dorthin gelaufen sein sollten, war jetzt auch Gibson in höchster Gefahr.

Die Pistole im Anschlag haltend, ging Clausen langsam die Freitreppe zum Hauptportal hoch. Er bemerkte, dass die Tür einen Spalt offenstand. Die Waffe fest umklammert, drückte er mit der anderen Hand die Tür vorsichtig auf. Mit einem plötzlichen Ruck wurde die Tür von innen aufgerissen und er starrte unvermittelt in den Lauf eines durchgeladenen Jagdgewehrs. Er hörte die vertraute und besonnene Stimme Gibsons:

»Versuchen Sie gar nicht erst, hier hereinzuwollen, Sie … Oh, mein lieber Clausen, Sie sind's. Da haben Sie noch einmal Glück gehabt, dass ich nicht sofort geschossen habe.«

Mit diesen Worten ließen beide die Waffen sinken.

»Puh ... tatsächlich. Mann, mit dem Prügel können Sie ja Elefanten zur Strecke bringen.«

»Ich mache mir nichts aus Safaris. Eine Sauer 50 mit Kaliber 243. Zusammen mit dem Hund besser als jede Alarmanlage, nicht wahr?«

»Haben Sie dafür überhaupt einen Waffensch ... ach, vergessen Sie's. Kommen Sie, Maschmann und Krüger sind hier im Haus!«

»Hier im Haus? Sie müssen sich irren, mein Bester. Ich habe sofort meine Frau aufgesucht und dann die Waffe geholt. Hier ist niemand hereingekommen.«

»Aber Sie waren doch gar nicht im Foyer!« erwiderte Clausen. Seine Körpersprache drängte zum Aufbruch und war auf dem Sprung in Richtung Bibliothek. »Wie wollen Sie das wissen?!«

»Ich weiß es nicht, aber der Hund.«

»Ihr Hund?«

Der Rhodesian Ridgeback lag wachsam, die beiden ständig beobachtend, vor dem Kamin im Foyer.

»Was hat der Hund verdammt nochmal damit zu tun? Es ist doch noch fast ein Welpe!«

Clausen wurde immer ungehaltener. Er musste sich auf die Suche nach den Tätern machen, aber nur Gibson konnte ihn schnellstmöglich durch die vielen Räume des Hauses führen. Er selbst hätte sich hoffnungslos verlaufen. Aber jetzt war er wie ein kiloschwerer Klotz am Bein. Er war es leid, sich mit dem Mann zu unterhalten.

»Unterschätzen Sie den Hund nicht, mein lieber Clausen. Sie müssen mir vertrauen. Greifen Sie mich an.« Er legte sein Gewehr auf den Fußboden.

»Wie bitte? Ich habe jetzt keine Zeit für Ihre Spielchen, Gibson!«

»Ich spiele nicht! Los, greifen Sie mich an. Dann zeige ich Ihnen, wie wahrscheinlich es ist, dass hier ein ungebetener Gast hereinkommt.«

Clausen hatte eh gerade eine aufsteigende Wut im Bauch. Also sprang er hinter Gibson und wollte gerade dessen Arm auf den Rücken drehen. Gibson sagte nichts und schaute nur kurz den Hund an, der sich immer noch nicht rührte. Auf ein kurzes Zucken des linken Auges von Gibson schoss der Hund augenblicklich hoch und wurde förmlich vom Haushund zur Bestie. Mit gefletschten Zähnen, gesträubtem Rückenfell und drohendem Knurren rannte er auf die beiden zu. Ohne zu zögern setzte der Hund zum Sprung auf Clausens Arm an, um sich darin zu verbeißen.

»Fenja! Aus!«

Sofort beendete der Hund seinen Angriff und legte sich neben den beiden ab, als wenn nichts gewesen wäre.

Clausen stand mit aufgerissenen Augen hinter seinem vermeintlichen Opfer und atmete schwer. Vor lauter Schreck hatte er sich nicht gerührt und hielt Gibson immer noch halb im Polizeigriff. Dieser drehte sich ruhig um, löste sich dabei aus dem Griff und schaute in Clausens Gesicht, in das langsam wieder die normale Gesichtsfarbe zurückkehrte.

»Der Hund … er hätte mich fast …«

»Sie sollten nicht immer nach dem Äußeren gehen, mein Freund,« sagte Gibson und legte ihm beruhigend die Hand auf die Schulter. »Dieser Hund, den Sie gerade als Welpen bezeichneten, ist ein Rhodesian Ridgeback.«

Er strich dem Hund über das markante dunkle Rückenfell, das bei dieser Rasse grundsätzlich gegen den Strich wuchs.

»Eine sehr verlässliche und erfolgreiche Jagdhund Rasse. Aber dennoch ein treuer Familienhund. Das Tier gehorcht mir bedingungslos. Sollte irgendeine Gefahr in Verzug sein, würde der Hund unsere Familie mit seinem Leben verteidigen.«

»Aber der Hund würde doch niemanden töten, oder?«

»Wenn ich es wollte, würde sie es auf jeden Fall versuchen.«

Clausen steckte die Waffe, die er immer noch in der Hand gehalten hatte, wieder in den Hosenbund. Gibson hatte recht. Hier konnte niemand hereingekommen sein.

»Kommen Sie, Clausen. Wir müssen in die Bibliothek und für die Bibel einen anderen Ort suchen. Das Kataster ist schon weg. Die Bibel ist unsere letzte Verbindung zu den merkwürdigen Machenschaften, die sich hier im Hause abspielen. Ich beabsichtige nicht, sie auch noch zu verlieren.«

Mit diesen Worten ging Gibson vorweg die Treppe hinauf in den oberen Flur, der zur Bibliothek führte. Clausen folgte ihm, drehte sich sicherheitshalber aber zweimal um, ob der Hund ihnen auch nicht folgte. Doch der Rhodesian blieb ruhig im Foyer liegen und beobachtete jeden seiner Schritte.

Die Tür der Bibliothek war genauso verschlossen, wie sie sie zurückgelassen hatten. Gibson schloss die Tür zur völlig verdunkelten Bibliothek auf. Ein Druck auf den Lichtschalter und im gesamten Saal gingen verdeckte Leuchten an und tauchten den Raum in ein mystisches indirektes Licht. Abermals kam Clausen aus dem Staunen nicht heraus. Bei Tageslicht war der Saal beeindruckend, aber im Dunkeln atemberaubend. Obwohl die dunklen Hölzer bis zur halben Wandhöhe ein dunkles, warmes Licht erzeugten, wirkte er seltsamer Weise wesentlich größer als bei Tageslicht. Erst jetzt kamen die kunstvollen Malereien und Stuckaturen an den oberen Wänden richtig zur Geltung und stachen durch den Schattenwurf plastisch hervor. Die überaus realistisch geformten Figuren von Wildtieren und Jagdwaffen sprangen förmlich aus den Wänden heraus, unterbrochen durch unzählige Darstellungen von Fabelwesen und Abbildungen der Jagdgöttin Artemis, die den Betrachter direkt anzusehen schienen.

Überwältigt schwenkte Clausen den Blick nach oben und ihm entfuhr ein leises »Donnerwetter«. Bei Tageslicht war es nicht zu erkennen gewesen, aber jetzt lag das Zentrum der Decke komplett im Dunkeln. Eine tiefe Schwärze schien Besitz vom Betrachter zu nehmen. Nur einzelne LED-Lichtpunkte simulierten an der Zimmerdecke einen perfekten Sternenhimmel. Von hier aus erschien es, als wenn der Raum endlos wäre und man direkt in den Himmel sah.

Er war so überwältigt gewesen, dass er nicht mitbekommen hatte, dass Gibson wieder neben ihm stand und triumphierend die Bibel unter den Arm geklemmt hatte.

»Wir haben Glück gehabt. Wie ich sehe, haben Sie sich schon von der besonderen Atmosphäre dieses Raumes einfangen lassen.«

»Das können Sie laut sagen. Es ist lange her, dass mich etwas so beeindruckt hat.«

»Dann haben Sie jetzt eines der Geheimnisse der Freimaurerei ergründet.«

Clausen schaute ihn fragend an.

»Ich sehe, Sie haben viele Fragen. Vielleicht kann ich einige beantworten: Sinn und Zweck eines Freimaurers ist es zu verstehen, dass seine Zeit auf dieser Welt begrenzt ist. Diese Zeit soll er sinnvoller Weise dazu benutzen, der Gesellschaft dienlich zu sein. Das kann er jedoch nur als ein vollkommener Mensch. Nun ist jeder Mensch aber mit Makeln behaftet. Diese bei uns selbst zu beheben, nennt man die Arbeit am rauen Stein. Dafür treffen sich die Logenbrüder zu sogenannten Tempelarbeiten. Damit sie dabei ungestört sind, es ist eine sehr meditative Tätigkeit, treffen sie sich an abgeschiedenen Orten. Sie nennen es Tempel. An diesen Orten herrscht für sie eine andere Zeitrechnung. Nicht die profane irdische Zeitrechnung, sondern die freimaurerische göttliche Zeitrechnung.«

Er blickte nach oben. »Und wo ist man näher zu Gott als unter einem Sternenhimmel?«

»Ich bin beeindruckt … und das ist nicht nur einfach daher gesagt.«

»Die Freimaurerei ist voller Symbole. Nicht, weil sie geheimnisvoll oder beeindruckend sind, sondern weil sie universell sind. Am Boden finden sie ein zweites Symbol und damit den Beweis, dass wir uns mitten in einem Tempel befinden.«

Clausen schaute nach unten, sah aber auf Anhieb nichts Relevantes, was ihn so fesselte, wie der Blick zur Decke. Auf dem dunklen Holzfußboden sah er lediglich unterhalb des schweren Eichentisches eine Fläche von weißen und schwarzen, schachbrettartig verlegten Holzfliesen.

»Was meinen Sie? Dieses Inhouse Schachspiel?«

»Das, mein Guter, was Sie ein Schachspiel nennen, nennt man einen musivischen Fußboden. Während Gott vollkommen ist, bildet dieser Fußboden das menschliche Wesen ab oder vielmehr die Gegensätze, die jedem Menschen eigen sind.«

»Also gut und böse?«

»Oder arm und reich, dick und dünn, schlau und dumm. Ganz wie Sie wünschen. Die Symbole sollen keine Doktrin sein, sondern zum Nachdenken anregen. Schwarze und weiße Felder als Symbole für das Gegensätzliche im Leben und in den Menschen.«

»Also wie Yin und Yang bei den asiatischen Völkern?« resümierte Clausen.

»Das hat den gleichen Ursprung, in der Tat. Nur wenn die Gegensätze ausgeglichen sind, hat der Freimaurer die höchste Erleuchtung erreicht. Das ist sein Ziel - heutzutage aber ein Wunschtraum, ein unerreichbares Ziel.«

Mit diesen Worten wandte Gibson sich um in Richtung Ausgang. Clausen folgte ihm, konnte den Blick aber nicht vom Boden lassen.

»Herr Gibson, den Schaden im Parkett, dort im musi… -dings Fußboden müssten Sie mal beheben lassen. Nicht, dass noch jemand hier stolpert.«

»Schaden? Mir ist kein Schaden bekannt.«

Mit fragendem Blick kam er zurück und folgte mit seinen Blicken dem ausgestreckten Arm seines Begleiters. Jetzt sah er es auch. In der Mitte des Parketts neben dem alten Holztisch stand die Ecke einer weißen Fliese fast unmerklich ab. Bei Tageslicht fiel es nicht auf, doch jetzt im seitlichen Schummerlicht der indirekten Beleuchtung warf es einen deutlichen Schatten.

»Sie haben recht. Das ist mir bisher nicht aufgefallen.«

Im Herangehen ging Gibson immer weiter in die Hocke, um den angeblichen Schaden zu begutachten.

»Merkwürdig. Das hätte ich doch sehen müssen.«

Er trat mit leichtem Druck auf die Ecke und erwartete, dass sie wieder zurückfedern würde. Die Fliese schnappte jedoch mit einem leisen Klicken wieder in ihre Normalposition. Zeitgleich war hinter ihnen an der Rückwand bei den Bücherregalen ebenfalls ein Klicken zu hören, gefolgt von einem kurzen, kratzenden Geräusch.

Beide fuhren erschrocken herum und trauten ihren Augen nicht. Ein Bücherregal unterhalb der Empore, das fast im Dunkeln lag, stand an einer Seite deutlich von der Wand ab und offenbarte eine Geheimtür.

Gibson sah Clausen mit einer Mischung aus Überraschung und Begeisterung an.

»Ich muss gestehen, dass das Gemäuer auch für mich offensichtlich noch einige Geheimnisse bereithält.«

Sie gingen näher heran und sahen, dass sich hinter dem schweren Regal ein Spalt aufgetan hatte, der den Blick auf eine dunkle und massive, aber schmucklose Tür freigab. Clausen zog seine Waffe und wollte gerade die chromfarbene Klinke herunterdrücken, als Gibson ihn am Arm packte und ihn zurückhielt.

»Warten Sie!« flüsterte er. »Wir können nur vermuten, was wir hinter der Tür finden, das ist ein klarer Nachteil für uns. Wenn sich dort jemand versteckt, haben wir keine Chance und sitzen in einer Falle. Wo auch immer wir herauskommen, wir müssen besser vorbereitet sein. So schwer es mir auch fällt, lassen Sie uns strategisch vorgehen. Wir kommen später wieder.«

»Sie haben wohl recht. Wir sollten die Unwissenden spielen. Dennoch müssen wir uns vorsehen. Gregor Maschmann und Manfred Krüger sehen wir so schnell nicht wieder, sie haben sich selbst verraten. Und genau das beunruhigt mich.«

»Mich ebenfalls, aber wir haben keine Wahl. Aber keine Sorge, wir kommen wieder.«

29

Dr. Glaser spürte seinen Rücken. Den ganzen Tag hatte er an seinem kleinen alten Schreibtisch in seinem Büro gesessen und den Bericht für die dendrochronologische Untersuchung fertiggestellt, die er gestern beendet hatte. Er druckte die Seiten aus, heftete sie in den blauen Schnellhefter und legte ihn beiseite.

Er lehnte sich an der Rückenlehne seines Bürostuhls, hob die Arme und bog seinen Rücken durch. Genüsslich streckte er sich. Er saß hier unten allein in seinem Büro, so konnte er sich erlauben, auch mal auszuspannen. Sein Büro befand sich am anderen Ende des Kellergewölbes und damit eigentlich weit genug entfernt von den Laboren mit seinen Säuren und Laugen. Aber auch bis hier drang der intensive Geruch, vor allem der Salzsäure. Seine Nase war mittlerweile immun gegen diese Gerüche. Einigen Gastforschern wurde hier unten schon einmal blass um die Nase, und sie mussten die Analyse unterbrechen oder vorzeitig beenden. So sprang er immer wieder ein, damit er seine Labore wieder für sich hatte.

Er war also Unterbrechungen gewohnt, obwohl es immer eine stressige Phase darstellte. Der Bitte seiner alten Freundin Ulrike Maywald würde er aber nachkommen. Er wusste, dass er für sie wie ein Doktorvater war und damit eine Vertrauensperson. Deshalb hatte er der Untersuchung, um die sie ihn gebeten hatte, gerne zugestimmt.

Es war mittlerweile Abend geworden und nur die Neonröhren an der Gewölbedecke spendeten ein kaltes und ungemütliches Licht. Er stand von seinem Bürostuhl auf, ging zur Tür und nahm den weißen Kittel vom Haken, der am grauen Türblatt hing. Er streifte ihn umständlich über. Nur widerwillig zog sich der Ärmel über seinen selbst gestrickten Pullover. Er mochte diese altmodischen Oberteile. Auch wenn er dafür manchmal belächelt wurde.

Er trat auf den Flur und ging drei Türen weiter, wo sich das Labor befand. Ab hier bemerkte er jetzt auch den intensiven Geruch der verschiedenen Chemikalien. Mit ihnen wurden die Proben behandelt, um sie für die anstehenden Untersuchungen zu reinigen oder in ihre Bestandteile aufzulösen.

Er trat ein und schaltete das Licht an. Flackernd leuchtete die Neonröhre auf und verfiel schließlich in ein sonores Brummen. Er ging an den Stahlschrank gegenüber des Eingangs und schloss ihn auf. Im Schrank war jedes einzelne Fach wiederum verschlossen. Hinter jeder Tür befand sich eine noch zu untersuchende Probe. Fein säuberlich getrennt in eigene und Fremdproben, die von Gastanalysten untersucht wurden. Er schloss Fach Nummer drei auf und entnahm das kleine Behältnis aus Plexiglas. Er ging zu einem Stahltisch, legte das Kästchen ab und nahm sich das Diktiergerät aus der Kitteltasche. Er strich sich seine langen Haare zurück.

»Analyse drei vom fünfzehnten Oktober …«

Ausschalten – einschalten.

»Fremdprobe mit der Bezeichnung dreizehn Strich zehn A - dunkelbrauner, leicht fleckiger Stofffetzen …«

Ausschalten.

Er ging in die Knie, um sich die Probe von der Seite anzusehen.

Einschalten.

»… circa zehn mal fünf Zentimeter groß. Die Webstruktur ist grob, die Ränder ausgerissen. Angefragt wurde eine Untersuchung auf Alter und Zusammensetzung des Stoffes durch Dr. Ulrike Maywald, von Person bekannt … und so weiter.«

Ausschalten.

Er steckte das Diktiergerät ein und nahm sich aus zwei Kartons, die auf dem Tisch standen, eine FFP2 Maske und ein Paar Kunststoffhandschuhe heraus und legte beides an. Er öffnete das Kästchen mit dem Stoff. Dann nahm er vom Rand des Tisches drei bereitstehende Petrischalen und öffnete diese. Er nahm eine Pinzette, ergriff damit die Probe, nahm eine Schere und zerschnitt die Probe in drei gleiche Teile. Je eine Petrischale bestückte er mit einer Stoffprobe und verschloss sie wieder. Dann nahm er Maske und Handschuhe wieder ab.

Für die Untersuchungen, die er mit Ulrike Maywald besprochen hatte, würde er eigentlich nur zwei Proben benötigen. Aber seine Erfahrung sagte ihm, dass es immer gut war, eine Reserve zu haben. Entweder, weil eine Analyse nicht wie gewünscht ablief, oder ein Ergebnis durch eine zweite Analyse bestätigt werden musste. Diesmal war es aber eher die Art und Weise, wie er um die Analyse gebeten worden war. Er hatte das ungute Gefühl, dass seine alte Freundin ihm irgend etwas verschwieg. Er ahnte, dass dieser Stoff, der jetzt in drei Teilen vor ihm lag, mehr Geheimnisse barg, als er jetzt noch ahnte. Er ging an einen zweiten Stahlschrank, zog sich Gummihandschuhe an und entnahm die Flasche mit der Natronlauge. Morgen würde er mehr wissen.

30

»Meine Herren, Sie haben kläglich versagt.«

Das dunkle Kellergewölbe wirkte für Gregor Maschmann und Manfred Krüger wie das letzte Verlies vor der Vollstreckung des Urteils. Obwohl es streng untersagt war, standen sie ohne freimaurerische, sondern in normaler Kleidung vor ihrem geistigen Oberhaupt. Dass sie ihn in seinem dunklen Umhang und der tief ins Gesicht gezogenen Kapuze nicht erkennen konnten, beunruhigte sie zusätzlich. Tatsächlich hatten sie ihn bisher noch nie ohne Umhang und nur mit verdecktem Gesicht gesehen. Ihr Meister blieb auch jetzt ein Unbekannter für sie.

Auf dem Altar stand eine einsam brennende Kerze und erhellte den Raum nur spärlich. Maschmann und Krüger auf der einen Seite des mittig im Raum platzierten Altars. Und zwischen ihnen der Leichnam, unter einem roten Samttuch verborgen. Dahinter die vermummte Gestalt, die ihr Meister war. Die Kerze ließ Schatten einen wilden Tanz auf den unverputzten Mauern tanzen.

»Ich habe Ihnen, Bruder Gregor, den klaren Auftrag erteilt, die Frau zu eliminieren. Sie waren dazu nicht in der Lage. Sie enttäuschen mich.«

»Ich bitte um Vergebung, ehrwü…«

»Schweigen Sie! Sie waren schwach. Ihr Geist und Ihr Körper gehorchten Ihnen nicht. Deshalb haben Sie den Rat und die brüderliche Hilfe unseres Bruders Manfred gesucht. Doch Sie beide waren zu sorglos.«

»Auch ich bitte um Vergebung, ehrwürdiger Meister. Doch meine …«

»Auch Sie enttäuschen mich, Bruder Manfred! Benötigen Sie Ausreden, um Ihre Schwachheit zu decken?«

Beide Männer schauten verlegen nach unten. Sie wussten nicht, was ihnen bevorstand. Aber dass sie ihren geheimen Orden in Gefahr gebracht hatten, wurde ihnen gerade sehr deutlich gemacht.

Der Orden der drei dunklen Rosen beruhte auf der Lehre des Apostels Judas. Sein durch eine frühchristliche radikale Sekte interpretiertes Evangelium war ihre Glaubensgrundlage. Christus galt bei ihnen zwar ebenfalls als höchster Lehrmeister, jedoch nicht als Erlöser, sondern als Vernichter der Menschheit. Der christliche Glaube war ein großer Fehler, davon waren die Brüder dieser schwarzen Loge überzeugt. Jeder, der ihn verteidigte, war ihr Feind. Die dunklen Messen, die sie in diesem Kellergewölbe abhielten, glichen daher einem Totenkult, eine fiktive oder auch eine reale Leiche war ihr Götzenabbild.

Die sich deutlich unter dem Samttuch abzeichnenden Formen eines Toten waren für Maschmann und Krüger in diesem Gewölbe daher nichts Unbekanntes. Doch jetzt konnte es für sie keine größere Warnung geben. Und dessen waren sie sich auch bewusst. Der Orden ging über Leichen, aber bisher hatte kein Logenbruder einem Gleichgesinnten etwas angetan. Darauf hofften beide jetzt ebenfalls.

Gregor Maschmann merkte, wie er feuchte Hände bekam. Sein Meister hatte auffällig lange nichts mehr gesagt. Dieser stand regungslos vor dem Altar und hatte den Kopf gesenkt. Er schien zu meditieren. Maschmann befürchtete jedoch eher, dass er sich eine Strafe für ihn überlegte. Eine unangenehme Nervosität stieg in ihm auf. Sein ganzer Körper verkrampfte sich immer mehr und er merkte, wie sein Rücken und seine Beine immer stärker schmerzten. Mittlerweile standen sie jetzt eine halbe Stunde hier in diesem abgedunkelten Raum. Langsam merkten sie, wie der Sauerstoff knapp wurde, die Sinne benebelte und einen unangenehmen Druck im Kopf auslöste.

Plötzlich und völlig unvermittelt riss der Logenmeister den Kopf in den Nacken, breitete die Arme weit aus und fing an zu rufen:

»Unser geistiger Führer, der Prophet und Seher Jesus aus Nazareth, hat zu mir gesprochen!«

Maschmann und Krüger wichen erschrocken einen Schritt zurück, nahmen jedoch schnell wieder ihre alten Positionen ein. Ihr Meister war aus seiner Trance erwacht und verkündete ihnen seine Eingaben.

»Unser Lehrmeister ist erzürnt, dass wir unsere Arbeiten nicht in seinem Sinne ausführen. Doch er ist gnädig. Er gibt uns noch eine letzte Chance.«

Er verfiel wieder in seine zusammengesunkene Haltung und flüsterte kaum hörbar:

»Brüder, legen wir unsere Hände auf den Altar, an die Seite unseres Bruders, der uns voraus ins Dunkle gegangen ist.«

Zögernd legten Maschmann und Krüger ihre Hände vor sich auf den Tisch. Nichts passierte.

Nach einigen quälend langen Sekunden schnellte der Arm des Meisters in die Höhe. Manfred Krüger konnte nur kurz den blanken Stahl in der Hand ihres Meisters erkennen, der für den Bruchteil einer Sekunde die Flamme der Kerze spiegelte.

Dann fuhr der Arm blitzschnell herunter und der Dolch bohrte sich in Krügers Handrücken, durchtrennte mühelos mit einem Knirschen Sehnen und Muskeln und blieb im Holztisch stecken.

Er schrie laut auf. Die wahnsinnigen Schmerzen ließen ihn in die Knie sinken. Mit der linken Hand hielt er verzweifelt seinen rechten Arm umklammert. Er wollte die Hand zu sich heranziehen, doch das Messer hatte sich tief in das Holz des Tisches gebohrt und fixierte seine Hand. Blut pulsierte aus der Wunde und färbte das Samttuch dunkelrot.

Jammernd und fast ohnmächtig vor Schmerz versuchte er mit der unverletzten Hand, das Messer herauszuziehen. Jede Bewegung verursachte größere Pein, die er mit einem leisen Wimmern beantwortete.

Maschmann stand geschockt mit aufgerissenen Augen und offenem Mund neben seinem sich krümmenden Logenbruder. Er hätte alles erwartet, aber nicht so etwas.

Sein Meister stand ihnen ruhig und mit gesenktem Kopf gegenüber. Seine Arme hatte er vor dem Körper verschränkt. »Jesus ist am Kreuz gestorben. Sein Wundmal soll dir eine Lehre sein. Ab jetzt gehorchst du mir wieder.«

»Ja, Meister, ich gehorche.«

Mit einem Ruck und einem lauten Schrei zog Krüger den Dolch aus seiner Hand und ließ ihn klimpernd auf den Steinboden fallen.

»Der Gutsherr und der Polizist sind Ungläubige. Sie werden euch suchen. Sie bringen unsere Loge in Gefahr. Deshalb müssen sie sterben. Sterben durch eure Hand. Als Beweis für ihren Tod übergebt mir jeweils die abgetrennte rechte Hand. Die Beseitigung der Sekretärin ist ebenfalls noch nicht vollendet. Auch hier bringt mir als Beweis für ihren Tod ihre rechte Hand. Und jetzt - hinfort!«

Krüger hatte seine blutende Hand unter die linke Armbeuge gepresst und versuchte so, die Blutung zu stoppen. Maschmann stützte ihn, als sie aus dem Raum in den geheimen Zugang gingen. Sie waren sich bewusst, dass es dieses Mal nur eine Warnung war. Würden sie wieder versagen, wäre eine verletzte Hand ihr geringstes Problem.

Der Meister ging ruhig durch den Raum zu dem alten Hochlehnstuhl, setzte sich langsam und sank in sich zusammen. Er rührte sich nicht mehr. Maschmann wagte einen vorsichtigen Blick zurück. War er tot? Oder in Trance? Er konnte es nicht beantworten, während er den Raum verließ. Manfred Krüger folgte ihm leise stöhnend. Er litt Höllenschmerzen und merkte, wie das Blut seiner Hand, die er immer noch in seiner Achselhöhle fixierte, sein Hemd mit jedem Herzschlag mehr durchtränkte.

31

Das Semester war diesmal ungewöhnlich umfangreich an Vorlesungen und Forschungsarbeiten. Dennoch musste Ulrike Maywald immer wieder an die Analysen denken, die ihr ehemaliger Kollege Andreas Glaser für sie durchführte oder durchführen ließ. Jedes Klingeln ihres Mobiltelefons machte ihr Hoffnung, dass ihr die Ergebnisse mitgeteilt werden würden. Doch die meisten Telefonate kamen von einigen ihrer wenigen Studenten, die sich nach dem Lehrstoff der anstehenden Klausuren erkundigten. Deshalb war ihre Stimmung relativ getrübt, als sie jetzt in ihrem Büro am Schreibtisch saß und die nächste Vorlesung über frühe Besiedlungsformen in Norddeutschland vorbereitete.

Das Brummen des Vibrationsalarms störte sie je in der Konzentration. Ohne hinzusehen, griff sie zum Handy und nahm das Gespräch an.

»Maywald. Hallo?«

»Hallo, hier ist Andreas. Entschuldige, es hat jetzt doch ein paar Tage gedauert.«

Schlagartig hellte sich ihre Stimmung auf.

»Andreas! Wie schön, dich zu hören. Du hast mich ganz schön zappeln lassen.«

»Ich weiß, tut mir leid.«

»Schwamm drüber. Hast du Ergebnisse? Sag' schon - ich platze vor Neugier.«

Obwohl sie so aufgeregt war wie ein kleines Schulmädchen, blieb ihr nicht der nachdenkliche Unterton in seiner Stimme verborgen.

»Ja, habe ich. Und die sind - na ja - nicht das, was ich erwartet habe.«

»Was meinst du damit?«

»Kannst du kurzfristig nach Schleswig kommen? Es ist etwas kompliziert, das am Telefon zu beschreiben.«

Die Fahrt von Kiel nach Schleswig war Ulrike Maywald bisher nie sehr lang vorgekommen. Sie konnte dabei telefonieren, in Gedanken die nächste Vorlesung vorbereiten oder sich mit guter Musik einfach die Zeit vertreiben. Aber diesmal hatte der Anruf von Andreas Glaser viel in ihr durcheinander gewirbelt. Warum mussten die Straßen ausgerechnet jetzt voller sein als sonst? Sie war froh, als sie die neue Levensauer Hochbrücke über den Nord-Ostsee-Kanal erreichte. Sie würde zwar immer noch eine gute halbe Stunde nach Schleswig brauchen, aber jetzt hatte sie nur noch Landstraße vor sich.

Es war kurz vor Mittag, als sie auf die Zufahrt zum Museum einbog. Sie hoffte inständig, dass sie um diese Tageszeit auf dem für Besucher gesperrten Personalparkplatz noch einen Platz finden würde. Sie hatte Glück, parkte ihren Wagen auf dem letzten freien Platz und lief im Laufschritt zum Eingang. Außer Atem stand sie schließlich vor dem Labor im Keller des Museums und klopfte an. Ein sichtlich überraschter Andreas Glaser öffnete.

»Donnerwetter! Bist du geflogen?«

»Ich bin so schnell gekommen, wie ich konnte. Du hast es so spannend gemacht.«

Sein Blick nahm wieder den professionell - ernsten Ausdruck an, den sie von ihm gewohnt war. Aber, wie schon am Telefon, war diesmal irgend etwas anders als sonst.

»Komm erst einmal rein.«

Nachdenklich betrat sie das Labor und sah ihn mit einer Mischung aus Neugier und Verunsicherung an. Sie zog ihren Mantel aus, legte ihn über die nächstbeste Stuhllehne und lehnte sich erwartungsvoll an einen der Untersuchungstische in der Mitte des Raumes.

»Andreas, du verwirrst mich etwas. Du bist so anders als sonst. Was ist passiert?«

Er sah sie an, griff dann hinter sich und legte zwei blaue Mappen auf den Tisch zwischen ihnen.

»Ich bin ebenfalls verwirrt, denn ich kann mir keinen Reim auf die Testergebnisse der DNA-Analyse machen. Aber lies zuerst die Ergebnisse der C14-Analyse. Denn hier lagen wir richtig.«

Er reichte ihr die Laborwerte der C14-Datierung. Sie schlug den Ordner auf, überblätterte die ersten Seiten, die ihrer Erfahrung nach eh nur allgemeine Erläuterungen zur Untersuchungsmethodik, Rahmenparameter und ähnliches enthielten. Schließlich kam sie zum Abschnitt Schlussfolgerung. Leise las sie die Zeilen. Schließlich sah sie zu Glaser auf.

»Das bestätigt doch unsere Annahmen.«

»Das sehe ich genauso. Die Analyse hat ergeben, dass der Stoff um 1750 gewebt wurde, und zwar aus Flachs. Die Datierung war nicht sehr einfach, da durch die Beeinflussung der Huminsäure der Wert verfälscht werden kann. Der Flachs wurde im 18. Jahrhundert im Hamburger Raum geerntet. Die Webart passt auch in die Zeit. Es ist eine sehr einfache Leinwandwebung, die vor allem für eine Art von Kleidung typisch war.«

»Wenn es eine sehr einfache Bindung war, dann tippe ich auf bäuerlich oder zumindest ländliche Bevölkerungsschichten?« schlussfolgerte Maywald.

»Da es sehr oberflächlich behandelt worden ist, ist es noch ein bisschen spannender«, entgegnete Glaser. »Wir haben ein solches Hemd hier sogar im Fundus. Die Webart ist identisch. Es ist definitiv ein Büßerhemd.«

Ulrike Maywald versuchte ihre Aufregung zu verbergen und nickte unmerklich. Am liebsten hätte sie jetzt laut gejubelt. Das passte in die Theorie eines ungläubigen Büßers, dem eine kirchliche Bestattung verwehrt wurde und der in ungeweihter Erde beigesetzt wurde.

»So weit, so gut« unterbrach Glaser ihre Gedankengänge, »aber jetzt kommt noch die DNA-Analyse aus Kiel. Dr. Martinek hat sich alle Mühe gegeben, da er selbst die Ergebnisse nicht glauben konnte.«

»Kannst du mir eine Kurzfassung geben? Ich bin mit diesen DNA-Analysen nicht so vertraut.«

Tatsächlich kannte sie alle wesentlichen Formen der DNA-Analyse. Aber sie wollte unbedingt vermeiden, dass Glaser bemerkte, wie sie vor Anspannung zitterte. Er wusste nicht genau, worum es ihr ging. Und das sollte auch so bleiben.

»Okay, dann lasse ich die Details weg. Also, ich habe die Hälfte der Probe nach Kiel in die Pathologie geschickt und es wurden drei verschiedene Typen von menschlicher DNA gefunden. Verschiedene Personen haben also ihre Spuren auf der Probe hinterlassen. Soweit nichts Ungewöhnliches. Es wäre verwunderlich, wenn wir nur eine Spur gefunden hätten, schließlich muss der Verstorbene durch jemanden bestattet worden sein.«

Ulrike Maywald hätte ihren alten Kollegen am liebsten kräftig geschüttelt. Das hatte sich an ihm auch nicht geändert. Bis Andreas Glaser bei einer Zusammenfassung zum Punkt kam, war die Spannung in der Regel verflogen. Sie merkte, wie sie ihm nicht mehr folgte und in Gedanken bereits die Neuigkeiten Andrew Gibson und Martin Clausen brühwarm servierte.

»... nicht älter als drei Jahre sein können.«

Schlagartig war Ulrike Maywald wieder im Hier und Jetzt.

»Entschuldigung - was hast du da gerade gesagt?«

»Tja, das haut dich auch um, was? Aber es stimmt. Aufgrund des Erhaltungszustands der DNA sind zwei von drei Spuren nicht älter als drei Jahre, eine davon wiederum ganz frisch. Eine DNA konnte nicht mehr rekonstruiert werden, sie stammen aber wohl nicht vom Toten. Aber eines ist klar: aufgrund des Erhaltungszustands der DNA war der Tote bis heute nicht länger als drei Jahre in der Gruft.«

»Moment mal. Das passt doch nicht. Wie kann der Fetzen über zweihundertfünfzig Jahre alt sein, aber keine Spuren aus dieser Zeit anhaften haben. Das ergibt doch keinen Sinn!«

»Siehst du jetzt, was mich so verwirrt hat?«

»Bist du dir ganz sicher?«

»Hier steht es. Schwarz auf weiß. Es gibt zwei Arten von Abdrücken. Die einen sind ca. drei Jahre alt, die anderen nicht älter als ein paar Tage.«

»Und die Proben sind nicht versehentlich vertauscht worden? Vielleicht hat jetzt die Pathologie in einem anderen Fall einen zweihundertfünfzig Jahre alten Mörder oder so. Oder ... oder vielleicht war die Probe zu klein, oder ...«

Sie suchte Hände ringend nach einer Logik in diesen Ergebnissen. Es musste mehr und ältere DNA vorhanden sein, etwas anderes konnte nicht sein.

»Du beschämst mich, Ulrike. Ich habe Möglichkeiten bereits geprüft. Es ist alles richtig gelaufen. Bei dem Fund, um den es sich hier handelt, wurde allem Anschein nach ein Toter vor wenigen Jahren in einem historischen Kleidungsstück bestattet. Aber es wird noch besser.«

»Das reicht mir eigentlich schon.«

»Dann mache ich es kurz. Aufgrund der DNA können wir nicht ohne weiteres sagen, wer sich hinter der Spur verbirgt, es sei denn, der Gesuchte hat schon einmal eine Probe abgegeben oder abgeben müssen. Das ist allerdings polizeiliche Arbeit, die wir nicht durchführen können. Aber etwas anderes können wir sagen: Die beiden untersuchten Spuren sind nahezu identisch. Die Personen waren mit an Sicherheit grenzender Wahrscheinlichkeit verwandt, und zwar in gerader Linie. Und sie kamen aus dieser Gegend.«

Er setzte eine ernste Miene auf: »Ulrike, um was geht es hier eigentlich?«

Sie ging zum Stuhl, auf dessen Lehne ihr Mantel lag und setzte sich. Wie konnte das sein? Sie hatte den Leichnam doch mit eigenen Augen gesehen. Es war mit Sicherheit ein mumifizierter Körper gewesen. Der konnte unmöglich nur drei Jahre alt gewesen sein. Und sie war sich absolut sicher, dass der kleine Fetzen, den sie gefunden hatte, auf jeden Fall aus der Gruft war.

»Ich weiß es nicht, Andy. Ich weiß es wirklich nicht.«

»Dann wird es höchste Zeit, dass du die Polizei informierst. Allem Anschein nach handelt es sich nicht um ein historisches Artefakt, sondern um einen Mord!«

»Das ist vielleicht gar nicht mehr notwendig«, sagte sie, als sie sich ihre Jacke anzog, das Büro langsam verließ und einen ratlosen Andreas Glaser zurückließ.

32

Das längere Fehlen von Gregor Maschmann und Manfred Krüger auf dem Gut war nicht unbemerkt geblieben. Die Erntezeit benötigte alle Einsatzkräfte und so entstand unter den Mitarbeitern bereits einiger Unmut, dass die beiden wichtigsten Personen der Arbeit fernblieben.

Die verletzte Hand wäre Krüger als Entschuldigung sehr recht gekommen, doch aufgrund der Vorkommnisse in Gaby Hansmanns Büro waren sie untergetaucht.

Der Keller des Gutshauses ging auf eine mittelalterliche Burg zurück, auf deren Grundmauern das heutige Gutshaus im siebzehnten Jahrhundert errichtet wurde. Die verschlungenen Wege und die unüberblickbar vielen Räume, die aus rauen Feldsteinen und teilweise aus alten Backsteinen errichtet worden waren, kannten sie wie ihre eigene Westentasche.

Die Begegnung mit ihrem geistigen Meister steckte ihnen noch in den Gliedern. Sie hatten ihn, soweit sie es beurteilen konnten, zwar noch nie als Mann kennengelernt, der Kompromisse machte. Aber die Morde der jüngsten Vergangenheit und die unmissverständliche Aufforderung, weitere Morde zu begehen, nagte schwer an ihrem Gewissen.

Maschmann hatte eine Taschenlampe organisiert und leuchtete damit den dunklen Kellergang vor ihnen aus. Manfred Krüger hatte seine verletzte Hand notdürftig mit einem Halstuch verbunden. Er spürte das schmerzhafte Pochen und merkte, wie das Blut das Tuch durchtränkte. Es quoll aus dem Verband und tropfte in großen Pfützen auf den Boden. Er merkte, wie ihm schwindelig wurde und er immer wieder ins Straucheln geriet, während er versuchte, mit Gregor Maschmann Schritt zu halten, der vor ihm im Laufschritt durch die dunklen Räume eilte.

Schließlich musste er sich an der rauen Wand abstützen.

»Gregor, warte. Ich kann nicht mehr …«

Maschmann hielt an, drehte sich um und leuchtete Krüger direkt ins Gesicht. Dessen Gesicht war kreidebleich und schweißnass. Der Blutverlust forderte immer mehr seinen Tribut, aber nicht nur das machte ihm zu schaffen.

»Reiß dich zusammen. Wir müssen zum alten Kohlenkeller. Durch die alte Schüttluke kommen wir wieder nach oben. Dann brauchst du dringend einen Arzt. Also, es ist nicht mehr weit.«

Er griff nach Krügers Arm und wollte ihn gerade weiter durch den dunklen Kellerflur ziehen. Doch dieser zog seinen Arm zurück und lehnte sich weiter gegen die Kellerwand.

»Ich kann niemanden umbringen, Gregor! Das geht einfach nicht.«

»Ich finde es auch furchtbar, sogar absolut beschissen. Aber welche Wahl haben wir denn, Manfred?« entgegnete Maschmann und zeigte dabei auf dessen dürftig verbundene Hand, aus der immer noch das Blut tropfte.

»Ich habe den Wenner auf dem Gewissen. Eine Erfahrung, die ich nicht noch einmal machen will. Aber deine Aufgabe war es, die Hansmann zum Schweigen zu bringen.«

»Aber sie ist unsere Kollegin! Das ist etwas anderes. Wir kennen sie beide schon so lange. Es muss doch noch eine andere Möglichkeit geben!«

»Die Idee mit der Entführung und dem guten Zureden hat ja auch ganz wunderbar funktioniert. Was ist los mit dir, Manfred? Ich erkenne dich nicht wieder. Ich bin sicher, sie wird auspacken! Und wenn das erst passiert ist, dann gute Nacht, Marie!«

Gregor Maschmann sah die Verzweiflung in Krügers Blick und bemerkte, wie diesem eine Träne über die Wange lief. Krüger wusste, dass sein Logenbruder recht hatte. Er hatte es verbockt und jetzt mussten sie beide die

Konsequenzen tragen. Jetzt untätig zu bleiben, würde die Angelegenheit noch verschlimmern. Die Aufforderung, neben Gaby Hansmann jetzt auch noch seinen Chef und den Ermittler zu töten, überforderte ihn. Vielleicht nicht körperlich, aber seelisch und moralisch auf jeden Fall.

Nervös begann er auf seiner Unterlippe herumzukauen. Er hatte sich in der Vergangenheit gründlich verschätzt. Alles hatte damit angefangen, dass mit dem Tod von Heinrich von Trancken seine moralische Stütze verloren gegangen war. Er hatte ihn groß gemacht, ihn gelehrt, sich durchzusetzen. Zur Not ohne Rücksicht auf Verluste, solange der Betrieb im Vordergrund stand. Krüger hatte versprochen, sich zu revanchieren und zugesagt, Gregor Maschmann weiterhin als seine rechte Hand zu fördern. Und er hatte es gut gemacht. Die Arbeiter hatten mindestens ebenso viel Respekt vor Maschmann wie vor ihm. Widerworte gab es nicht, egal, was die beiden anordneten. Keiner stellte dumme Fragen. Ihr Geheimnis der Loge wäre nie an die Öffentlichkeit gelangt.

Die Fortführung des Gutes durch die Tochter Katrin von Trancken war dann aber so nicht geplant gewesen. Vor allem die neuen Arbeitsmethoden ihres Ehemannes Andrew Gibson hatten eine Lawine ins Rollen gebracht, der sie nun ständig hinterherliefen, um sie aufzuhalten. So jedenfalls kam es Krüger vor. Die Situation, Lohnarbeiter während der Hochzeit der Ernte einzusetzen, konnten sie nicht beherrschen. Die externen Kräfte waren nicht angestellt und damit schlechter zu beeinflussen als die Arbeiter.

Er hatte jetzt nur zwei Möglichkeiten. Er musste sprichwörtlich schneller laufen als die Lawine rollte oder aufhören zu laufen. Beides kam ihm gleichermaßen unmöglich vor, wollte er aus der ganzen Angelegenheit heil herauskommen.

Er wog das Für und Wider im Kopf immer wieder gegeneinander ab. Er verzweifelte. Egal, was da kommen möge, er konnte und wollte niemanden umbringen.

»Gregor, ich kann das nicht. Ich bin kein Mörder!« schluchzte er und schlug mit seiner unverletzten flachen Hand klatschend auf die nackten Mauersteine.

»Wie bitte?« Maschmann traute seinen Ohren nicht. »Soll das heißen, ich soll für dich die Kohlen aus dem Feuer holen?«

»Nein … ja. Ich weiß nicht. Würdest du das tun?« Krüger sah ihn voller Angst an.

Maschmann bebte innerlich. Eine dicke Ader schwoll auf seiner Stirn an. Er wusste, was es bedeutete, wenn sie versagen würden. Es würde sie ihr eigenes Leben kosten. Und dieser Mann, den er für seinen Freund hielt, erlitt jetzt einen Nervenzusammenbruch.

»Weichei!«

Maschmann wandte sich um und ging mit schnellen Schritten den Gang weiter, sodass Manfred Krüger ihm kaum folgen konnte. Er würde es selbst machen müssen.

33

Auf der Rückfahrt von Schleswig nach Kiel flogen Ulrike Maywald wilde Gedankenfetzen durch den Kopf. Zum einen wollte sie ihren alten Freund Andrew Gibson so schnell wie möglich über die Neuigkeiten informieren. Auf der anderen Seite wusste sie nicht, wie er und Martin Clausen darauf reagieren würden, dass sie auf eigene Faust Untersuchungen angestellt hatte. Außerdem hatte sie aus der

Gruft ein Artefakt entwendet und damit, wie sie jetzt wusste, eventuell einen Tatort verändert.

Sie spürte den Druck in ihrer Magengegend. Erst jetzt wurde ihr bewusst, dass sie sich durch ihren Alleingang Ärger einhandeln konnte. Zum einen von Andrew Gibson, da sie ihn nicht eingeweiht hatte, und zum anderen von Martin Clausen, da sie sich in die Polizeiarbeit eingemischt hatte. Sie beruhigte sich mit dem Gedanken, dass die beiden ohne sie diese Informationen vielleicht nie oder erst viel später gewonnen hätten. Deshalb hatte sie sich dazu durchgerungen, Gibson eine kurze WhatsApp zu schicken, in der sie ihn bat, ihn auf dem Gut zu treffen.

Mit einem mulmigen Gefühl und steigender Nervosität bog sie in die Zufahrt zum Gut Lichtenhagen ein und hatte kurz danach den Gutshof erreicht. Ihr kleiner VW Polo wurde heftig durch die Schlaglöcher durchgeschüttelt, als sie schließlich vor dem Verwaltergebäude anhielt. Anhand der beiden Autos, neben denen sie angehalten hatte, erkannte sie, dass sowohl Gibson als auch Clausen vor Ort waren und auf sie warteten.

»Auf geht's, dann haben wir es hinter uns«, sprach sie sich Mut zu, als sie ausstieg und in Richtung des Verwaltergebäudes ging.

Angespannt saß Gaby Hansmann an ihrem Schreibtisch. Zwar waren Gregor Maschmann und Manfred Krüger seit mehreren Tagen nicht mehr auf dem Gut gesehen worden. Dennoch hatte sie Angst. Angst, dass die beiden ihre Tat vollenden würden. Sie war sich sicher, dass die beiden sie getötet hätten, wenn Martin Clausen sie nicht überrascht hätte. Die Spitze des Brieföffners, den ihr Krüger an die Halsschlagader gedrückt hatte, glaubte sie immer noch zu spüren.

Deshalb fuhr sie erschrocken aus ihrem Stuhl hoch, als sie Stimmen vor ihrer Bürotür hörte. Der Polizist, den

Clausen ihr zum Schutz vor dem Büro postiert hatte, befragte jemanden, der offensichtlich zu ihr wollte. Nervös ließ sie die Tür nicht aus den Augen. Sie hoffte verzweifelt, dass sich niemand gewaltsam Zutritt verschaffen wollte.

Langsam glitt die Tür auf und der Polizist steckte seinen Kopf durch den Spalt.

»Hier ist eine Dr. Maywald, die zu Herrn Gibson möchte. Soll ich sie gleich weiterschicken, Frau Hansmann?«

Gaby Hansmann kannte Dr. Maywald nur vom Hörensagen. Aber Gibson lobte sie stets in höchsten Tönen. Eigentlich wollte sie nichts mehr von der ganzen Geschichte hören, aber sie besann sich und bat sie herein.

Erstaunt stellte Gaby Hansmann in ihrem Gespräch fest, dass Ulrike Maywald mindestens genauso angespannt war wie sie. Nur aus anderen Beweggründen. Maywald wusste, wie Hansmann zu Gibson stand und deswegen hatte sie auch keine Bedenken, sie über den Grund ihres Besuches in Kenntnis zu setzen. Allerdings erwähnte sie nur, dass sie eigene Untersuchungen angestellt hatte. Das Ergebnis behielt sie vorerst lieber für sich.

»Lassen Sie uns gemeinsam rübergehen«, schlug Gaby Hansmann vor. »Ob ich hier heute sitze oder nicht - konzentriert arbeiten kann ich eh nicht.«

Dr. Maywald überredete sie unter einem Vorwand, lieber allein zu gehen. Sie konnte noch nicht einschätzen, wie Gibson und Clausen auf ihren Alleingang reagieren würden. Ihre Hoffnung war, dass das erwartete Donnerwetter nicht so heftig ausfallen würde. Auf jeden Fall brauchte sie dafür keine Zuschauer.

Andrew Gibson und Martin Clausen hatten sich derweil intensiv mit der Biblia obscura beschäftigt. Gibson hatte sie nach ihrem letzten Besuch in der Bibliothek an sich nehmen wollen. Schlussendlich hatte er es sich dann doch anders überlegt. Seiner Überzeugung nach gab es keinen sichereren Ort, ein Buch verschwinden zu lassen, als unter anderen Büchern. Er hatte es lediglich in dem riesigen Raum in einem anderen Regal abgelegt. Damit war es für jeden, der nach ihm suchte, aufgrund der Masse an vorhandenen Büchern praktisch unsichtbar und nahezu unmöglich wiederzufinden.

Jetzt saßen sie an dem alten Eichentisch in der Bibliothek und untersuchten im Schein der indirekten Beleuchtung den Kupferstich, der die satanistische Szene wiedergab.

»Ich hätte nie gedacht, dass solch ein Buch tatsächlich existiert. Bisher gab es nur Gerüchte, dass es auch Bibeln mit antichristlichem Inhalt geben könnte. So paradox dieser Satz auch klingen mag, daran geglaubt habe ich nie.«

»Bezogen sich die Gerüchte auch auf dieses Anwesen? So etwas kann doch bestimmt nicht ohne irgendwelche Hinweise von eingeweihten Personen erfolgen.«

»Es gab in diversen eingeweihten Kreisen in der Tat Gerüchte. In England gehen die Menschen wesentlich offener mit der Freimaurerei um und so gab es auch Gerede über Götzen verehrende schwarze Logen in Deutschland. Allerdings habe ich dem keine große Bedeutung beigemessen. Die familiären Verhältnisse und dieses Gut waren interessanter für mich. Ich habe zwar von meiner Frau früh erfahren, dass mein Schwiegervater in einer freimaurerischen Bruderschaft aktiv ist. Jedoch ging ich von einer regulären aus. Ich habe mich da wohl geirrt.«

Martin Clausen ging nahe an das Buch heran und sah sich intensiv die abgebildete Szene an. Obwohl es nur ein Bild war, war die Darstellung der satanischen Anbetung so real, dass ihn eine Gänsehaut überkam.

»Wer druckt so etwas? Ich meine - welche Buchdruckerei stellt freiwillig eine gotteslästerliche Bibel her?«

»Geld hat schon immer die Welt regiert, mein Guter. Und wenn ein Mitglied einer schwarzen Loge mit einem Auftrag und reichlich Geld lockt, wird sich schon jemand finden.«

»Darf man eintreten?«

Dr. Maywald stand in der Tür zum Saal und blickte sich verstohlen um.

»Hallo Ulrike«, antwortete Gibson, ohne sich zu ihr umzudrehen. Er stand auf, stützte sich mit beiden Händen auf dem Tisch ab und schaute in das Buch. Eine Strähne seiner sonst akkurat zurückgekämmten dunkelblonden Haare fiel nach vorne. Er strich sie sich sofort zurück.

»Ich bin überrascht, dass du erst jetzt kommst. Was hast du für Ergebnisse für uns?«

»Wie - woher weißt du von den Ergebnissen der Proben?«

»Ich wusste nichts von irgendeiner Probe. Bis eben. Du hast es mir gerade verraten. Aber du bist Wissenschaftlerin. Und es hätte mich schwer gewundert, wenn du mich ohne Grund um ein Treffen gebeten hättest.«

Obwohl sie von früheren Besuchen im Gutshaus die Bibliothek flüchtig kannte, trat sie ehrfürchtig und fast auf Zehenspitzen ein. Sie konnte selbst nicht genau sagen, ob es wegen des überwältigenden Raumgefühls oder wegen der für sie nicht einschätzbaren Situation war.

»Ich ... ich muss mit euch reden. Ich glaube, ich habe ein bisschen vorschnell gehandelt.«

Jetzt drehte sich Gibson doch zu ihr um. Clausen tat es ihm nach. Sie versuchte, sich nichts anmerken zu lassen, doch sie merkte, wie ihr Mund trocken wurde und sie sich räuspern musste.

»Wie wir besprochen hatten, habe ich mir noch einmal die Gruft angesehen. Dabei habe ich keine Mumie mehr gefunden, sondern nur noch einen Stofffetzen. Den habe ich im Labor des Landesmuseums auf sein Alter und zusätzlich forensisch untersuchen lassen. Dadurch habe ich vielleicht jemanden mit in Gefahr gebracht. Das tut mir leid, aber ...«

Während sie ihren vorher mühsam entwickelten Text stakkatoartig runterbetete, hob Gibson auf einmal die Hand, um sie zu stoppen. Verdutzt stockte sie und sah ihn mit einer Mischung aus Verwunderung und aufgeregter Erwartung an.

»Du brauchst nicht weiterzureden, Ulrike. Ich bin im Bilde.«

Ulrike Maywald und Martin Clausen schauten erst sich, und dann Gibson verdutzt an.

»Vielleicht kann mich auch mal jemand aufklären?«

Gibson setzte sich mit selbstgefälliger Miene auf einen der Stühle.

»Sicher, mein lieber Clausen. Jetzt sind wir ja alle beisammen. Gestern rief mich mein alter Freund Andreas Glaser an und erzählte mir, dass ihn eine alte Freundin von der Kieler Uni aufgesucht hätte und er für sie ein Stück Stoff analysiert hatte. Sie sagte, dass die Probe von einer anstehenden Grabung stammte. Das fand er merkwürdig, da aktuell keine Grabung geplant ist oder durchgeführt wird.«

»Und warum rief er dann ausgerechnet Sie an?« wollte Clausen wissen.

»Weil er gerade eine dendrochronologische Untersuchung einer Holzprobe dieses Dachstuhls durchführt. Er wollte mein Einverständnis, dass das Ergebnis sich etwas verzögert.«

»Du warst das? Andreas sagte mir, dass er eine Untersuchung durchführte. Die war von dir?«

»In der Tat. Als er mir erzählte, was ihm dazwischen gekommen war, musste ich nur noch eins und eins zusammenzählen. Nur die Ergebnisse kenne ich noch nicht. Aber deswegen bist du ja hergekommen. Stimmt's?«

»Stimmt.«

Jetzt schaltete sich auch wieder Martin Clausen in die Unterhaltung ein, der bisher nur interessierter Zuhörer war.

»Und woher kennen Sie diesen Andreas Glaser und warum können Sie so einfach eine Probe untersuchen lassen? Ich muss Ihnen sagen, dass Sie sich in polizeiliche Ermittlungen eingemischt haben und vielleicht sogar sachdienliche Beweise vernichtet haben. Wenn überhaupt, dann hätten die Proben in einem Polizeilabor untersucht werden müssen. Auf jeden Fall hätten Sie mich sofort informieren müssen. Ich hätte Ihnen mehr Sachverstand zugetraut, Frau Maywald!«

Sie bemerkte, dass er sie wieder siezte. Offensichtlich war er schwer verärgert, dass sich eine Zivilperson seiner Meinung zu intensiv in seinen Fall einmischte. Er war jedoch selbst erschrocken über seinen Ausraster, als er fortfuhr. »Denn, wenn ich richtig liege, arbeitet der Herr Glaser in einem Labor des Landes.«

»Ja, das stimmt.«

Gibson hob die Hand und zeigte so an, dass er der Unterredung eine neue Wendung geben wollte.

»Aber es ist auch ein Labor, das für private Untersuchungen offen ist.«

»Ja … und?«

»Ulrike hat also nur aufgrund eines Fundes, zu dessen Nachforschung ich sie beauftragt hatte, eine Untersuchung vornehmen lassen. Dass es zu solch einem Ergebnis führen würde, konnte sie ja nicht ahnen. Natürlich wollte sie sofort die Polizei informieren und das hat sie gerade getan, nicht wahr?«

Er zwinkerte Clausen verschmitzt zu. Dieser konnte sich ein Grinsen nicht verkneifen. Dieser Gibson verstand es immer wieder, verfängliche Situationen zu entschärfen.

»Jetzt sind Herr Clausen und ich sehr gespannt auf das Ergebnis der Untersuchung. Stimmt doch, oder?«

Martin Clausen nickte stumm. Er fühlte sich gerade zwar wieder mental etwas abgehängt, aber das konnte er Gibson nicht übelnehmen. Ulrike Maywald hingegen war erleichtert und beeindruckt, welche Kontakte Gibson hatte und spielen lassen konnte, wenn es darauf ankam.

»Ich werde aus den Ergebnissen nicht schlau. Der Stoff ist alt. Ungefähr zweihundertfünfzig Jahre. Das haben wir vielleicht alle auch so erwartet. Es konnten auch DNA-Spuren gefunden werden, die aber nicht passen wollen.«

Sie hielt inne und suchte nach den richtigen Worten, damit sie nicht unglaubwürdig klang.

»Es gab mehrere verschiedene DNA-Spuren. Die einen sind neueren Datums und die anderen ungefähr drei Jahre alt«.

»Es ist erstaunlich, dass überhaupt Spuren gesichert werden konnten. Obwohl ich da eher die kriminologische Untersuchung vorgezogen hätte.«

»Nun, ich denke, wir konnten vorher nicht ansatzweise ahnen, womit wir es hier zu tun haben. Mit einer Art von Untersuchung mussten wir nun mal beginnen. Und ich bin davon überzeugt, dass Andreas Glaser über jeden Zweifel erhaben ist. Aber nichtsdestotrotz, Ulrike, ein Vertauschen oder Verunreinigen der Proben kann ausgeschlossen werden?«

»Ja, Andrew. Das war auch meine erste Frage. Andreas hat es kategorisch ausgeschlossen. Aber es kommt noch besser.«

»Inwiefern?«

»Die Spuren stammen von zwei verschiedenen Personen, die miteinander verwandt waren. Und zwar in gerader Linie.«

»Wie meinst du das - in gerader Linie?«

»Nun, der Bericht sagt, dass die beiden DNA zu fast einhundert Prozent übereinstimmen. Die ältere Spur ist die eines Mannes, die jüngere ebenfalls. Es handelt sich also wahrscheinlich um Vater und Sohn oder Brüder.«

Clausen war auf einmal in heller Aufregung. Er stand von seinem Stuhl auf und lief ziellos im Raum umher, während er mehr zu sich selbst als an die Gruppe gerichtet, referierte.

»Das passt nicht zusammen … eine Mumie, aber keine alten Spuren … DNA von verwandten Personen … doch ein Mord? Noch einer? Doch das LKA …?«

Für Gibson ergaben sich allerdings andere Fragen. Er kombinierte die Dinge anders. Wem gehörten die Abdrücke? Was ist an ihnen so besonders? Was geschah in den letzten zweihundertvierzig Jahren mit Stoff und Grab?

Schließlich stand auch er auf und wandte sich an Maywald und Clausen. »Jetzt ist es an der Zeit, dass wir Ulrike in unsere Entdeckung einweihen. Jetzt müssen wir alle neuen Erkenntnisse zusammen betrachten.«

»Sie gehen bitte nirgendwo hin!«

Die Gruppe hatte sich gerade in Richtung Ausgangstür umgewandt, als plötzlich Manfred Krüger in der Bibliothek stand. Alle fuhren erschrocken herum und blickten zuerst in das sonnengegerbte Gesicht des Mannes und dann auf den blutdurchtränkten Verband seiner Hand.

»Wo kommen Sie her, wie sind Sie hier hereingekommen?!«

»Ganz ruhig, Herr Gibson. Das tut nichts zur Sache. Wir setzen uns jetzt alle an den Tisch und unterhalten uns ein bisschen.«

34

Was immer Manfred Krüger auch vorhatte, Martin Clausen war sich der Situation durchaus bewusst. Er schätzte den Mann als unberechenbar ein. Er war Mitglied einer Vereinigung, die Andrew Gibson als eine der größten religiösen Sekten einstufte. Sobald Fanatismus mit ins Spiel kam, wurden die kriminalistischen Karten neu gemischt. In jeder psychologischen Schulung, die er in den letzten Monaten besucht hatte, wurde das Thema immer präsenter. Jetzt hatte Krüger sie faktisch als Geiseln genommen. Er spürte seinen Pistolenhalfter. Das vermittelte ihm etwas Sicherheit. Und doch war er beunruhigt. Seine Gedanken kreisten im Kopf, er kam zu keiner vernünftigen Erklärung der Situation. Wie dem auch sei, seine Walther würde er hier sowieso nicht zum Einsatz bringen können ohne weitere Personen zu gefährden.

»Was wollen Sie von uns?« Ulrike Maywalds Stimme bebte, als sie als erste das Wort ergriff.

Sie hatten sich alle, wie es ihnen befohlen wurde, an den alten Eichentisch gesetzt und warteten darauf, dass Krüger endlich aktiv wurde. Dieser saß jedoch nur scheinbar teilnahmslos bei Ihnen und starrte auf die Tischplatte. Gibson wollte aus lauter Ungeduld schon wieder aufstehen und seinen Angestellten zur Rede stellen. Aber auch er war sich bewusst, dass Krüger praktisch drei Geiseln genommen hatte. Er wollte kein Risiko eingehen, denn der Mann war offensichtlich bereit, zu töten.

Schließlich stand Krüger langsam auf und Gibson sah zum ersten Mal in sein Gesicht. Er erschrak, als er es sah. Krüger war bleich und Schweiß stand ihm auf der Stirn. Hier saß kein Mörder. Vor ihnen erhob sich vielmehr ein psychisches und körperliches Wrack. Clausen sah, wie er nervös die Handfläche der unverletzten Hand an seinem

Hosenbein rieb, als ob er sich von ihr die Schuld abwaschen wollte.

»Es … es tut mir alles leid, was in den letzten Tagen passiert ist. Die ganze Situation ist außer Kontrolle geraten. Aber jetzt will ich nicht mehr. Ich … ich kann einfach nicht mehr …«

Gibson erhob sich ebenfalls und ging auf den Mann zu, der zitterte wie Espenlaub. Er merkte, dass von diesem Mann keine Gefahr ausging. Im Gegenteil. Dieser Mann brauchte Hilfe.

»Setzen Sie sich wieder zu uns und erzählen Sie, was außer Kontrolle geraten ist.«

Krüger sah ihn mit traurigen Augen an. Sein Kinn zitterte. Er atmete tief durch, nickte leicht und setzte sich wieder.

Auch Ulrike Maywald atmete tief durch. Für sie entspannte sich jetzt die Situation deutlich. Martin Clausen hingegen blieb skeptisch. Krüger war für ihn neben Maschmann das größte Ekel, das einem im Berufsleben begegnen konnte. Und so eine Person sollte jetzt einen Nervenzusammenbruch erleiden? Das passte nicht zusammen.

Krüger schaute Gibson unterwürfig an.

»Habe ich Ihr Wort, dass nichts von dem, was ich zu sagen habe diesen Raum verlässt?«

»Sie haben mein Wort.« Er wandte sich an Clausen und Maywald. »Könntet ihr diesen Raum bitte verlassen?«

Clausen fiel aus allen Wolken und stand wutschnaubend auf.

»Was ist los? Dieser Mann ist verdächtig, mehrere Morde begangen oder zumindest unterstützt zu haben! Außerdem neigte er zu aggressivem Verhalten und Tobsuchtsanfällen!«

»Ich weigere mich zu gehen, kommt gar nicht in Frage. Alleine schon zu Ihrem Schutz, Herr Gibson!«

Krüger senkte den Kopf und faltete die Hände so fest zusammen, dass die Knöchel weiß hervortraten. Seine Schultern bebten. Er weinte.

Gibson hob beschwichtigend die Hand und schaute Clausen und Ulrike Maywald, die ebenfalls aufgestanden war, mit festem Blick an.

»Bitte gehen Sie! Vertrauen Sie mir. Es wird mir nichts geschehen.«

»Na schön. Auf Ihre Verantwortung. Aber ich werde hinter der Tür warten. Und sollte ich auch nur ein seltsames Geräusch hören, ist die Zweisamkeit vorbei …!«

»Ich danke Ihnen, mein Freund.«

Clausen und Maywald verließen den Raum und schlossen die Tür zur Bibliothek hinter sich. Gleich nachdem sie draußen waren, zog Clausen seine Waffe aus dem Halfter und entsicherte sie.

Ulrike Maywald fasste ihn an den Arm.

»Du willst doch nicht wirklich …«

»Nein, natürlich nicht. Ich bin davon überzeugt, dass Gibson die Situation wirklich im Griff hat. Aber ich will für den Fall der Fälle vorbereitet sein.«

»Wir sind allein. Und nun, was kann ich für Sie tun?«

Krüger schaute Gibson an und fing wie ein Wasserfall an zu reden.

»Es wäre nichts passiert, wenn Wenner nicht die Wiederkehrsenke beackert hätte. Aber was sollte ich denn tun? Unsere Loge - unser Geheimnis ist in Gefahr.«

»Und Sie erhielten zusammen mit Herrn Maschmann den Auftrag von Ihrem Logenmeister, es unter allen Umständen zu wahren.«

»Unsere Loge ist schon lange nicht mehr zusammengekommen. Unser Meister hat uns erst jetzt wieder aufgesucht und uns instruiert.«

»Er hat Sie instruiert, den Leichnam zu bergen und sicher zu verbergen. Er ist das Götzenbild, das in Ihren schwarzen Messen verehrt wird. Die Auslöschung der Menschheit und Auferstehung mit gereinigter Seele ist Ihr Ansporn.«

»Ja, aber woher wissen Sie das? Wir haben uns stets verschwiegen verhalten.«

»Das haben Sie in der Tat. Aber der Umstand, dass einst eine blühende Loge hier auf dem Gut plötzlich ihre Arbeit einstellt, ist merkwürdig. Das war Ihr Fehler, somit wurden andere erst recht auf Sie aufmerksam. Schließlich haben wir Ihr zweites Symbol, die Biblia obscura, gefunden. Als ich die Reihenfolge der Evangelien und die Radierungen sah, wusste ich, worum es sich handelt.«

»Ich bin froh, dass Sie sie gefunden haben.«

»Warum suchen Sie das Böse? Ihr Handeln und Tun ist nicht das Ziel der Freimaurer. Was hat Sie verführt?«

»Als unser Meister starb, hatte ich meine Orientierung verloren. Er war mein Förderer und Mentor. Ich suchte nach Halt. Als der neue Meister kam, hatte ich wieder ein Lebensziel. Ich wusste, wo ich hingehörte. Aber als der Tod in unseren Arbeiten immer präsenter wurde, war ich verwirrt. Ich wurde cholerisch und aggressiv. Aber ich kann niemanden töten. Vor allem nicht Gaby.«

»Ihre Aufgabe war es, Gaby Hansmann zu töten?«

»Ja, aber ich kann es einfach nicht. Ich bin kein Mörder. Deshalb habe ich jetzt Angst um mein Leben.«

»Vertrauen Sie sich mir an. Sagen Sie mir, wer Ihr Meister ist, der Sie zum Töten verleiten will und wo Sie Ihr Götzenbild versteckt halten. Ich werde Ihnen helfen.«

»Ich weiß nicht, wer es ist. Ich habe ihn nur vermummt gesehen. Aber ich konnte einmal seine bloße Hand erkennen und den Siegelring, den er trägt. Da habe ich beschlossen, mich Ihnen zu offenbaren.«

»Konnten Sie das Siegel erkennen?«

»Ja, es war das Wappen der von Trancken.«

»Was sagen Sie da? Das Siegel der Familie meiner Frau?«

»Ja, ich bin ganz sicher, dass ich …«

Plötzlich zischte etwas heran und Krüger riss die Augen auf. Still starrten sie geradeaus. Dann blickte er erschrocken und verwundert zu Gibson und schüttelte leicht den Kopf. Ein Röcheln verließ seine Kehle, als sein Oberkörper erschlaffte und vornüberfiel. Mit einem lauten Knall schlug sein Kopf auf der Tischplatte auf. Ein Wurfmesser steckte bis zum Schafft in seinem Rücken und das karierte Arbeiterhemd nahm drumherum eine tiefrote Färbung an.

Gibson fuhr herum. Er sah nur noch einen zerschlissenen Umhang, der durch die Geheimtür verschwand, die sie neulich entdeckt hatten.

Er wandte sich wieder Krüger zu und beugte sich zu ihm herunter. Er merkte, dass er noch lebte und krampfhaft versuchte, etwas zu sagen. Er senkte seinen Kopf zu ihm hinunter, um seine leise Stimme besser hören zu können.

»Ihre Frau … sie ist in großer Gefahr.«

Dann atmete Krüger lange aus. Gibson wusste, dass er nicht wieder einatmen würde.

35

Aufgeschreckt durch den dumpfen Knall, als Krügers Kopf auf den Eichentisch knallte, riss Martin Clausen die Tür zur Bibliothek auf und rannte mit der Waffe im Anschlag auf Gibson zu.

»Was ist passiert?«

Gibson hatte sich entschlossen, nicht dem Mörder zu folgen. Er war sich sicher, dass der Geheimgang, durch den er geflüchtet und wohl auch gekommen war, nicht unmittelbar ins Freie führte. Gibson hatte die altertümliche, fast schon zerlumpte Kleidung des Mörders erkennen können. In diesem Aufzug würde man im Außenbereich auffallen wie ein bunter Hund. Der Gang musste also, da war er sich sicher, zu einem Raum führen, der ihm bisher unbekannt war. Außerdem hatte ihm Manfred Krüger mehr gesagt, als seinem Mörder lieb sein konnte. Er hatte ihm einen, zwar unvollständigen, aber wichtigen Einblick in die dunkle Loge gegeben. Dieses Wissen machte ihn zu einem nächsten potenziellen Opfer. Der Mörder hatte seine Aufgabe noch nicht erfüllt. Er würde ihn mit Sicherheit noch einmal zu Gesicht kommen. Es gab also keinen Grund, ihm zu folgen, der Mörder würde ihn aufsuchen und dann wäre er besser vorbereitet.

Nachdenklich richtete er sich auf und blickte zum toten Manfred Krüger. Warum war er nicht wachsamer gewesen? Vielleicht hätte er es verhindern können. Schließlich wandte er sich um und ging in Richtung Ausgangstür. Er hatte keine Eile. Alles, was jetzt kam, war Sache der Polizei, die jetzt in Person von Martin Clausen auf ihn zu rannte.

»Manfred Krüger war auf unserer Seite. Aber bevor er mir sein Herz komplett öffnen konnte, war jemand schneller als wir.«

Clausen trat an den Tisch heran und legte zur Sicherheit seine Finger an Krügers Halsschlagader. Als er keinen Puls fühlte, seufzte er leise auf und sah Gibson fragend an. Dann deutete auf die tödliche Waffe.

»Ein kleiner freimaurerischer Zeremoniendolch. Eigentlich sind sie stumpf, aber dieser hier wurde offensichtlich bearbeitet und zum Wurfdolch umfunktioniert. Damit hat der Täter zwei Fliegen mit einer Klappe geschlagen. Ich sollte gewarnt werden und der Singvogel singt nicht mehr.«

Ulrike Maywald kam langsam näher und schaute sorgenvoll den beiden über die Schulter. Als sie den toten Körper auf dem Tisch liegen sah, in dessen blutigem Rücken ein Messer steckte, schlug sie entsetzt die Hände vor das Gesicht und stieß einen hellen Schrei aus. Gibson drehte sich zu ihr um, fasste sie an den Schultern und drehte sie in Richtung Tür, um mit ihr den Raum zu verlassen.

»Komm, tu dir das nicht an. Lass uns rausgehen.«

Clausen beugte sich über Krüger, aus dessen Gesicht mittlerweile sämtliche Farbe gewichen war. Als er das Handy zückte, um die Mordkommission zu verständigen, merkte er, dass Gibson mit Ulrike Maywald die Bibliothek verließ.

»Wohin gehen Sie, Herr Gibson?«

»Wenn das, was Manfred Krüger mir sagen konnte, stimmt, dann ist meine Frau in großer Gefahr. Ich muss sie finden.«

»Wie ich Sie kenne, werden Sie mir nicht sagen, weswegen, oder?«

»Nein. Es ist besser, wenn Sie es vorerst nicht wissen. Unser Mörder hat sehr wahrscheinlich gehört, was ich jetzt weiß. Damit bin ich jetzt sein nächstes Ziel. Das gibt Ihnen wiederum mehr Freiraum. Gehen Sie bitte zu Frau Hansmann. Ich befürchte, es war ein Fehler, sie allein zu lassen.«

»Maschmann ist unberechenbar. Hier, nehmen Sie die mit. Für alle Fälle.«

Er hielt seine Pistole hoch und wollte sie gerade zu Gibson hinüberwerfen, als dieser abwinkte.

»Der Mörder ist durch die Geheimtür gekommen und dort auch wieder verschwunden. Behalten Sie sie, für alle Fälle, denn wegen Herrn Maschmann mache ich mir keine Sorgen. Ich habe meine eigenen Methoden.«

Er pfiff leicht durch die Zähne und sofort hörte Clausen, wie der Rhodesian Ridgeback die Treppe heraufgerannt kam. Er lief durch den Flur, rannte auf Gibson zu und blieb vor ihm mit hellwacher Miene stehen.

»Wir treffen uns bei Gaby Hansmann. Um den Geheimgang kümmern wir uns später gemeinsam. Auf keinen Fall alleine.«

Ulrike Maywald schaute Gibson aus verweinten Augen an. »Geheimtür? Was für eine Geheimtür?«

Er legte beim Hinausgehen beruhigend den Arm um sie. »Später, Ulrike, später. Ich bringe dich nach unten.«

Martin Clausen sah, wie die beiden mit dem Hund den Saal verließen und beendete währenddessen das Telefonat. Seine Kollegen waren alarmiert und auf dem Weg. Er war wieder einmal beeindruckt, wie loyal und treu dieser Hund gegenüber Gibson war. Er konnte sich gut vorstellen, dass das Tier es mit jedem Gegner aufnehmen würde, um sein Herrchen zu beschützen, auch wenn es sein Ende bedeuten könnte.

Er ging zur Biblia obscura, die immer noch aufgeschlagen auf dem Tisch lag. Er klappte das Buch leise und vorsichtig zu und nahm es an sich. Dann ging er zu einem Bücherschrank und ließ das Buch wieder in einer der unzähligen Reihen von Buchrücken verschwinden. Er war sich sicher, dass sie es noch einmal brauchen würden. Und solange sollte es kein anderer finden. Dann ging er wieder zum Tisch und setzte sich zu dem Toten. Und wartete.

»Was mache ich hier eigentlich?« fragte Clausen sich selbst.

Er sah sich um und bemerkte unterhalb der Tischplatte eine kleine Schublade. Er öffnete sie zuerst vorsichtig, dann fester. Mit einem protestierenden Quietschen ließ sie sich herausziehen. Er fand einige bunte Stoffdecken. Wieso sollte hier jemand Tischdecken aufbewahren? Er überlegte kurz. Dann nahm er eine hellblaue Decke heraus, klopfte leicht den Staub ab und entfaltete sie. Sofort sprang ihm bedrohlich das allsehende Auge entgegen, das von einem

Strahlenkranz umgeben war. Er faltete die Stoffdecke nachdenklich wieder zusammen. Er hatte sich mit den Zeremonien in Bruderschaften noch nie befasst. Was konnte noch auf ihn zukommen, was plante ihr unsichtbarer Gegner? Sollte er vielleicht doch besser eine spezielle Eingreiftruppe anfordern?

Er stand auf, ging nachdenklich zur Tür und fragte sich, ob er damit nicht doch zu weit ging. Er verwarf den Gedanken schließlich und verließ die Bibliothek in Richtung Foyer, als er hörte, dass auf dem Hof Autos vorfuhren und offensichtlich weitere Polizisten eintrafen.

36

Gaby Hansmann legte die Stifte beiseite und fuhr den Rechner herunter. Sie hatte kaum etwas geschafft. Ihre Konzentration war für heute aufgebraucht. Ihre gestrigen Erlebnisse nagten ihr Nervenkostüm mehr an, als sie sich eingestehen wollte. Aber sie war froh, dass sie heute trotzdem zur Arbeit gegangen war. Zuhause wäre ihr die Decke auf den Kopf gefallen. Hier hatte sie hingegen Zerstreuung und der Polizist vor ihrer Bürotür gab ihr ein wenig Sicherheit. Sie war dankbar, dass Katrin Gibson ihr seit einer Viertelstunde Gesellschaft leistete. Sie merkte, dass sie sich ernsthaft Sorgen um sie machte.

»Du hättest nicht kommen sollen, Gaby. Du hast schon genug durchgemacht. Ein bisschen Ruhe hätte dir gutgetan. Hoffentlich kehrt hier auch wieder endlich Ruhe ein. Ich weiß nicht, wie lange ich das noch durchhalte.«

Gaby Hansmann hatte bemerkt, dass die vor ihr sitzende und in sich zusammengesunkene Katrin Gibson sie zum ersten Mal geduzt hatte. Offensichtlich war auch sie mit den Nerven am Ende und suchte vertrauensvolle Nähe. Das konnte sie auch gut nachvollziehen, wenn man bedachte, dass langjährige Mitarbeiter, denen man bisher vertraute, sich plötzlich als skrupellose Kriminelle herausstellten.

»Wir müssen jetzt der Polizei und deinem Mann vertrauen, Katrin. Du kennst ihn länger als ich, aber ich habe ihn selten so entschlossen gesehen.«

Vor ihrem Büro wurde es plötzlich laut. Sie schaute von ihrem Bildschirm auf, der ihr gerade bestätigte, dass der Rechner herunter gefahren war.

Mit einem ohrenbetäubenden Knall prallte etwas mit voller Wucht von außen gegen die geschlossene Bürotür. Dann wurde es wieder still. Die beiden Frauen zuckten schreiend zusammen. Katrin Gibson sprang von ihrem Stuhl auf und lief um den Schreibtisch herum zu Gaby Hansmann.

Ein leichtes Stöhnen drang durch die Tür, gefolgt von einem Geräusch, als wenn ein lebloser Körper zur Seite gezogen wird.

Sie standen wie versteinert hinter dem Schreibtisch und schauten verängstigt die Tür an. Gaby Hansmann atmete entsetzt scharf ein, als die Klinke heruntergedrückt und die Tür einen Spalt geöffnet wurde. Ein Kopf schob sich langsam durch die Öffnung. Doch es war nicht der Polizist.

»Habe ich mir doch gedacht, dass ich dich hier noch finde, Gaby«, sagte Gregor Maschmann, als er die Tür ganz aufstieß. »Ach, und die Dame des Hauses ist auch da. Das ist ja perfekt.«

»Was willst du, Gregor?!«

»Nun, Gaby, sagen wir so. Ich soll schöne Grüße von Manfred ausrichten und ich werde das zu Ende bringen, was er nicht geschafft hat.«

Mit diesen Worten griff er in eine Tasche seiner Arbeitsjacke und zog ein paar weiße Lederhandschuhe heraus. Er streifte sie über und zog dann aus einer anderen Jackentasche einen kleinen Dolch.

Katrin Gibson nahm all ihren Mut zusammen, trat hinter dem Schreibtisch hervor und ging einen Schritt auf ihn zu.

»Machen Sie sich nicht unglücklich, Herr Maschmann. Ich bin sicher, die Polizei ist auf dem Weg. Ich lege ein gutes Wort für Sie ein und dann vergessen wir alles.«

»Machen Sie sich doch nicht lächerlich, Frau Gibson. Haben Sie es immer noch nicht gemerkt? Sie sind doch der Auslöser für diese ganzen Entwicklungen hier!«

»Ich? Warum denn ich?«

»Mann, seid ihr Adligen immer so schwer von Begriff? Womit hat denn der ganze Mist hier angefangen? Doch wohl mit Ihrem Mann und seinen bescheuerten neuen Arbeitsweisen. Wäre alles so gekommen, wie es geplant war und Felix hätte das Gut übernommen, dann wäre alles so geblieben, wie es immer gewesen ist und niemand wäre zu Schaden gekommen.«

Gaby Hansmann und Katrin Gibson schauten sich fassungslos an. Katrin Gibson fand als erste die Worte wieder.

»Felix? Felix ist fortgegangen. Ich war die Einzige, die das Gut übernehmen konnte. Sonst wäre es verkauft worden.«

»Sie haben keine Ahnung. Wie kann man nur so naiv sein. Das ist unfassbar.«

Er fing leise zu kichern an, was sich nach kurzer Zeit zu einem schallenden Gelächter ausbreitete.

Obwohl sich Gaby Hansmann immer noch nicht darüber klar war, was sie gerade gehört hatte, sah sie jetzt ihre Chance gekommen, zu flüchten. Während Krüger vor Lachen nach Luft schnappte, stieß sie Katrin Gibson an und deutete auf die offene Bürotür. Gibson nickte. Zwar stand Maschmann in ihrem Fluchtweg, aber wenn sie es geschickt anstellten, würden sie um ihn herumlaufen können, bevor er merkte, was passierte.

Sie nickten sich beide zu und Katrin Gibson lief los. Augenblicklich hörte Maschmann auf, zu lachen und packte sie im Laufen so fest am Arm, dass ihr die Luft wegblieb.

»Hiergeblieben, meine Teuerste. So weit kommt es noch!«

Mit diesen Worten holte er mit der rechten Hand aus, in der sich der Dolch befand. Katrin Gibson sah entsetzt hoch. Würde er jetzt zustechen, würde er direkt ihren Hals treffen.

Ein leises Schnalzen ließ Maschmann in der Bewegung verharren und er fuhr auf der Stelle herum. So konnte er gerade noch sehen, wie der Rhodesian Ridgeback aus dem Stand mit einem gewaltigen Satz knurrend auf ihn zusprang. Andrew Gibson stand in der Tür und hatte nicht einen Moment gezögert.

»Was zum …!«

Schützend hielt sich Maschmann den Arm vor das Gesicht. Der Hund verbiss sich augenblicklich mit der Kraft eines Schraubstocks in seinem Unterarm. Er schrie laut auf, ließ den Dolch fallen und fiel der Länge nach auf den Rücken. Er merkte, wie die Zähne des Hundes sich durch die Jacke in seinen Arm bohrten und das Blut aus den Bisswunden lief.

»Verdammt nochmal, nehmt den Köter weg!«

Er schlug wild um sich, doch der Hund lockerte den Biss nicht. Im Gegenteil. Je heftiger Maschmann zappelte, desto heftiger zerrte und knurrte der Hund und desto tiefer bohrten sich die Zähne in seinen Unterarm. Er schrie wieder laut auf.

Die Sirenen von Krankenwagen und Polizei Mannschaftswagen unterbrachen die Szene. Als sie auf den Hof fuhren, schnalzte Gibson seiner Hündin kurz zu. Diese ließ sofort los, legte sich vor Maschmann ab und fixierte ihn.

Maschmann umklammerte mit der linken Hand seinen Arm mit dem zerfetzten Jackenärmel, um die Blutung zu stillen. Er war sich sicher. Würde er jetzt eine falsche Bewegung machen, würde die Hündin ihn wieder angreifen. Also blieb er lieber liegen.

Gibson sah durch das Fenster. Clausen unterhielt sich auf dem Hof mit den ankommenden Polizisten. Er wandte sich um und ging zu ihnen. Er konnte beruhigt den Raum verlassen. Die Hündin würde es nicht zulassen, dass Maschmann flüchtete oder ihm folgte. Katrin Gibson umfasste leicht Gaby Hansmanns Arm und führte sie aus dem Raum. Die Hündin blieb bewegungslos vor Maschmann liegen, der sich ebenfalls nicht rührte.

Auf dem Hof angekommen, schilderten Gibson und Clausen den Polizisten und den beiden Sanitätern die Situation. Zwei der Polizisten und ein Arzt gingen daraufhin ins Büro, um Maschmann zu verhaften und die völlig aufgelöste Gaby Hansmann zu versorgen. Die anderen überquerten den Hof und warteten vor der Freitreppe auf Gibson, um den Tatort in der Bibliothek und Krüger zu untersuchen.

Ulrike Maywald hatte die ganzen Geschehnisse stumm neben Martin Clausen verfolgt. Sie hatte sich wieder einigermaßen gefasst, sprach den Arzt jedoch an und folgte ihm in das Gebäude. In die Bibliothek wollte sie auf jeden Fall nicht zurück.

Katrin Gibson ging auf ihren Mann zu und war sichtlich verwirrt und aufgeregt.

»Felix ist …«

»Ich weiß, meine Liebe. Felix ist wieder da. Er scheint der Meister der dunklen Loge zu sein. Und damit vermutlich auch der Auftraggeber der Morde.«

»Du weißt es?«

»Ich vermute es. Der Logenmeister der dunklen Loge ist unvorsichtig gewesen. Manfred Krüger hat den Siegelring deiner Familie an seinem Ringfinger gesehen. Dieser Ring wird nur an männliche Nachfolger vererbt. Entweder ist es dein Bruder oder jemand hat den Ring an sich genommen. Er hat allerdings einen eher geringen materiellen, dafür aber einen hohen symbolischen Wert. Für einen Dieb wäre er damit praktisch wertlos. Es sei denn …«

»Es sei denn, jemand anderes erhebt noch Ansprüche auf das Gut und fühlt sich als sein rechtmäßiger Eigentümer und unterstreicht mit dem Besitz des Siegelrings auch die Besitzansprüche auf dieses Gebäude. Vielleicht ein weiterer Logenbruder«, beendete Clausen den Gedanken von Gibson.

Gibson nickte nachdenklich. »Ja, das wäre durchaus möglich.«

Er nahm seine Frau in den Arm und spürte, dass sie vor Angst zitterte. Schließlich sah er sie an. An seinem Blick erkannte sie, was er vorhatte. Er wollte diese Episode des Gutes Lichtenhagen jetzt und für immer beenden.

Er löste seine Umarmung, küsste sie auf die Stirn und wandte sich Clausen zu.

»Und wir beide kümmern uns jetzt um den dunklen Logenmeister.«

Clausen schaute sein Gegenüber fragend an. Er schätzte den Sachverstand und die Kombinationsfähigkeit von Gibson. Aber er war nicht die Polizei. Und selbst, wenn er ihn gewähren lassen würde, bekäme er mindestens eine Dienstaufsichtsbeschwerde, wenn Gibson »im Einsatz« etwas passieren sollte.

»Ich wäre Ihnen dankbar, wenn Sie das der Polizei überlassen würden«, konterte Clausen schließlich. Aber er befürchtete, dass er die Antwort darauf schon kannte.

»Mein lieber Clausen, Sie kennen mich jetzt schon etwas länger. Glauben Sie, dass ich Ihnen den Gefallen tun werde?«

»Ich fürchte nein.«

»Sehen Sie. Bitte nach Ihnen.«

Gibson trat zur Seite und mit einem leichten Achselzucken ging Clausen an ihm vorbei.

»Ich möchte mitkommen.«

Katrin Gibson fasste ihrem Mann an den Arm.

»Das halte ich für keine gute Idee. Wir wissen nicht, was uns erwartet. Ich würde es mir nie verzeihen, wenn dir etwas zustößt.«

»Es geht vielleicht um meine Familie. Um meinen Bruder. Wenn er hinter allem steckt, was in der letzten Zeit passiert ist, dann ist er mir eine Erklärung schuldig.«

Gibson konnte dem nichts erwidern. Sie hatte recht.

»Also schön. Aber halte dich hinter mir. Fenja wird uns schützen.«

»Einverstanden.« Sie schaute zur Hündin, die neben ihr saß und hechelnd die Umgebung im Auge behielt. »Fenja, komm!«

Die Hündin verharrte regungslos und ignorierte die Ansprache.

»Fenja!«

Gibson grinste. Das Tier war nur auf ihn geprägt und solange er im Raum war, würde es keinem anderen Befehl gehorchen. Ein geflüstertes »Auf« sorgte dafür, dass die Hündin nur kurz den Kopf zur Seite neigte, auf der Stelle aufsprang und zu ihrem Herrchen lief.

Katrin Gibson folgte ihnen. »Blöder Hund.«

37

Wütend stand er in der Bibliothek des Gutshauses und riss ein Buch nach dem anderen aus den Regalen. Wo war sie? Wo war die Bibel, die die Glaubensgrundlage seiner Loge war? Fluchend warf er die wertvollen Bücher eines nach dem anderen auf den Boden. Blätter rissen aus den morschen Bindungen heraus und flogen durch die Luft. Er rannte zur Wendeltreppe, um auf die Empore zu gelangen. Dort fuhr er mit seinen Verwüstungen fort. Die ersten Werke begutachtete er noch intensiv und blätterte schnell in ihnen. Die nächsten riss er nur noch wahllos aus den Fächern und warf sie über die Balustrade. Mit lautem Knall landeten die schweren Bücher auf den Holzfußboden. Das Symbol seiner Loge war verschwunden.

Alle hatten sie versagt. Gregor, Martin und schließlich er selbst. Die Loge zu den drei schwarzen Rosen war enttarnt. Das Lebenswerk seines Vaters zerstört. Aber er hatte einen Plan. Er würde alle Symbole vereinen und eine neue Loge gründen. Noch größer, noch einflussreicher als hier auf Gut Lichtenhagen. Das war er seinem Vater und seinen Mitbrüdern schuldig. Also musste er die Biblia obscura finden. Um alles auf der Welt.

Er hielt in seiner Suche inne und stützte sich schwer atmend an einem Bücherregal ab. Wie er Andrew Gibson hasste. Wäre er nicht gewesen, wäre er jetzt Gutsbesitzer und Logenmeister der mächtigsten dunklen Loge Deutschlands. Genau wie sein Vater es sein wollte und diese Aufgabe an ihn übertragen hatte.

Felix von Trancken drehte sich langsam in seinem dunklen Umhang um, stützte seine Hände auf die Brüstung und schaute auf den musivischen Fußboden, der jetzt Bibliothek und damals auch Logenhaus war, als es noch eine parallele, eine reguläre Loge gab. Sie sorgte dafür, dass niemand Verdacht schöpfte. Die dunkle Loge hatte ihren

Tempel im alten Verlies des Gutshauses gefunden. Er und sein Vater wussten aus alten Aufzeichnungen, dass es ein Verlies geben musste, aus der Zeit, als auf dem Gut noch die mittlere Gerichtsbarkeit der Region gesprochen wurde. Eher durch Zufall waren sie auf den Geheimgang gestoßen, der wohl aus der Zeit stammte, als die Räume zur Bibliothek umgebaut wurden. Die alten Verliese, die sie fanden, waren ideal für ihren Tempel gewesen. Sie fanden in ihrer althergebrachten Loge schon lange nicht mehr die Antworten, die sie sich auf ihre inneren Fragen erhofften. Hätten sie gewusst, dass durch ihre Vernachlässigung der regulären Loge jemand aufmerksam werden würde und neugierig war, dann hätten sie anders gearbeitet. Aber nun war Andrew Gibson hier.

Er schaute zu dem Tisch, an dem, abgedeckt, der Leichnam von Martin Krüger halb saß, halb lag. Er lächelte. Was hatte er doch für einen gelungenen Wurf hinbekommen. Sie hatten alle versagt und er hatte ihnen die gerechte Strafe zukommen lassen. Und jetzt würde er selbst dafür sorgen, dass auch Andrew Gibson ihn und seine Loge, sein Lebenswerk, nicht weiter gefährdete. Und er würde sich an ihm rächen. Er würde ihm das nehmen, was ihm am liebsten war: seine Frau. Es ließ ihn kalt, dass er damit auch seine eigene Schwester umbrachte. Katrin und er hatten schon lange nicht mehr miteinander gesprochen. Ihr Tod wäre ihm egal. Was zählte, war der Fortbestand der Loge - sonst nichts.

Langsam stieg er die Wendeltreppe hinunter und ging schnurstracks auf den Leichnam zu, um das Wurfmesser herauszuziehen und mental mit dem Namen seiner Schwester zu versehen.

Als er fast an den kalten Körper von Manfred Krüger heran getreten war, hörte er plötzlich Stimmen, die aus dem Flur zur Bibliothek kamen. Es war nicht die Stimme von Gibson oder Maschmann. Die Spurensicherung war angekommen und steckte gerade den Schlüssel in das Schloss, um die Bibliothek zu öffnen.

Felix von Trancken hechtete die letzten Meter zum Tisch und trat mit voller Wucht auf den geheimen Öffnungsmechanismus. Mit einem Klicken öffnete sich die Zugangstür zum ehemaligen Verlies, das jetzt sein neuer Tempel war. Er rannte zur Geheimtür, lief hindurch und zog sie hinter sich zu. Er lauschte und hörte, wie die Tür zur Bibliothek gerade in dem Moment geöffnet wurde, nachdem die Geheimtür leise ins Schloss fiel.

Er lief die unregelmäßigen Steinstufen in das ehemalige Verlies hinunter. Er war sich sicher, dass Gibson den geheimen Eingang früher oder später finden würde. Wenn er es nicht schon getan hatte. Aber er würde ihnen einen Empfang bereiten, den sie nicht mehr vergessen würden.

Seine Schritte wurden langsamer, als er den großen, hohen Raum betrat, den nur die wenigsten Menschen kannten. Schummerlicht umfing ihn, doch er kannte die Atmosphäre und seine Augen gewöhnten sich schnell an die Dunkelheit. Er blickte sich um und ging dann langsam zum anderen Ende des dunklen Raumes zum Meisterstuhl, den er bei den letzten Arbeiten so oft genutzt hatte. Er nahm ein Streichholz und entzündete die Kerzen auf den beiden fast mannshohen, silbernen Kerzenleuchtern, die den Meisterstuhl flankierten. Der Raum wurde vom warmen Licht der Kerzen erst zögerlich, dann immer stärker erhellt und verliehen der Szene eine feierliche Stimmung. Dennoch wirkte der Raum durch die felsigen, unbehauenen und unbehandelten Wände, die kaum einen Lichtstrahl zurückwarfen, erdrückend und bedrohlich. Er fühlte sich wie in einer Gruft, tief unter der Erde. Geborgen und bedrohlich zugleich. Er liebte diese morbide Atmosphäre und nahm auf dem Meisterstuhl Platz. Er schlug die Kapuze seines dunklen, zerschlissenen Umhangs über seinen Kopf und senkte den Blick. Er betete, wie er es hier so oft getan hatte. Er betete zu Judas, dem verstoßenen Evangelisten, dass er ihm Kraft geben möge.

Nach kurzer Zeit hob er den Blick und schaute zu dem Altartisch, der sich in der Mitte des Raumes ihm gegenüber befand. Langsam erhob er sich und durchschritt feierlich den Raum. Sein Umhang raschelte bei jedem seiner Schritte, die vom dicken Teppich gedämpft wurden. Dann hatte er den Altar erreicht. Er wurde immer noch von einem roten Samttuch bedeckt, unter dem sich die Umrisse eines Skeletts abzeichneten. Behutsam, fast zärtlich legte er seine Hand auf den zugedeckten Schädel. Er senkte den Kopf, schloss die Augen und fing an zu flüstern.

»Ich gelobe es, mein Gebieter. Ich werde dich nicht enttäuschen.«

38

Clausen drängte zur Eile und lief im Laufschritt die Treppe in den ersten Stock des Gutshauses hoch. Schließlich stand er im Flur, der direkt zur Bibliothek führte. Seine Kollegen waren bereits dort und schlossen gerade die Tür zum Tatort des Mordes an Martin Krüger auf. Er schaute wieder die Treppe hinunter und sah, wie Gibson mit seiner Frau gemächlich die Treppe hoch schlenderte.

»Vielleicht können wir uns etwas beeilen? Wir verfolgen immerhin einen Mörder!«

»… der jedoch nicht fliehen wird oder kann. Nur die Ruhe, mein Bester.«

»Nun«, sagte Gibson, als er mit seiner Frau und dem Hund die oberste Stufe erreichte, »hier auf dem Gut befindet sich jetzt eine Vielzahl von sensibilisierten Polizisten, denen er bestimmt auffallen würde. Zum anderen wurde seine Loge enttarnt. Er wird jetzt zunächst seine freimaurerischen Werkzeuge vereinen, und erst dann nach einer Gelegenheit zur Flucht suchen. Und nach einem Utensil wird er in der Bibliothek suchen müssen.«

Clausen schlug sich mit der flachen Hand an die Stirn.

»Die Bibel! Die habe ich ganz vergessen. Ich hoffe, er hat sie noch nicht gefunden!«

»Sie haben sie wieder versteckt?«

»Ja, ich habe sie vom Tisch genommen und wieder in eines der Regale geschoben und an verschiedenen Stellen in den Regalen den Staub verwischt.«

»Perfekt - dann ist sie praktisch unsichtbar und könnte überall stehen. Wir haben sogar noch mehr Zeit, als ich dachte. Ohne die Biblia obscura wird er das Gut nicht verlassen. Sie ist *das* Symbol der dunklen Loge.«

Als sie die Bibliothek betraten, blieb Andrew Gibson wie angewurzelt stehen.

»Um Himmels Willen. Er hat bereits nach der Bibel gesucht. Seht euch nur die Rohheit an, mit der Felix vorgegangen ist.«

Gibson ging durch die Reste dessen, was früher einmal Bücher waren und schüttelte fortwährend den Kopf. Ab und zu ging er in die Hocke und versuchte, einzelne Blätter wieder in die Bücher zu stecken so, als wenn er hoffte, dass sie dadurch wieder ihre ursprüngliche Form annehmen würden. Immer wieder murmelte er unverständliche Worte, die sein Unverständnis ausdrückten.

»Ihn nimmt das aber sehr mit«, flüsterte Martin Clausen Katrin Gibson zu, die noch immer in der Eingangstür standen. »Das sind doch nur Bücher.«

»Da irren Sie sich, Herr Clausen. Gewiss, es sind nur Bücher, aber diese Bücher sind die eigentliche Seele des Hauses. Sie vereinen das ganze Wissen mehrerer Jahrhunderte dieser Region. Dass sie im Freimauertempel dieses Gutes untergebracht sind, ist kein Zufall.«

»Wieso?«

»Nun«, sagte sie und wandte sich ihm zu, »was ist der Grundgedanke der Freimaurerei? Erlangen von Vollkommenheit. Als meine Vorfahren diese Bibliothek in die Räume der Loge integrierten, waren diese Bücher das Symbol des vollkommenen Wissens dieser Region. Jeder Wissensbereich sollte vorhanden sein, in größtmöglicher Fülle. Und damit eine Verbindung schaffen zwischen der freimaurerischen und der profanen Welt.«

»Aber das ist doch unmöglich. Man kann nicht das gesamte Wissen an einem Ort zusammentragen.«

»Das ist zu einem gewissen Grad natürlich symbolisch gemeint. Aber schauen Sie sich doch um. Die Bibliothekare und Paläografen der Kieler Universität sind der Ansicht, dass dieses der größte literarische Schatz in Schleswig-Holstein ist.«

Gibson kam mit gesenkter Mine auf die beiden zu. Er war sichtlich verstört.

Clausen schnalzte mit der Zunge.

»Das habe ich nicht gewusst.«

»Und diese Einschätzung der Fachleute aus Kiel ist genau unser Problem«, meinte Gibson, der die Unterhaltung der beiden teilweise mitgehört hatte.

»Diese Sammlung hat einen unschätzbaren Wert. Deshalb findet sich auch keine Versicherung, die sich bisher bereit erklärt hätte, diese Bibliothek zu versichern. Und was würde es in so einem Fall wie diesem jetzt hier bewirken? Einige Bücher sind zerstört. Auch wenn wir eine Entschädigung erhalten würden, wäre das Buch immer noch zerstört. Es gibt nirgendwo ein weiteres Exemplar. Wenn jetzt auch die Biblia obscura darunter sein sollte, wäre es ein sagenhafter Verlust. So ein Buch existierte bisher nur in Mythen.«

Clausen überlegte kurz, dann löste er sich von den beiden und ging auf eines der Regale zu.

»Na, dann will ich mal teilweise die Situation retten.«

Er ging zu einem der Regale, schaute sich kurz die Buchrücken an und zog dann zielsicher eines der alten Lederbände aus der Buchreihe. Gibson war ihm gefolgt und stieß einen leisen Vergnügungsschrei aus.

»Hervorragend! Damit sind wir Felix ein großes Stück voraus.«

39

Während die Leiche Krügers untersucht wurde, traten Gibson und Clausen an die Polizisten und Sanitäter heran. Einer der Sanitäter richtete sich auf und wandte sich an Clausen.

»Das Opfer ist durch einen spitzen Gegenstand von hinten erstochen worden. So wie es den Anschein hat, wurde sofort die Aorta thoracica durchtrennt.«

»Das ging so schnell, dass er es gar nicht hatte kommen sehen.«

»Ja, Herr Gibson. Der Stoß war so präzise, dass vermutlich innerhalb kürzester Zeit eine Bewusstlosigkeit einsetzte, da der Blutdruck aufgrund der Verletzung sofort rapide gesunken ist und er innerlich verblutet ist. Er hat es wahrscheinlich gar nicht so schnell realisiert, was mit ihm gerade passiert.«

»Das ist auf der einen Seite beruhigend, aber auf der anderen Seite auch erschreckend«, dachte Clausen laut.

Gibson ging ein wenig um den Tisch herum, ging vor dem toten Manfred Krüger in die Knie und sondierte den Raum.

Clausen schaute ihn verwundert an.

»Was tun Sie da? Ein stilles Gebet hat dieser Mann doch eher nicht verdient, oder?«

»Das, mein lieber Clausen, sehe ich ein bisschen anders. Kein Mensch ist so wenig Wert, um auf diese Weise ums Leben zu kommen. Mir geht es aber eher darum, woher der Wurf kam.«

Clausen errötete. Diese Frage hätte eigentlich er stellen müssen.

Der Sanitäter wandte sich der Wunde zu, die zwar klein war, aber durch die Durchtrennung der Aorta einen enormen Blutverlust hervorgerufen hatte. Gibson war insgeheim dankbar, dass Krüger immer ein sehr dickes Bauwollhemd trug, dass das Blut aufgesogen hatte. Wäre das Blut auf den alten Holzfußboden getropft, hätte dieser es aufgesogen wie ein Schwamm.

»Es war definitiv kein Messer, dass die Verletzung hervorgerufen hat. Eher etwas Kleineres, wie ein Speer oder Pfeil.«

»Nur ein Tipp unter Kollegen«, blinzelte Clausen dem Sanitäter sarkastisch zu, »bergen wir die Waffe und wir haben die Antwort.«

»Glauben Sie mir Herr Clausen, ich mache meinen Job auch nicht erst seit gestern. Ich würde sie sichern lassen, wenn sie denn da wäre.«

»Was meinen Sie damit?« fragte Clausen. »Er ist durch dieses Wurfmesser oder Dolch getroffen worden.«

Der Sanitäter zuckte mit den Schultern.

»Das glaube ich Ihnen gerne, die Wunde weist, wie gesagt, die typischen Merkmale einer Stichverletzung auf. Die Waffe an sich ist jedoch weg.«

Clausen wandte sich an Gibson und sah ihn mit einfallsloser Miene an.

»Der Mörder muss sie wieder an sich genommen haben. Damit haben wir wieder keinen Beweis, wer womit den tödlichen Wurf ausgeführt hat.«

Katrin Gibson, die an der Eingangstür der Bibliothek verharrte, um die brutale Tatortuntersuchung nicht mit ansehen zu müssen, verschränkte die Arme vor der Brust. Andrew Gibson bemerkte, wie sehr sie mit sich kämpfte und ging zu ihr.

»Willst du nicht doch wieder runter gehen?«

»Warum sollte Felix das alles tun? Was haben wir ihm getan, dass er so gewalttätig geworden ist?«

»Das weiß ich auch nicht. Aber wenn wir ihn finden, wird er vielleicht nicht mehr der Felix sein, den du kennst. Das wird nicht einfach für dich werden.«

Sie schüttelte energisch den Kopf.

»Nein, ich will mitkommen!«

Er sah sie zweifelnd an. Es fiel ihm nicht leicht, aber er wusste, dass er es ihr nicht würde ausreden können. In dieser Beziehung waren sie sich zu ähnlich. Sie hatten beide den gleichen Dickkopf. Wenn sie sich etwas in den Kopf gesetzt hatte, dann würde sie es auch durchziehen.

»Wir können hier nicht viel mehr tun, als die Polizisten ihre Arbeit machen zu lassen. Kommissar Clausen und ich … dann weise ich dich in die neuen Geheimnisse dieser Bibliothek ein. Mal schauen, wohin sie uns führen.«

Gemeinsam gingen sie zu Martin Clausen, der die ganze Zeit die obskure Bibel nicht aus dem Arm gegeben hatte. Andrew Gibson nickte ihm kurz zu.

»Dann wollen wir mal …«

40

Gibson hatte die Fliese, die den Mechanismus der versteckten Tür abdeckte, schnell wiedergefunden. Er trat beherzt auf die Holzpaneele und mit dem bekannten leisen Klicken öffnete sich der schmale Spalt hinter dem Bücherschrank, der bisher perfekt verborgen war.

Gibson ging mit seiner Frau auf Clausen zu und schaute mit einem leichten Grinsen auf die Titel der Bücher im Schrank, der sich gleichzeitig als Tür zu einem Mysterium herausgestellt hatte.

»Hmm - wer hätte gedacht, dass die jahrzehntealten Kirchenbücher der umliegenden Gemeinden so viele Geheimnisse bergen können ...«

Clausen zog den Schrank vorsichtig weiter von der Wand ab, um den Durchgang zu vergrößern. Er hoffte inständig, dass sie kein Quietschen oder Knarren der alten Scharniere verraten würde. Aber es war nichts zu hören. Leise glitt die Tür auf. Es schien, als wenn der Eingang häufiger genutzt wurde und doch nicht so geheim war, wie sie dachten. Gibson schaute sich um. Er war der Meinung, dass aufgrund der Fallrichtung Krügers und des Eintrittswinkels des Messers der Wurf von hier hätte kommen müssen. Das lautlose Gleiten der alten Tür gab ihm die Bestätigung. Sie hätten den Mörder nicht hören oder sehen können, wenn er von dieser Stelle seinen tödlichen Wurf ausgeführt hätte. Von hier aus waren es ungefähr acht oder zehn Meter bis zum Ziel. So präzise zu treffen war in Gibsons Augen eine Meisterleistung gewesen.

Gibson drehte sich wieder zu Clausen und seiner Frau um und sah sie durchdringend an.

»Wir gehen jetzt runter. Mit allergrößter Vorsicht«, flüsterte Gibson ihnen zu. »Wenn Felix hier unten ist, hat er einen klaren Vorteil. Er kennt die Räume - wir nicht. Also müssen wir uns auf alles gefasst machen.«

Clausen nickte ihm wortlos zu, um zu signalisieren, dass er der gleichen Meinung war. Katrin Gibsons Gesicht hatte indes jegliche Farbe verloren.

»Ich bleibe lieber doch hier oben«, sagte sie leise.

Gibson stieß innerlich einen erleichterten Seufzer aus. Eigentlich hatte er vor, die Bibel wieder in einem der Schränke verschwinden zu lassen, in der Hoffnung, dass sie weiterhin verborgen blieb. Jetzt nahm er sie aber Clausen aus dem Arm und drückte sie seiner Frau in die Hand.

»Verstecke die Bibel. Und Fenja soll in deiner Nähe bleiben. Vielleicht brauchen wir sie gleich.«

Er beugte sich zu Clausen: »Ich empfehle eine unterstützende Absicherung nach hinten.«

»Ganz meine Meinung.« Clausen dreht sich um und winkte die beiden Polizisten heran, die bisher den Raum abgesicherten hatten. Durch Handzeichen und kurze Angaben instruierte er sie:

»Sie bleiben dicht hinter uns, aber in Deckung und sichern den Tunnelgang. Und Sie bleiben oben und weisen gleich die Spusi ein. Fordern Sie absolute Ruhe!«

Der Polizist wies auf seine Kevlar Weste, um anzuzeigen, dass er für die beiden ebenfalls eine empfahl.

»Nein«, flüsterte Clausen »keine offensichtliche Eskalation durch uns.«

Der Polizist nickte kurz, nahm seine Pistole aus dem Holster. Clausen prüfte seine Waffe ebenfalls kurz und steckte sie dann wieder ein.

»Ich hoffe, dass wir sie nicht brauchen«, sagte Gibson leise.

Clausens Anspannung stieg. Er spürte, wie ihm das Herz bis zum Hals schlug.

»Ich auch - los!«

41

Vorsichtig lugten Gibson und Clausen durch die Tür. Wie ein Todeshauch wehte ihnen warme modrige Luft entgegen. Vor ihnen wiesen aus unförmigen Feldsteinen gemauerte Stufen einen Weg nach unten, der sich mit einer leichten Kurve leicht nach links wendete. Die Wände waren grob und sahen aus, als wäre der Gang aus dem blanken Felsen herausgeschlagen und dann hell verputzt worden. Fünf Stufen konnte Clausen erkennen. Dahinter erkannte er nichts mehr - nur endlose Schwärze. So einen Tunnelweg, der komplett aus einer viel früheren Epoche stammte, hatte er bisher nur in Kinofilmen gesehen.

»Ich zuerst.«

Clausen trat vorsichtig auf die erste Stufe und verharrte. War etwas zu hören? Unwillkürlich musste er trocken schlucken. Er versuchte, die aufkommende Nervosität zu unterdrücken. Er merkte, dass er schnell atmete. Worauf mussten sie sich gefasst machen? Unten konnte alles und vor allem jeder auf ihn warten. Er war Felix von Trancken noch nie begegnet. Noch nicht. Er wusste nur, dass dieser Mann gefährlich und in einer aussichtslosen Situation mit Sicherheit zu allem entschlossen war.

Insgeheim kämpfte er mit sich, ob er nicht doch ein mobiles Einsatzkommando anfordern sollte. Bis zum Eintreffen der Truppe würde seiner Ansicht nach zu viel Zeit vergehen. Wer wusste schon, was in der Zwischenzeit alles passieren konnte?

Vorsichtig machte er einen Schritt auf die nächste Stufe und lauschte wieder auf ungewöhnliche Geräusche. Nichts. Wieso nicht? Was passierte bloß dort unten?

Er drückte sich an die Felswand. Er nahm die nächste Stufe. Dann noch eine.

Plötzlich fühlte er eine Hand an seiner Schulter. Augenblicklich verharrte er und drehte sich schnell um. Gibson hatte ihn festgehalten und gab ihm kurze Handzeichen.

Warten und die Augen an die Dunkelheit gewöhnen lassen.

Clausen nickte kurz und schloss die Augen. Hatte er Angst? Und wie! Er konzentrierte sich auf Gibsons Hand auf seiner Schulter. Zuerst fand er es befremdlich, merkte jedoch nach kurzer Zeit, dass ihm diese Berührung ein Gefühl der Sicherheit gab.

Nach einigen Augenblicken öffnete er die Augen wieder. Er erkannte jetzt wesentlich deutlichere Umrisse. Vor allem erkannte er einen schwachen Lichtschein, der vom unteren Ende der Stufen zu ihnen hoch drang und ihnen anzeigte, dass sie nur noch wenige Stufen vor sich hatten.

Gibson drückte kurz Clausens Schulter.

»Weiter - aber vorsichtig.«

Behutsam setzte er den nächsten Schritt und merkte sofort, was Gibson meinte. Die Stufen wurden rauer. Feiner Sand knirschte unter seinen Schuhen. Es war nur ein leichtes Kratzen gewesen. Aber in der Stille, die sie hier umfing, kam es ihm wie ein Donnergrollen vor. Er zuckte kurz zusammen und lauschte. Er wollte auf jeden Fall vermeiden, dass man früher als nötig von ihrem Eindringen erfuhr.

Gibson beugte sich ein wenig vor und gab Zeichen, sich vorsichtiger zu bewegen. Felix hat schlau taktiert, sich in das Verlies zurückzuziehen. Wir können uns bemühen, wie wir wollen – er wird uns kommen hören, dachte er.

Clausen griff in seinen Halfter, zog seine Waffe und entsicherte. Wenn Felix von Trancken vorbereitet war, dann würde er es auch sein.

Die Waffe im Anschlag schmiegte er sich weiter an die Tunnelwand. Vorsichtig ging er wieder einen Schritt vorwärts. So gut es ging, passte er sich den Gegebenheiten an. Ihre Schritte knirschten immer weniger. Aber immer noch zu laut.

Kurz sah er sich um. Einige Stufen hinter ihnen wartete der Polizist. Mit entschlossenem Blick nickte er ihm zu. Gibson dreht sich ebenfalls um, gerade als der Polizist einen Schritt machte. Plötzlich erfüllte ein kratzendes Geräusch den Raum.

Hektisch schlug Gibson den Zeigefinger gegen die Lippen.

»Vorsicht«, zischte er.

Sofort blieb der Polizist stehen.

Clausen spürte sein Herz hektisch schlagen. Wilde Gedankenfetzen zuckten durch seinen Kopf.

Felix von Trancken musste sie gehört haben. Doch es blieb beängstigend ruhig.

Langsam gingen sie weiter, quälend langsam. So leise und so aufmerksam sie konnten. Ein Schritt, dann noch einen Schritt. Clausen merkte, wie alle seine Sinne arbeiteten. Er rechnete ständig mit einem Angriff von unten. Durch die leichte Linksdrehung der Treppe hätte er keine Chance zu reagieren. Er würde ihn nicht kommen sehen. Aber er wäre dem Angreifer nicht schutzlos ausgeliefert. Seine rechte Hand umfasste die Pistole noch fester. Er löste sich von der Wand und beugte sich vorsichtig nach vorne. Die Biegung des absteigenden Ganges verhinderte einen direkten Blick auf das Ende der Stufen. Er merkte, wie sich die beklemmende Enge in seiner Brust immer weiter ausbreitete.

Je tiefer sie kamen, desto heller wurde der Lichtschein, der sich hinter der nächsten Windung abzeichnete. Gibson bemerkte, dass es kein einheitliches Leuchten war, sondern dass das Licht unruhig war, und sich immer wieder heller und dunkler an der Steinwand abzeichnete. Offensichtlich flackerten dort unten Kerzen. Schließlich nahm er den typischen Geruch von verbrennendem Paraffin wahr.

Nach einer gefühlten Ewigkeit und dreißig Stufen erreichten sie den Boden des ehemaligen Verlieses. Ein

Mauervorsprung bot ihnen etwas Deckung und so spähten sie vorsichtig in den gewölbeförmigen Saal. Clausen musterte den Raum. Er fühlte sich wie in einer Krypta. Ungläubig starrte er auf die Szene, die sich ihm dann bot.

Dutzende von Kerzen brannten in ihren mannshohen mehrarmigen Lüstern und verliehen dem Raum eine mystische Stimmung. Die Luft war zum Schneiden schwer und erfüllt von Qualm. Zentral im Raum stand, ihnen den Rücken zudrehend, eine Person. Sie war völlig in Lumpen gehüllt und berührte mit der rechten knochigen Hand einen Gegenstand, der auf einem alten dunklen Holztisch unter rotem Samt verhüllt war. Deutlich funkelte der Siegelring im Kerzenlicht.

Clausen erschrak, als undeutliches Gemurmel zu ihnen herüberdrang. Auf einmal war er sich sicher. Das war die Person, die auf dem Überwachungsvideo im Krankenhaus zu erkennen gewesen war, nachdem Hannes Wenner ermordet wurde.

Dann entlud sich seine Anspannung von einer Sekunde auf die andere. Er hatte genug gesehen, umfasste seine Waffe mit festem Griff und sprang aus seiner Deckung.

»Felix von Trancken! Nehmen Sie die Hände hoch und keine Bewegung!«

Völlig überrascht von dem nicht abgesprochenen Alleingang versuchte Gibson Martin Clausen noch am Arm zu packen und zurückzuhalten. Aber er griff ins Leere.

Verdammt!

Gibson stellte sich vor, dass Felix von Trancken durch einen zweiten Ausgang flüchten könnte.

Doch dieser dachte gar nicht daran. Stattdessen nahm er, wie in Zeitlupe, die rechte Hand von der Samtdecke, verschränkte sie im Ärmel des anderen Arms und drehte sich langsam zu den beiden um.

»Ich begrüße Sie in unserem heiligen Tempel, Martin Clausen.«

Diesem gefror das Blut in den Adern. Die Stimme, die zu ihm sprach, war alles - aber nicht menschlich. Sie war grotesk schrill, kratzig und gequält. Und woher kannte er seinen Namen? Er hatte den Eindruck, dass diese Person große Mühen hatte, zu sprechen. Die Kapuze des zerschlissenen Umhangs war tief ins Gesicht gezogen und verdeckte den Blick auf das Antlitz des Mannes.

»Dort, wo ein Martin Clausen anzutreffen ist«, sagte die Stimme ruhig, »kann auch Andrew Gibson nicht weit sein. Kommen Sie hervor. Hier ist mein Reich und ich verlange, Ihr Gesicht zu sehen!«

Andrew Gibson trat hinter dem Mauervorsprung hervor.

»Aber nur, wenn auch Sie die Maskerade fallen lassen. Ich will sehen, mit wem ich rede!«

»Alles zu seiner Zeit. Doch zuerst stelle ich mich Ihnen vor. Mein Name ist Felix August von Trancken. Abgeortneter Meister der Loge zu den drei dunklen Rosen und … dein verloren geglaubter Schwager …«

Ein krächzendes Kichern war zu hören.

»Das ist mir herzlich egal!« schrie Clausen. »Zeigen Sie Ihr Gesicht oder ich werde Ihnen die Kapuze eigenhändig vom Kopf reißen!«

Felix von Trancken ließ sich von der Unterbrechung durch Clausen nicht aus der Fassung bringen und verbeugte sich übertrieben tief.

»… und rechtmäßiger Eigentümer von Gut Lichtenhagen.«

»Was? Jetzt habe ich aber genug! Drehen Sie sich um, Sie sind festgenommen!«

»Aus welchem Grund? Was werfen Sie mir vor, Herr Oberkommissar?«

»Kommissar reicht. Vor allem wäre es Mord oder Anstiftung zum Mord. Aber das soll der Richter entscheiden.«

»Wie kommen Sie darauf, dass ich für die furchtbaren Vorkommnisse der letzten Zeit verantwortlich bin?«

»Na, Ihr Aufzug ist doch mehr als auffällig. Sie wurden mehrfach gesehen.«

»Und Sie sind sich wirklich sicher, dass ich es war?«

»Ich … naja … natürlich. Ihre Motive sind mehr als deutlich. Aber wie gesagt, das sollen andere beurteilen.«

Andrew Gibson hatte sich die ganze Zeit auffällig zurückgehalten, trat aber jetzt an Clausen heran und flüsterte ihm ins Ohr.

»Das bringt so nichts, Herr Clausen. Es hat keinen Sinn, wenn wir ihn hier jetzt verhaften, wird er sich verschließen. Er wird uns nie etwas zu seinen Motiven preisgeben. Hier müssen wir taktischer vorgehen. Ihn wie einen Logenmeister behandeln und so mit ihm ins Gespräch kommen, wie es seiner Meinung nach angemessen ist.«

Clausen besann sich, ohne seine Waffe von seinem Verdächtigen abzuwenden. Er sah ein, dass Gibson recht hatte. Sie hatten tatsächlich noch keinen Beweis dafür, dass Felix von Trancken der Täter war.

42

»Danke, es geht schon wieder.«

Gaby Hansmann nippte an dem Glas Wasser, das ihr der Sanitäter besorgt hatte. Sie war sehr kurz vor einem Nervenzusammenbruch, aber die Glückstropfen, die der Sanitäter ihr auf die Zunge geträufelt hatte, ließen sie jetzt ruhiger werden. Sie war sich sicher, dass es ein leichtes Baldrian Präparat war. Sie atmete tief aus. Sie war dem Sanitäter, der vor ihr kniete und jetzt zum wiederholten Mal den Blutdruck maß, dankbar, dass er den Polizisten erst einmal vor die Tür verbannt hatte. Fragen würde sie später auch noch beantworten können.

Das Auto, das mit hoher Geschwindigkeit auf den Hof fuhr und mit quietschenden Reifen vor dem Haus hielt, ließ sie aufblicken. Als nichts weiter geschah, sah sie wieder zum Sanitäter herunter, der ruhig und kopfnickend ihren Blutdruckwert auf seinem Messgerät ablas.

»Na bitte. So langsam kriegen wir wieder normale Werte, nicht wahr? Wir werden aber gleich trotzdem …«

Plötzlich brach auf dem Flur ein wildes Geschrei aus. Offensichtlich diskutierten zwei Männer lauthals, wobei der Polizist immer wieder darauf verwies, dass niemand das Büro betreten dürfe.

»Dann müssen Sie mich halt verhaften oder erschießen …!«

Die Tür wurde aufgestoßen und Andreas Glaser stand mit hochrotem Kopf und schwer atmend vor ihnen.

Augenblicklich sprang der Sanitäter aus seiner Hocke auf und drängte den Mann wieder in Richtung Tür.

»Bitte verlassen Sie augenblicklich den Raum! Was haben Sie hier zu suchen?!«

In diesem Moment kam auch der Polizist herein, der Glaser unsanft am Arm packte und ihn hinauszerren wollte.

»Bitte … nur ganz kurz. Sind Sie die Sekretärin von Herrn Gibson? Es ist wichtig!«

Glaser schaute sie mit flehenden Blicken an.

»Bitte … Ulrike Maywald war bei mir. Ich bin mir sicher, dass Andrew … Herr Gibson in großer Gefahr schwebt. Ich muss unbedingt zu ihm.«

»Einen Moment bitte«, sagte Gaby Hansmann an den Polizisten gewandt, der immer noch an Andreas Glaser zerrte und jetzt den Griff etwas lockerte.

»Worum geht es denn und was hat das alles mit Frau Dr. Maywald zu tun?«

Glaser richtete seine Kleidung, deren Sitz bei dem Versuch, ihn des Hauses zu verweisen, etwas gelitten hatte.

»Wir dürfen keine Zeit verlieren. Wir brauchen die Polizei und die Sanitäter. Ich will niemanden beunruhigen, aber ich muss zur Abwehr von weiteren Gefahren dringend mit Andrew sprechen!«

Der Polizist stellte sich zwischen ihn und Gaby Hansmann.

»Jetzt hören Sie mir mal zu, Herr …«

»Glaser«

»… Herr Glaser. Ich weiß nicht, wer Sie sind und was Sie wollen. Aber ich weiß, dass ich jetzt sehr ungeduldig werde, wenn Sie nicht auf der Stelle das Haus verlassen.«

Andreas Glaser seufzte ungeduldig.

»Na schön. Ich bin Wissenschaftler am Landesmuseum. Auf Bitten von Frau Maywald haben wir Gewebeproben aus dieser Gegend analysiert. Vor einigen Stunden hat mich Frau Maywald wieder aufgesucht und mir erzählt, was hier geschehen ist. Kurz gesagt: Wir haben die Proben einer weiteren Untersuchung unterzogen und eine beunruhigende Entdeckung gemacht.«

Der Polizist drehte sich genervt um und kratzte sich am Arm.

»Verzeihung, aber ich verstehe kein Wort.«

Glaser würdigte ihn keines Blickes, sondern konzentrierte sich nur auf Gaby Hansmann. Diese hatte sich wieder gefangen und schaute Glaser mit festem Blick an.

»Sagen Sie jetzt endlich, worum es geht. Hier herrscht gerade schon genug Chaos.«

»Es wurden Bakterien einer potenziell tödlich verlaufenden Krankheit gefunden.«

Gaby Hansmann erstarrte und blickte ihn gleich anschließend mit festem Blick an.

»Ich bin jetzt nicht zu Scherzen aufgelegt.«

»Ich scherze nicht!«

Augenblicklich erhob sich Gaby Hansmann und bedankte sich bei dem Sanitäter für seine Mühe. Dieser blieb verwirrt in seiner Pose stehen und verstand die Welt nicht mehr.

»Kommen Sie, Herr Glaser, ich bringe Sie sofort zu ihm.«

Sie schaute auf das Namensschild des Polizisten.

»Herr Mißfeldt, ich wäre Ihnen sehr dankbar, wenn Sie uns zur Sicherheit begleiten können.«

»Aber ... ich kann meinen Posten hier nicht verlassen. Ich bekomme einen Riesenärger.«

»Glauben Sie mir«, entgegnete Glaser, »es gibt größeren Ärger, wenn Sie es nicht tun.«

43

»Was hast du getan? Was haben wir dir getan?«

Erschrocken fuhr Clausen herum. Unvermittelt stand Katrin Gibson hinter ihnen. Nachdem sie Stimmen gehört hatte, hatte sie ihren ganzen Mut zusammengenommen und war den beiden nach unten gefolgt.

»Schwesterherz - wie schön dich zu sehen.«

Felix von Trancken rührte sich keinen Meter, hob nicht den Kopf und zeigte auch sonst keine Regung, die andeuten würde, dass er sich tatsächlich freute, seine Schwester wieder zu sehen.

»Ich habe mir wirklich Sorgen um dich gemacht.«

Ihre Stimme brach und in ihren Augen sammelten sich Tränen. Noch immer rührte sich ihr Gegenüber keinen Zentimeter, sondern hatte immer noch seinen durch die

Kapuze verdeckten Kopf gesenkt und stand mit verschränkten Armen vor ihnen. Ohne jede Andeutung drehte er sich plötzlich so schnell um, dass sein Umhang wie ein Fallschirm um ihn herumwirbelte. Er hob beschwörend die Arme und schrie nach Leibeskräften in den von Kerzen erhellten Raum hinein.

»Was für ein Schwachsinn! Was für eine Lüge! Ich war euch doch vollkommen egal!«

Martin Clausen umfasste seine Waffe fester und zielte direkt auf den Mann, der wahnsinnig zu sein schien. Die ganze Situation war unwirklich. Er stand einem Mann gegenüber, der wie ein Verrückter durch einen Raum wirbelte, der eher einem Burgverlies ähnelte als einer angeblichen Freimaurerloge. Hinter ihm stand eine Frau, die in Tränen aufgelöst war. Neben ihm stand Andrew Gibson, der als erster wieder die Stimme erhob.

»Felix. Erlaubst du mir, dass ich mit dir spreche?«

Dieser fuhr wieder herum und atmete schwer.

»Was willst du von mir, du widerliches Musterbeispiel eines Schwagers und mieser Abklatsch eines Pseudo-Gutsherrn?!«

Gibson ging mit keiner Miene auf die Provokation ein.

»Ich will dich verstehen.«

»Du gehörst ja noch nicht mal zur Familie.«

Hörbar schluchzte Katrin Gibson auf und trat hinter ihren Mann. Sie hoffte, dass ihr Bruder, den sie hinter seinem Umhang noch immer nicht zu Gesicht bekommen hatte, merkte, dass sie ihn liebte und ihm vertraute. Gibson versuchte weiter, die aggressive Atmosphäre zu entschärfen.

»Das stimmt, Felix. Ich gehörte nicht zur Familie von Trancken. Aber ich möchte dazugehören. Dafür brauche ich deine Hilfe. Hilfst du mir?«

Mit diesen Worten trat Gibson neben Clausen und drückte mit seiner Hand leicht, aber bestimmt die Waffe herunter. Dieser zischte ihn an.

»Sind Sie wahnsinnig? Was tun Sie da?«

»Vertrauen Sie mir.«

Felix von Trancken wurde tatsächlich etwas ruhiger und schien zu überlegen. Schließlich kam er langsam bis auf Armeslänge an Gibson heran, sodass diesem der muffige Geruch seines Umhangs in die Nase stieg.

»Einen Teufel werde ich tun. Man hat mir mein Gut gestohlen.«

»Das stimmt nicht! Du warst nicht da, als unser Vater starb. Ich habe das Gut für die Familie gerettet. Ich hätte gewünscht, er wäre damals nicht so herablassend und jähzornig zu mir gewesen. Hätte ich gemerkt, dass ich ihm etwas bedeute, wäre sicher alles anders gekommen,« erwiderte Katrin Gibson mit stockender Stimme.

»Untersteh dich, den Namen unseres Vaters in den Dreck zu ziehen!« schrie von Trancken sie an. Sie schrie mit tränenüberströmtem Gesicht zurück.

»Was würde ich darum geben, wenn ich mich mit ihm versöhnen könnte. Ich hätte ihm so viel zu sagen.«

»Dann hole es jetzt nach - da!«

Felix von Trancken war zum Tisch geeilt, der zwischen ihnen stand und riss mit einem Ruck den roten Stoff herunter. Katrin Gibson schrie entsetzt auf und schlug die Hände vor das Gesicht. Die anderen wichen ebenfalls geschockt zurück. Auf dem Tisch lag die ausgedörrte Mumie aus der Wiederkehrsenke. Der ausgemergelte, braun verfärbte Körper war grotesk verkrampft. Die Hände waren krallenartig zusammengezogen. Ursprünglich lagen die Arme verschränkt auf der Brust. Jetzt standen sie wie anklagend leicht vom Körper ab. Der Mund war zu einem stummen Schrei leicht geöffnet. Die verdorrten Augäpfel starrten durch halb geöffnete Lider starr ins Leere.

Katrin Gibson drehte sich nach kurzer Zeit schluchzend wieder um und schaute vorsichtig durch ihre gespreizten Finger. Sie schrie wieder auf und vergrub ihr Gesicht an

Gibsons Brust. Sie erkannte in diesem ausgemergelten Körper ihren Vater wieder.

»Oh Gott, was hast du getan?« fragte sie leise.

Niemand antwortete.

Clausen stand wie gelähmt vor dieser absurden Szene und hatte wieder seine Waffe auf von Trancken gerichtet. Dieser hatte sich von ihnen abgewandt und betrachtete intensiv den ausgedörrten Körper, der einmal sein Vater gewesen war. Clausen behielt ihn im Auge. So konnte er zum ersten Mal einen längeren Blick auf die Leiche werfen. Er hatte in seiner Laufbahn noch nicht viele Tote sehen müssen. Doch je länger er diesen Körper vor sich musterte, desto eher war er der Meinung, dass damit etwas nicht stimmte. Er wusste nur nicht, was.

Gibson hielt noch immer seine Frau im Arm, die noch von ihren Gefühlen übermannt war. Schließlich hob er langsam den Kopf.

»Felix, was ist hier passiert? Warum hat dein Vater, mein Schwiegervater, nicht seine ewige Ruhe finden dürfen?«

»Mein Vater … mein Meister hat geschworen, sein Leben und seinen Tod in den Dienst der dunklen Loge zu stellen. Ich habe seiner Bitte entsprochen. Ich habe ihm auf dem Sterbebett das Versprechen gegeben, seine Idee der dunklen Loge weiter leben zu lassen.«

Er machte eine lange Pause, als wenn er sich seinen nächsten Satz gut überlegen müsste, bevor er langsam und bedächtig weitersprach.

»Ich verfluche den Tag, an dem ihr auf dem Gut erschienen seid.«

»Du warst es, der nachts um unser Haus geschlichen ist?« fragte Katrin Gibson sichtlich verwirrt.

Felix von Trancken ging langsam und mit gebeugtem Körper zu einem der Stühle, die in Reih und Glied den als Freimaurertempel dienenden Raum füllten und setzte sich langsam. Sorgsam achtete er darauf, dass sein Gesicht verborgen blieb.

»Ja, das war ich. Habe ich meine Rolle nicht hervorragend gespielt? Leider habe ich nicht den gewünschten Erfolg erzielt.«

Katrin Gibson ging auf ihn zu. Ihre Augen waren gerötet.

»Felix, ich verstehe das alles nicht. Was sollte das?«

»Verdammt nochmal, ihr solltet verschwinden! Zurück in das Loch, aus dem ihr gekrabbelt seid!«

Andrew Gibson gab sich scheinbar unbeeindruckt von den Beleidigungen, die Felix von Trancken soeben über sie ergossen hatte. Stattdessen versuchte er ihn weiter in ein Gespräch zu verwickeln.

»Was hat es mit dieser dunklen Loge auf sich?«

Felix von Trancken sagte keinen Ton. Er saß nur stumm da. Gibson war sich unsicher, ob er nach den richtigen Worten suchte oder die Frage einfach nicht beantworten wollte oder konnte. Er überlegte kurz und fasste dann seine Gedanken in Worte. Vielleicht würde er Felix von Trancken dann zu einer Reaktion bewegen können.

»Horst von Trancken war aus irgendwelchen Gründen, die ich nicht kenne, das Göttliche der Freimaurerei abhandengekommen. Er war zwar Logenmeister dieser regulären Loge auf Gut Lichtenhagen, aber sie bot ihm und einigen seiner Brüder nicht die Antworten, die er zu finden hoffte. So gründete er eine dunkle Loge, die ihm mehr Antworten bieten sollte. Diese hatte ihren Tempel hier in diesem alten Verlies. Hier trafen sie sich. War es so, Felix?«

Plötzlich weiteten sich Gibsons Augen.

»Aber nein, das stimmt nicht. Die dunkle Loge existiert viel länger. Vielleicht sogar schon vor der regulären Loge. Die Biblia obscura. Sie ist viel älter. Sie wurde wahrscheinlich gedruckt von eurer Familie. So muss es gewesen sein. Ich verstehe nur nicht, warum?«

44

Felix von Trancken war aufgestanden und kam auf sie zu.

»Dann gebe ich Ihnen die Gründe, die mich an Gott zweifeln lassen.«

Mit diesen Worten schlug er mit einer schnellen Bewegung die Kapuze seines Umhangs zurück. Ein schwer entstelltes Gesicht kam zum Vorschein.

Clausen starrte entsetzt diesen vom Schicksal gezeichneten Menschen an, der vor ihm stand. Sein Gesicht war von zahlreichen offenen Wunden und Narben übersät. Die Kopfhaut war feuerrot und nässte, nur ein paar spärliche Haarbüschel zeigten an, dass dieser Mann einmal braune Haare gehabt hatte. Auf dem linken Augenlid befand sich eine schwere Entzündung, sodass er es nicht mehr öffnen konnte. Sein Mund war zu einem fratzenhaften Grinsen entstellt. Obwohl Gibson nicht zuordnen konnte, ob Felix von Trancken den Schockmoment, den er den Beteiligten zugefügt hatte, nicht doch genoss.

Während er bemerkte, dass alle im Raum ihn anstarrten und er insofern die volle Aufmerksamkeit hatte, fing er an zu reden.

»Noch bevor Katrin geboren war, fand unser Vater durch Zufall die Gruft auf der Parzelle, die im Volksmund Wiederkehrsenke genannt wird. Wir stellten später gemeinsam Nachforschungen an und fanden in den Aufzeichnungen der alten Kataster die Liegenschaft und auch, wofür sie genutzt wurde.

»Es war ein Friedhof für Lepra-Tote, nicht wahr?«

»Ja. Auf diesem Feld, weit außerhalb der Stadt wurden die Aussätzigen verscharrt. Für die Menschen aus der Dorfgemeinschaft, die nach damaliger Meinung von einer göttlichen Strafe dahingerafft wurden. Es war gottlose, ungeweihte Erde.«

»Aber in dem Kataster, das ich in der Bibliothek gefunden habe, fehlte die Seite. Wie konntet ihr davon wissen?« fragte Katrin Gibson, die sich mittlerweile etwas beruhigt hatte.

»Vater hat die Zeichnung herausgerissen. Er befürchtete, dass du sie irgendwann suchen und finden würdest. Das musste er verhindern.«

»Aber wieso?«

»Weil er die blöde Idee hatte, dass es in unserer Familie auch Hoffnung gibt …«

Plötzlich war lautes Rufen, Knurren und Hundegebell zu hören. Der Hund bewachte den Zugang zur unterirdischen Loge und schlug jetzt an. Irgendjemand wollte zu ihnen.

»Herr Gibson?! Sind Sie dort unten? Ich muss zu Ihnen! Bitte, rufen Sie den Hund zurück und sagen Sie dem Polizisten, dass ich zu Ihnen muss.«

Gibson erkannte die Stimme von Andreas Glaser und rief in Richtung des Treppenaufgangs seinen Hund zurück und bat den Polizisten, Glaser durchzulassen, was dieser augenblicklich ablehnte.

Clausen trat an den Treppenaufgang heran und flüsterte nach oben: »Kommen Sie mit herunter. Aber halten Sie sich im Hintergrund. Es sieht so aus, dass wir die Situation im Griff haben.«

Das Bellen verstummte in der Bibliothek und kurze Zeit später hörten sie schnelle Schritte von zwei Personen. Andreas Glaser kam im Laufschritt die Stufen herunter, der Polizist blieb vor der letzten Wendelung der Treppe stehen, sodass er nicht gesehen werden konnte und folgte aufmerksam den Entwicklungen.

»Gott sei Dank habe ich euch gefunden. Frau Hansmann sagte mir, dass ich Sie hier finden würde. Aber warum sind Sie hier im Keller? Na egal - Herr Gibson, ich muss …«

Mitten im Satz verstummte Glaser und starrte in die Fratze des Felix von Trancken und auf den mumifizierten Leichnam, der vor ihm auf dem Tisch lag.

»Ach du Sch... Verzeihung, aber damit habe ich nicht gerechnet.«

Ekel kam in Glaser auf und er musste heftig schlucken, um den Würgereiz zu unterdrücken. Schließlich wandte sich Gibson von seinem Schwager ab und kam auf die anderen zu.

»Wie Sie sehen können, ist Felix von Trancken von einem schweren Schicksal getroffen. Aber nicht nur er, sondern auch sein Vater und viele seiner Vorfahren auch.«

»Ich will nicht unhöflich sein, aber was ist das für eine ...«, begann Clausen den Satz, konnte ihn aber nicht vollenden, da Felix von Trancken ihm zuvorkam.

»Die Scheiße, die ich habe, heißt Lepra«, sagte er laut und bestimmt. »Und ich werde in Kürze daran sterben.«

Niemand sagte ein Wort. Man hätte eine Stecknadel in dem alten Verlies fallen hören können. Die Flamme einer Kerze knackte leise, als Katrin Gibson als erste die Worte wieder fand.

»Aber ... das kann nicht sein. Das darf nicht sein. Warum habt ihr mir das verschwiegen.«

»Was tut das noch zur Sache! Mein Vater, der Dummkopf, wollte dich schützen. Es erkranken nur Männer in unserer Familie. Er wollte dich nicht beunruhigen und dich unbeeinflusst davon auf deine Rolle als zukünftige Gutsherrin vorbereiten. Aber du warst seiner Strenge nicht gewachsen. Du warst zu schwach. Mich hingegen hat er immer ignoriert. Aber als du fortgingst, musste er auf mich setzen.«

»Ich habe geglaubt, dass er mich hasst. Ich habe ihn im Stich gelassen.« Wieder rann eine Träne ihre Wange herunter.

»Du konntest es nicht wissen. Du bist deinem Herzen gefolgt«, beruhigte sie Gibson.

Clausen hatte die ganze Zeit grübelnd neben Glaser gestanden.

»Entschuldigen Sie, aber ich verstehe das nicht. Lepra ist eine Krankheit des Mittelalters. Wir aber leben im 21. Jahrhundert. Es gibt doch heute sicherlich wirksame Heilmethoden.«

»Nicht unbedingt«, antwortete Gibson. »Die Presse berichtet heute immer noch von Leprafällen in Teilen von Afrika, Indien und vielen Entwicklungsländern. Die Krankheit ist also mitnichten ausgerottet. Bei uns, hingegen, kommt die Lepra in der Tat sehr selten vor, da sie ohnehin nur schwach ansteckend ist und Mitteleuropäer recht immun gegen den Erreger sind. Es sei denn, der Erkrankte weist eine seltene genetische Mutation auf. Wenn ich mich recht entsinne, im TLR-2-Gen. In diesem Fall wird das Lepra Bakterium vom Immunsystem nicht erkannt und es kommt fast immer zu einem Ausbruch der Krankheit mit sehr schweren Verläufen. Ich befürchte, dass bei Felix, deinem Vater und dessen Vorfahren diese Mutation vorliegt, Katrin. Beziehungsweise vorgelegen hat.«

Glaser hatte intensiv zugehört und nickte zustimmend.

»Es stimmt alles, Herr Gibson. Deshalb musste ich Sie unbedingt finden. Die forensische Abteilung hatte mich nach deren Analyse von Ulrikes Proben nochmals kontaktiert. Es wurden bei einem Test eher zufällig Hinweise auf die Mutation gefunden, die einen schweren Verkauf der lepromatösen Lepra begünstigt. Sie scheint ausschließlich an männliche Nachkommen der Familie weiter gegeben zu werden und ist nur sehr schwer behandelbar.«

»Wir können wohl darauf verzichten, einen Vergleich anzustellen. Felix hat diese Form der Lepra und von ihm und seinem Vater stammen die Spuren in den Proben. Eine ältere und eine jüngere Spur mit familiärer Abhängigkeit,« schlussfolgerte Gibson.

»Das heißt, Ihr Vater lag in der Gruft in der Wiederkehrsenke und Sie haben seinen Leichnam von dort hierher geschafft! So etwas nennt man Störung der Totenruhe!« Clausen fuchtelte mit seinen Händen wilde Figuren in die Luft und zeigte immer wieder vorwurfsvoll auf Felix von Trancken.

»Ja, natürlich. Aber was hätten Sie oder Sie gemacht?« Er zeigte abwechselnd auf Glaser und Clausen und durchbohrte sie mit einem verachtenden Blick. »Mein Vater wird auf keinen Fall ein Objekt irgendwelcher Untersuchungen!«

»Aber warum dort, Felix? Warum lag unser Vater auf diesem gottlosen Acker?«

»Es war seine Bestimmung. Die verfluchte Lepra lässt sich in unserer Familie bis ins späte 18. Jahrhundert zurück verfolgen. August Friedhelm von Trancken war der erste von Trancken, bei dem die Lepra ausbrach …«

»Hatte dieser Vorfahr nicht die Bibliothek angelegt?« fragte Kathrin Gibson leise.

»Und die Loge gegründet. Beziehungsweise beide Logen. Die reguläre als Tarnung und die dunkle, satanische als eigentliche Loge«, antwortete Gibson.

»Die Loge wurde hier auf dem Gut von der Gesellschaft praktisch gefordert«, fuhr er fort »Ein religiöses Leben könnte Wiedergutmachung bewirken, wenn Gott die Geißel der Menschheit über die Familie bringt. Aber sein Vorfahr weigerte sich. Er wollte keinem Gott huldigen, der ihn so strafte. Also gründete er auch die dunkle Loge.«

»Zu den drei schwarzen Rosen«, flüsterte Felix verbittert »Viele Mitstreiter haben diese Unternehmung großzügig finanziell unterstützt, um die Loge am Leben zu halten. Und sie tun es noch heute, um die Loge wieder aufleben zu lassen. Sie würden sich wundern, wenn Sie wüssten, wie viele Menschen in ihrer Verzweiflung lieber den Teufel anbeten als den gar nicht so lieben Gott.«

»Und die Biblia obscura, die wir gefunden haben, war das geheime Symbol der Loge«, resümierte Clausen.

»Das Einzige, was der Loge noch fehlte, war ein Götzenbild. Ein Abbild des Todes, an dem sich die Loge orientiert.«

»Ihr Vater hat bestimmt, dass ... dass sein mumifizierter Körper der Loge als Abbild zur Verfügung stehen sollte?« fragte Gibson ungläubig.

»Nein, ich habe entschieden, dass das seine Bestimmung ist.«

»Aber Felix, du sagtest doch vorhin, dass dein Vater selbst bestimmt hatte, dass er ...«

»Halt deine verdammte Schnauze, Andrew!«

Gibson schaute ihn fassungslos an. Hatte er bisher gehofft, dass er Felix von Trancken dazu bewegen könnte, sich ihnen anzuvertrauen, war er sich nun zunehmend sicher, dass er mit ihnen ein perfides Spiel spielte. Er gaukelte ein Wechselbad der Gefühle vor. Oder er war ganz einfach verrückt. Oder abgebrüht. Oder alles zusammen.

45

»Und dann haben Sie mit Ihrem Aufzug wie ein Zombie die Leute vergrault?«

»Ja, Herr Clausen. So ungewöhnlich der Gedanke war. Es hat funktioniert, dass meine Loge im Verborgenen blieb. Es war ein Heidenspaß!«

»Aber es sind Menschen gestorben, Felix! Du hast Menschen ermordet!« schrie ihn Katrin Gibson an.

»Nennen wir es Kollateralschäden. Wenner sollte nicht sterben. Er sollte lediglich mit meinem Angriff auf dem Feld einen Denkzettel erhalten. Er sollte nie wieder auf das Gut kommen, um mit seiner Arbeit fortzufahren.«

»Und der Tod meines Kollegen? Tut Ihnen das etwa auch nur leid?« Clausen war die Zornesröte ins Gesicht gestiegen.

»Schicksal«

Felix von Trancken zuckte mit den Schultern. Sein zerschlissener Umhang raschelte leicht.

»Ebenso wie Maschmann und Krüger.«

«Sie haben versagt. Sie haben mir ihre Treue geschworen und haben mich enttäuscht. Solche Brüder brauche ich nicht.«

Katrin Gibson schaute ihren Bruder fassungslos an.

»Ich kann nicht glauben, wie herzlos du bist. Wodurch hat sich bloß dieser Hass in dir aufgebaut?«

»Machst du Witze?! Schau mich doch an! Ich bin ein Krüppel, ein Nichts und Niemand. Das Einzige, was mir etwas bedeutete, habt ihr mir genommen!«

Er stürmte auf Katrin Gibson zu, baute sich bedrohlich vor ihr auf.

»Sieh mich an!«

Er blieb Nasenspitze an Nasenspitze vor ihr stehen. Sein entstelltes Gesicht und sein fauliger Körpergeruch sorgten dafür, dass sie sich angewidert abwandte.

»Ganz ruhig, Herr von Trancken. Verhalten Sie sich bitte ruhig. Dann wird niemandem etwas passieren.« Clausen umfasste den Griff seiner Waffe fester und zielte auf Felix von Trancken. Der Polizist, der immer noch für alle unsichtbar auf den letzten Treppenstufen wartete, prüfte die Entsicherung seiner Waffe und machte sich bereit, um einzugreifen.

»Es wird niemandem etwas passieren! Nichts wird passieren!? Was für ein Blödsinn! Sie sollten sich mal hören, was Sie für einen Dünnschiss absondern! Nur, dass mein Lebenswerk zerstört ist. Aber sonst ist ja nichts passiert.«

»Es ist noch nicht zu spät«, schaltete sich Gibson ein, »wenn du dich jetzt hier ergibst, dann finden wir für alles eine Lösung. Du wirst dich für deine Taten zwar verantworten müssen, aber in Anbetracht der Umstände …«

»Ich muss mich für nichts und niemanden verantworten! Ich habe eh nichts mehr zu verlieren!«

Mit diesen Worten hechtete von Trancken mit einer Leichtigkeit, die ihm Gibson aufgrund seiner gesundheitlichen Einschränkungen gar nicht zugetraut hätte, auf Glaser zu. Er sprang hinter ihn, nahm ihn in einen Würgegriff und hielt ihm den blutverschmierten Zeremoniendolch, den er aus dem Umfang hervorgeholt hatte, an die Halsschlagader.

Augenblicklich postierten sich Gibson und Clausen vor den Treppenaufgang. Clausen hielt seine Waffe im Anschlag.

»Lassen Sie auf der Stelle den Mann los! Damit ist keinem geholfen!«

»Doch, mir! Lassen Sie mich sofort durch oder der Mann ist tot, bevor …!«

Glaser wurde kreidebleich. »Helfen Sie mir! Er bringt mich um!«

»Felix, um Himmels Willen. Lass den Mann los.«

»Du, Schwesterherz, hältst dich raus!«

In diesem Moment sackte Glaser von einer Ohnmacht ergriffen, mit einem Seufzer in sich zusammen. Felix von Trancken ließ ihn wie einen Kartoffelsack fallen. Schnell holte er energisch aus und warf den Dolch in Richtung Clausen.

Der schrie laut auf. Der Dolch traf seinen rechten Oberarm und riss durch die Kleidung eine tiefe Fleischwunde. Klirrend fiel er auf den Steinfußboden.

Clausen griff sich sofort an den Oberarm und spürte, wie sein Hemdsärmel warm und feucht wurde.

»Scheiße!«

Den Moment der Verwirrung nutzte von Trancken und lief zur Treppe. In dem Augenblick trat der Polizist aus seiner Deckung und zielte. Doch anstatt stehen zu bleiben, lief von Trancken unbeeindruckt weiter und bereitete sich darauf vor, den Polizisten mit seiner ganzen Körperkraft aus dem Weg zu rammen.

Bäng! Bäng!

Die Projektile bohrten sich in seinen Oberschenkel und sein Knie. Durch die Wucht wurde von Trancken umgerissen und blieb stöhnend auf dem Steinfußboden liegen.

»In … der Hölle sollt ihr schmoren …!«

46

Die Sonne schien hell auf den Gutshof. Sie hatten Mühe, ihre Augen, die sich gerade erst an das Dämmerlicht im Verlies angepasst hatten, wieder an die Helligkeit zu gewöhnen.

Mit Blaulicht verließ der Spezialkrankenwagen für hochinfektiöse Patienten den Gutshof und fuhr langsam mit Felix von Trancken die Allee herunter bis zur Hauptstraße. Dort beschleunigte er und fuhr mit lauter Sirene ins Universitätskrankenhaus nach Kiel.

Gibson und Clausen schauten ihm nach. Katrin Gibson kam zu ihnen, als sie sich sicher sein konnte, dass ihr Bruder nicht mehr in der Nähe war.

»Was wird aus meinem Bruder, Andrew?«

»Ich weiß es nicht, meine Liebe. Eigentlich stellt Lepra heute keine Gefahr mehr dar. Es gibt wirksame Antibiotika. Aber mit der gesundheitlichen Vorgeschichte von Felix ist alles offen. Ich hoffe, dass …«

Sie schüttelte energisch den Kopf.

»Ich meine damit … ist er schuldfähig? Ich weiß nicht, ob ich mit dem Gedanken klarkomme, dass mein Bruder ein Mörder ist und irgendwann wieder vor mir steht.«

»Er wird sicherlich wegen Mordes angeklagt werden, Frau Gibson«, entgegnete Clausen, der seinen, mit einem dicken Verband versorgten, Oberarm umfasste »Er hat auf jeden Fall Morde zu verantworten. Inwieweit seine Krankheit und seine persönliche Situation entlastend für ihn sind, müssen ein Richter und ein Gutachter entscheiden.«

Sie nickte stumm und nachdenklich und lauschte ihrer inneren Stimme. Empfand sie für ihren Bruder eher Mitleid oder Verachtung? Sie wusste, dass sie sich diese Frage selbst beantworten musste.

»Was passiert jetzt mit dem Gut? Werden Sie hier bleiben?« fragte Clausen nach einer Weile. Hinter ihm stand ein weiterer Sanitäter, der ihn ungeduldig daran erinnerte, dass seine Wunde unbedingt im Krankenhaus weiter versorgt werden müsste.

»Sicher, Herr Clausen. Ich habe hier eine Aufgabe. Dieses Unternehmen benötigt einen Gutsherrn. Es gibt einiges zu tun, um wieder eine stabile Basis herzustellen.«

»Und was wird aus der Loge?«

»Was soll aus ihr werden?«

»Nun, wenn ich mich recht erinnere, sind Sie mit der Freimaurerei vertraut. Wird es wieder einen Tempel geben?«

»Das Gut Lichtenhagen war ein Logenhaus. So viel ist sicher. Aber das ist Vergangenheit. Meine Aufgabe liegt im Führen eines Gutes. Ich habe nicht vor, mehr Wind um Gewesenes zu machen als nötig. Es gibt Dinge, die schnell vergessen werden sollten.«

Clausen dachte nach. Schließlich nickte er kurz, verabschiedete sich bei den beiden und ging zum zweiten bereitstehenden Rettungswagen. Dort angekommen, drehte er sich um. Er grinste. Wie hatte er sich in diesem Menschen getäuscht. Mit seinem Tweed Jackett und seinen Knickerbocker machte Gibson einen sonderbaren Eindruck und schien völlig aus der heutigen Zeit gefallen zu sein. Aber er hatte gelernt, dass man ihn nicht nach seinem Äußeren beurteilen durfte. Dieser Mann hatte einen Scharfsinn, der ihm sehr imponierte und eine Art, die ihm gefiel.

»Übrigens - danke für die Unterstützung! Das war gutes Teamplay.«

Gibson salutierte übertrieben und knallte die Hacken zusammen. »Es war mir eine Ehre, Herr Oberkommissar. Ich könnte mich daran gewöhnen.«

»Das wirst du schön bleiben lassen!« konterte seine Frau energisch.

»Kommissar ...« flüsterte Clausen kaum hörbar, als er grinsend in den Wagen stieg.

»Aber bestimmt nicht mehr lange, mein lieber Clausen. Da bin ich mir sicher.«

EPILOG

Langsam ging Martin Clausen durch die hohe gusseiserne Eingangspforte des Kieler Südfriedhofs. Er war früh dran, zum Glück hatte er die Warnungen seiner Kollegen ernst genommen. Jetzt, am Freitagnachmittag, hier in der Saarbrückenstraße einen Parkplatz zu finden, glich wirklich einer Suche nach der Nadel im Heuhaufen. Doch er hatte Glück, gleich in einer Nebenstraße wurde er fündig und hatte jetzt keine große Eile.

Er ging an der Friedhofskapelle vorbei und sah an der rechten Seite des Hauptweges den historischen Kapellenberg mit seinen Mausoleen und Grüften wohlhabender Kieler Bürger. Er blieb stehen und sah sich nachdenklich die imposanten Monumente an. Beeindruckende Säulengänge, tempelartige Kuppeldächer und marmorne Altäre zeugten davon, wie sich der bürgerliche Adel im ausgehenden neunzehnten Jahrhundert eine würdevolle Bestattung vorstellte. Er beschloss, kurz vom Hauptweg abzuweichen und ging den schmalen Weg entlang, der um den Kapellenberg herumführte. Am Mausoleum der Familie Brandau blieb er stehen. Er ließ seinen Blick über das beeindruckende Gebäude aus rotem Backstein und die beeindruckende Holztür schweifen, die den Zutritt zur Leichenhalle und die unterirdische Gruft verschloss. Wie trostlos war es im Vergleich dazu, auf einem einsamen Acker verscharrt zu werden. Manchmal konnte er die Menschen nicht verstehen.

Ein kalter Windzug kam auf, pfiff durch die hohen Buchen und kündigte den nahenden Winter an. Clausen fing an zu frösteln. Er schlug den Lammfellkragen seines Anoraks hoch. Ein kurzer Blick auf seine Armbanduhr sagte ihm, dass er nun doch zu viel Zeit hier verbracht hatte. Er vergrub seine Hände in den Jackentaschen, ging auf den

Hauptweg zurück und machte sich auf die Suche nach dem Grabfeld OA III.

Trotz einer sofortigen intensiv medizinischen Betreuung im Universitätsklinikum in Kiel war Felix von Trancken zwei Tage später gestorben. Die Schusswunden waren nicht tödlich gewesen, aber sein Körper war bereits durch seine Erkrankung zu sehr geschwächt und durch die fortgeschrittene Zersetzung der Haut von Entzündungen durchzogen, als dass er sich von der Leprainfektion noch hätte erholen können. Seine inneren Organe waren zudem stark angegriffen, so dass er schließlich an multiplem Organversagen verstorben war.

Nach einigem Suchen fand er die Grabstelle. Vor einer Woche hatte er von Katrin und Andrew Gibson die Todesnachricht bekommen. Es wäre ihm äußerst unangenehm gewesen, die Beerdigung zu verpassen. Nun sah er die in schwarz gekleidete Menschentraube vor dem geöffneten Grab stehen. Er war überrascht, wie viele Personen sich eingefunden hatten. Offensichtlich war der gesamte Gutsbetrieb versammelt. Er erkannte Gaby Hansmann und auch die Gibsons, die in erster Reihe vor dem offenen Grab standen. Er hielt sich lieber im Hintergrund in einiger Entfernung. Er fand es pietätlos, sich unter die Trauergemeinde zu mischen. Eine gewisse Distanz hielt er für angebracht.

Als der Pastor mit seiner Grabrede begann, bemerkte er, wie sich Katrin Gibson mit einem Taschentuch die Tränen von den Wangen wischte. Offensichtlich hatte sie der Tod ihres Bruders doch mehr mitgenommen, als er anfangs gedacht hatte. Er stellte sich auf die Zehenspitzen, um über die Köpfe der Anwesenden hinweg zu sehen. Er erkannte, dass nicht ein, sondern zwei Särge vor zwei ausgehobenen Gräbern standen. Er sah auf den Grabstein. Dort war nicht nur der Name von Felix von Trancken, sondern auch von seinem Vater Heinrich von Trancken eingraviert. Ein kurzes Lächeln huschte über sein Gesicht. Hatte er eben noch über die Würdelosigkeit einer Bestattung irgendwo im Nirgendwo nachgedacht, würde nun auch Heinrich von Trancken seine letzte Ruhe in geweihter Erde finden. Die dunkle Loge war Geschichte und mit ihr auch manch zweifelhafte Rituale.

Als der Pastor seine Andacht beendet hatte, wandte sich Andrew Gibson an seine Frau, umarmte sie und flüsterte ihr ins Ohr.

»Jetzt ist es endlich vorbei.«

Sie seufzte. Eine große Last fiel von ihr ab.

Er löste die Umarmung, sah auf und erkannte Clausen in einiger Entfernung. Er nickte ihm zu, sagte kurz etwas zu seiner Frau und ging zu ihm. Clausen bemerkte wieder den sicheren modischen Stil Gibsons. Diesmal nicht die ausgefallene Variante, sondern dem Anlass sehr angemessen. Mit einer schlichten dunkelgrauen Flatcap, schwarzem Brioni Mantel und dem weißen Seidenschal stach er aus der Gruppe der Trauergäste positiv hervor.

»Ich freue mich, dass Sie gekommen sind«, sagte er zu Clausen, als er ihm zur Begrüßung vorsichtig die Hand gab. »Wie geht's dem Arm?«

»Ist noch dran. Auch ich kann diesen Fall dann gedanklich zu den Akten legen. Wie ich sehe, haben Sie auch Ihrem Schwiegervater eine würdevollere letzte Ruhestätte verschafft.«

»Ja, es war der Wunsch meiner Frau. Aber auch ich habe mein Veto bei der Kriminalpolizei eingelegt. Die Forensiker haben sich sehr für die Mumifizierungstechnik interessiert, mit der gearbeitet wurde. Aber wenn wir einer intensiven Obduktion zugestimmt hätten, hätten wir den Körper meines Schwiegervaters sprichwörtlich in einer Einkaufstüte beerdigen können.«

»Kein schöner Gedanke.«

»Nein, wahrlich nicht.«

Eine Bö fegte über den Friedhof, kleine dünne Äste fielen von den blattlosen jahrzehntealten Buchen und prasselten auf die Erde. Gibson ging langsam in Richtung des Grabes. Clausen folgte ihm. Die Trauergemeinde war wieder in Richtung Ausgang gegangen, nur die beiden Männer standen jetzt vor den Gräbern, in denen die beiden Särge ruhten.

»Ob es wirklich vorbei ist?«

»Das, mein lieber Clausen, ist die richtige Frage. Ich habe in der letzten Zeit viel über die Familie meiner Frau erfahren. Wer weiß, was ich in der nächsten Zeit noch alles erfahren werde.«

Nach kurzer Zeit verließen beide die letzte Ruhestätte und gingen in Richtung Ausgang. Die Trauergemeinde wartete bereits, als Martin Clausen Andrew Gibson kurz zur Seite nahm.

»Ich werde in Kiel bleiben. Ich habe das Angebot angenommen, in den Kriminaldauerdienst zu gehen. Wenn es dann später noch etwas geben sollte, das einer Klärung bedarf, werde ich mich gerne dafür einsetzen, Ihnen wieder zur Seite zu stehen.«

Gibson öffnete die gusseiserne Pforte und grinste still in sich hinein. Er freute sich, sich nicht in Clausen getäuscht zu haben.

NOUVELLE
SPARTE